cass

Natsu Miyashita

DER SPIELPLATZ DER GÖTTER

EINE FAMILIE ZIEHT AUFS LAND

Erzählendes Sachbuch

Aus dem Japanischen von
Katja Busson

cass

Originaltitel: *Kamisamatachi no asobu niwa*
by Natsu Miyashita

Original Japanese edition published in 2015 by Kobunsha Co., Ltd.
This German translation is published by arrangement
with Kobunsha Co., Ltd., Tokyo

ISBN 978-3-944751-21-4

Erste Auflage 2019

Lektorat: Hans Peter Jugl
Cover design: Kumi Suzuki
Cover illustration: Aiko Fukawa
Umschlag, Karte: Artographie-Werkstatt, Weimar
Satz: Satz für Satz, Wangen im Allgäu
Druck und Bindung: CPI – Clausen & Bosse, Leck

Printed in Germany

www.cass-verlag.de

DER SPIELPLATZ DER GÖTTER

EINE FAMILIE ZIEHT AUFS LAND

INHALT

NEUJAHR
DER UMZUG IST BESCHLOSSEN 11

APRIL
DIE LANGEN, LANGEN FRÜHJAHRSFERIEN BEGINNEN 28

MAI
DIE KNOSPEN AN DEN KIRSCHBÄUMEN
SIND NOCH STEINHART 45

JUNI
DER BERG LEBT 64

JULI
DIE BESTEIGUNG DES TOMURAUSHI 84

AUGUST
DER BÄR IM SCHWIMMBAD 102

SEPTEMBER

DIE WOLLLÄUSE SIND LOS 123

OKTOBER

ASCHENPUTTEL DER ETWAS ANDEREN ART 141

NOVEMBER

KINDER VERBINDEN 160

DEZEMBER

SCHWEISSTREIBENDE FREUDEN 176

JANUAR

EIN JAHR LANG DER EINZIGE 196

FEBRUAR

NICHT SO EINFACH 212

MÄRZ

DAS FUNKELNDE LEBEN 231

APRIL

WIR SEHEN UNS WIEDER 248

Personennamen werden im Text in der Reihenfolge Vorname – Familienname gegeben. Das an den Vornamen angehängte *-chan* drückt Vertrautheit aus, das an den Vor- oder Familiennamen angehängte *-kun* wird zur Anrede von Gleich- od. Niedrigergestellten verwendet. *-sensei* ist respektvolle Bezeichnung und Anredeform für lehrende oder aufgrund ihres Alters, ihrer beruflichen oder sozialen Stellung als lehrend angesehene Personen, insb. Ärzte, Richter, Rechtsanwälte, Abgeordnete und Künstler.

Die wichtigsten der im Text vorkommenden Orte finden sich auf der Karte. Die nicht verzeichneten finden sich in den Anmerkungen.

Bei bekannten Ortsnamen wie Hokkaido, Kyoto, Tokyo, Honshu wurde auf die Kennzeichnung der Langvokale verzichtet, ebenso bei einigen wenigen Sachbegriffen (Bento).

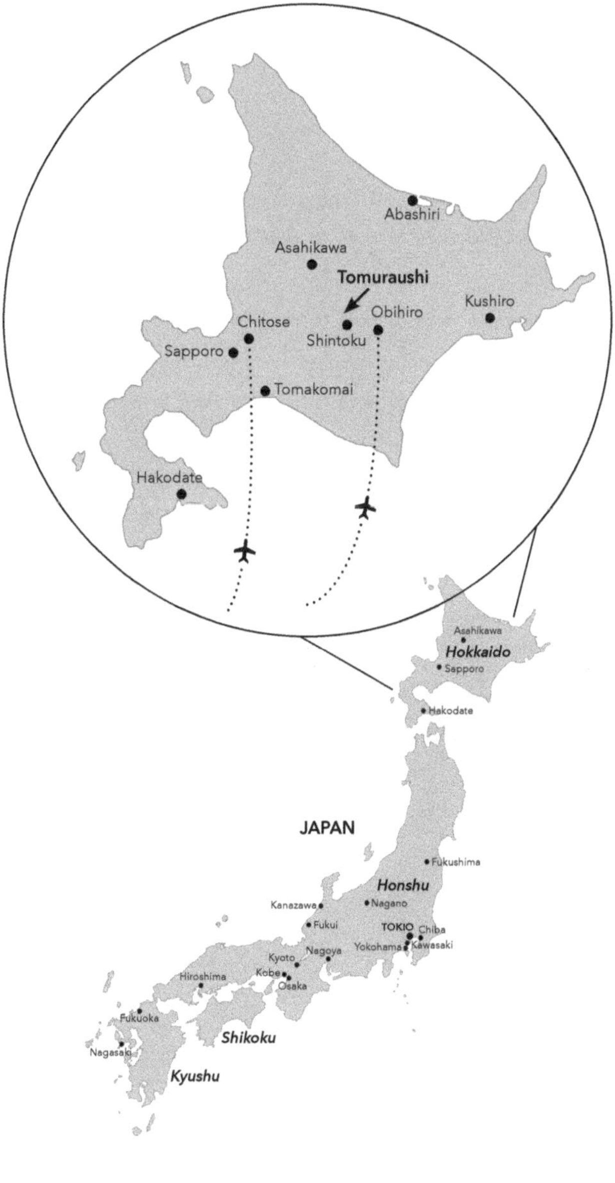

Abashiri
Asahikawa
Tomuraushi
Kushiro
Obihiro
Chitose
Shintoku
Sapporo
Tomakomai
Hakodate
Asahikawa
Hokkaido
Sapporo
Hakodate
JAPAN
Fukushima
Honshu
Nagano
Kanazawa
Fukui
TOKIO
Chiba
Yokohama
Kawasaki
Kyoto
Nagoya
Hiroshima
Kobe
Osaka
Fukuoka
Shikoku
Nagasaki
Kyushu

NEUJAHR
DER UMZUG IST BESCHLOSSEN

Januar 2013

»Du«, sagt mein Mann eines Abends während der Neujahrsferien, als wir gemütlich zusammensitzen, plötzlich. »Wollen wir Obihiro nicht lassen?«

Im April – so der Plan – zieht die Familie für zwei Jahre nach Obihiro. Mein Mann will nämlich unbedingt einmal in Hokkaido leben. Aber nicht in Sapporo oder Asahikawa, nein, in Obihiro.

Obihiro liege in der Mitte der Region Tokachi, sei eine hübsche Stadt, biete gutes Essen und habe einen Flughafen, sei aber trotzdem »ganz anders« als Sapporo oder Asahikawa. Mein Mann will nämlich an einem Ort leben, an dem man die *Weite* Hokkaidos spüren kann. Deshalb entschied er sich für Obihiro, den, wie er meint, idealen Ausgangspunkt für Wochenendausflüge in die Umgebung. Arbeit hat er glücklicherweise auch.

Diesen Plan will er nun anscheinend aufgeben.

»Wie du willst«, erwidere ich leichthin. Wahrscheinlich ist ihm über Neujahr bewusst geworden, wie schön es bei uns zu Hause in Fukui doch ist.

»So meine ich das nicht«, sagt er und schüttelt den Kopf. »Ich dachte, wenn wir schon nach Hokkaido ziehen, warum dann nicht gleich *ganz* in die Natur?«

Dass mein Mann Hokkaido liebt, weiß ich. Darüber, dass er gerne in einem Dorf leben und arbeiten würde, haben wir auch schon das ein oder andere Mal gesprochen. Aber ich und mein Mann, der in Tokyo geboren und aufgewachsen ist, leben mit unseren drei Kindern in Fukui, in meiner Heimat. Das »Dorf« und »Hokkaido« hatte ich längst unter Träumerei, unter Hirngespinst verbucht. Und überhaupt: Setzt ein Leben »ganz in der Natur« nicht bestimmte Fähigkeiten voraus?

Ich fürchte mich vor dem, was mein Mann als Nächstes sagt.

»Im Daisetsuzan-Nationalpark* gibt es ein Dorf namens Tomuraushi. Das ist perfekt.«

Tomuraushi? Nie gehört. *Doch!* Gehört habe ich den Namen schon. Wie man ihn schreibt, weiß ich allerdings nicht.

Ich schlage nach.

> *Tomuraushi.* Kommt aus der Sprache der Ainu* und bedeutet »blumenreicher Ort«. Der gleichnamige Berg ist der einzige der HUNDERT BERÜHMTESTEN BERGE JAPANS, der nicht mit Kanji*, sondern mit Katakana* geschrieben wird. Geographisch genau in der Mitte Hokkaidos gelegen, dem Punkt, der dem Gravitationszentrum der Insel entspricht. Teil des Daisetsuzan-Nationalparks und mit 2.141 m zweithöchster Berg Hokkaidos.

Jetzt weiß ich wieder, in welchem Zusammenhang ich den Namen Tomuraushi schon einmal gehört habe! Auf dem Berg hatte es vor ein paar Jahren ein schweres Unglück gegeben, bei dem mitten im Sommer ein paar Leute an Unterkühlung starben. Davon hatte ich gelesen.

»*Kamui Mintara!*«

Kamui Mintara sei ainu und bedeute »Spielplatz der Götter«. Man könne sich vorstellen, mit wie viel Schönheit dieser Ort gesegnet sei, wenn man ihm einen solchen Namen gegeben habe. In der Tat sind die Bilder, die bei meiner Suche im Netz aufpoppen, allesamt wunderschön. *Also gut*, denke ich, *dass es da schön ist, habe ich begriffen.*

Auf etwa 350 Meter Höhe gebe es ein Dorf, mehrere Viehzuchtbetriebe und eine Grund- und Mittelschule. *Lass uns* da*hin ziehen*, sagt mein Mann.

»Lass uns da *Urlaub* machen«, sage ich.

Einen Urlaub kann ich mir vorstellen, aber wohnen will ich da nicht. Bis zum nächsten Supermarkt sind es siebenunddreißig Kilometer. *Toll!* Wer da wohl mal eben fürs Abendessen einkaufen geht?

Die Grund- und Mittelschule* sei eine Zwergschule, die – alle Schüler zusammengerechnet – von derzeit zehn Kindern besucht werde. Neun Grundschülern und einem Mittelschüler. Sie soll eine der wenigen Schulen sein, an denen die Lehrer Ortszulage 5 bekommen – die höchste Stufe für abgelegene oder ländliche Gebiete – und einen Einzugsbereich von zigtausend Quadratkilometern haben. Gastschüler aus der Stadt würden ebenfalls aufgenommen. Handyempfang habe man keinen. Auch Fernsehen sei nur bedingt möglich – das Dorf liege in einem Gebiet mit hohem Schneeaufkommen; wenn es schneie, schneie es auch im Bild … Je mehr ich höre, desto aufgeregter werde ich. Ich bin *begeistert*! Begeistert, dass es solche Orte überhaupt noch gibt. Winken wir ihnen zu, aus der Ferne, wie einem Stern am Himmel.

Aber mein Mann meint es ernst. Für ihn ist es keine Träumerei, kein Hirngespinst, kein Stern am Himmel. Für ihn ist es »*die* Chance, zum Greifen nah«.

»Moment mal. *Zum Greifen nah* – das meinst du nicht ernst, oder?«

Zum Greifen nah habe ich das Bild der verzweifelten Caroline vor Augen. Caroline Ingalls. Die »Ma« aus der Fernsehserie *Unsere kleine Farm*. Die hat sicher auch den Kopf geschüttelt, als »Pa« ihr mit »*der* Chance« kam. Nicht, dass ich die Szene gesehen hätte, aber »Pa« sprach bestimmt auch von »*der* Chance«, als er »Ma« überredete, mit ihm und den beiden kleinen Töchtern in den Wilden Westen zu ziehen.

Mir fällt die Szene ein, in der »Ma« – allein zu Haus und verletzt – ein Messer heiß macht und damit in der infizierten Wunde bohrt. *Um Gottes willen!*

»Obihiro kommt also nicht mehr in Frage?«

Wahrscheinlich hatte mein Mann Obihiro sowieso nur der Kinder wegen gewählt. Obihiro ist eine *Stadt*. Mit Schulen sämtlicher Art. Kein Dorf, aber immerhin *Hokkaido*! Arbeit hätte es auch gegeben. Und das will er jetzt über den Haufen werfen?

»Es ist nicht das Richtige«, sagt mein Mann. Obihiro sei zu groß. Er wolle aufs Land, er wolle ein naturverbundenes Leben führen. Mein wortkarger Mann redet so viel wie sonst in zwei Jahren nicht.

Die Entscheidung fällen letztlich die Kinder. Vierzehn, zwölf und neun. Ich könne mir nicht vorstellen, dass die an so einem entlegenen Ort wohnen wollten. Das Leben dort sei bestimmt beschwerlich, sie müssten sich von ihren Freunden trennen. Und ich hielte es für mehr als fraglich, dass man in der Einöde so schnell ein paar neue fände.

»Lass sie uns doch fragen«, schlage ich kaltlächelnd vor. Warum soll ich mir selbst die Hände schmutzig machen? Die Kinder werden schon nein sagen, dessen bin ich mir sicher. Und damit wäre die Sache erledigt.

Wider Erwarten sind sie begeistert.

»Gute Idee.«

»Spannend!«

»Wenn wir schon umziehen, dann lieber in so ein Dorf.«

Und damit ist die Sache entschieden. Verflixt! Ich muss lachen, damit habe ich nicht gerechnet. Ziehen wir jetzt wirklich nach Tomuraushi?

In Tomuraushi gibt es zwar eine Grund- und Mittelschule, aber keine Oberschule. Zum Pendeln ist es zu weit. Da unser ältester Sohn im nächsten Jahr die Mittelschule abschließt, sollten wir also wirklich nur für ein Jahr gehen. Außerdem akzeptiert die Schule zwar Gastschüler, aber nicht jeden. Es ist nicht gesagt, dass ausgerechnet unsere Kinder die Auswahlprüfung bestehen. Und: Wovon sollen wir leben? Dass mein Mann in Tomuraushi Arbeit findet, ist unwahrscheinlich. Auch das will überlegt werden.

Übrigens: Bevor ich anfing, die Kolumne* zu schreiben, habe ich natürlich das Einverständnis meiner Familie eingeholt, wobei mich nur der zur Fraktion »Vorsicht ist die Mutter der Porzellankiste« gehörige Sohn Nr. 2 bat, nicht so viel über ihn zu schreiben. Nun, da mein zweiter Sohn im Vergleich zu seinen Geschwistern äußerst pflichtbewusst, ordentlich und fleißig ist, werden sich seine Auftritte in der Natur sowieso in Grenzen halten. Die Aufmerksamkeit gilt ja doch immer denen, die aus dem Rahmen fallen.

»Okay, ich versuch's«, versichere ich ihm, woraufhin er mich erleichtert ansieht und sagt: »Kannst du mir bitte auch einen anderen Namen geben?«

Hah! Daran habe ich auch schon gedacht. Ich kann ja ohne das Einverständnis der Betroffenen nicht einfach Klarnamen verwenden.

»*Blackwing.*«

»Was?«

»Der Name. Nenn mich *Blackwing.*«

Im Ernst? Blackwing Miyashita? Bist du sicher, Sohn?

… ter Februar
Wir informieren Familie, Freunde und Bekannte

Unser ältester Sohn kommt im April in die neunte Klasse. Als ich seinem Lehrer die Sache darlege, reagiert er überrascht: »Und wo will er zur Oberschule gehen?«

»In Fukui.«

Das ist in der Tat ein Problem. Oberschulkinder, die in entlegenen Gebieten wohnen – und das gilt nicht nur für Tomuraushi, sondern für ganz Hokkaido –, verlassen nach Abschluss der Mittelschule das Elternhaus, ziehen in ein Wohnheim oder wohnen irgendwo zur Untermiete. Meine Kinder, habe ich beschlossen, lasse ich aber erst mit achtzehn los. Will sagen, achtzehn Jahre möchte ich mit ihnen zusammenleben.

Dann gehen wir eben nur für ein Jahr, sagt mein Mann. *Kommen zurück, und er geht hier zur Oberschule. Es ist die letzte Gelegenheit, als Familie in Hokkaido zu leben.*

»Wenn Ihr Sohn hier auf die Oberschule gehen möchte, sollten Sie aber spätestens im Februar zurückkommen. So eine Eingangsprüfung will gut vorbereitet sein.«

»Was?«

Im Februar schon …? Aber da ist doch das Schneefest! »Das Schn …« rutscht es mir beinahe heraus. Nein, wahrscheinlich ist es mir sogar herausgerutscht. Das Schneefest* ist nämlich *die* Attraktion in Hokkaido. *Die Eingangsprüfung für die Oberschule ist doch erst im März, im Februar ist Schneefest*, würde ich am liebsten sagen, sage ich aber nicht, ich bin ja schließlich kein Kind mehr.

»Sind die Prüfungen denn wirklich so schlimm?« höre ich mich fragen. Der Lehrer hört es wohl auch. Mitleidig wendet er den Blick von mir ab.

Und nicht nur er. Die Mitteilung, dass wir nach Hokkaido in die Berge ziehen, ruft verschiedene Reaktionen hervor. *Habt ihr's gut*, sagen die einen. *Was für ein Abenteuer*, beneiden uns andere. *Ist das wirklich eine gute Idee*, fragen wieder andere besorgt. Auch meine Lektorinnen reagieren verschieden.

»Ich besuche euch«, sagt die eine und blättert sofort in ihrem Kalender.

»Ich könnte das nicht«, gesteht mir die andere. »Auch wenn ich wüsste, dass es nur einmal im Leben ist und nur für ein Jahr.«

Die Meinungen unserer Eltern gehen ebenfalls auseinander. Während die eine Seite die Sache befürwortet – *Wie aufregend. Und was für eine tolle Erfahrung für die Kinder!* –, lehnt die andere sie kategorisch ab.

»Da gibt's doch Bären. Und zu Tode stürzen kann man auch überall«, heißt es am Telefon. Dabei habe ich nur den Namen der nächstgelegenen Kleinstadt genannt. Wohnen werden wir de facto *in den Bergen*. Doch das zu sagen, bringe ich nicht übers Herz.

»Und was soll aus den Kindern werden, wenn dir etwas zustößt? Die armen Dinger.«

Ach so, denke ich. *Wenn einer vom Bären gefressen wird oder zu Tode stürzt, bin ich das also.*

»Also, Bären gibt es dort scheinbar nicht. Und die Straßen sollen so gut befestigt sein, dass man sich keine Sorgen machen muss, irgendwo …«

»Und was ist mit der Schule?« werde ich unterbrochen. »Wo sollen die Kinder zur Schule gehen?«

»Es gibt eine Schule« (*wenn auch nur eine Zwergschule mit nur einem einzigen Mittelschüler)*.

»Und was ist mit der Prüfung für die Oberschule?!«

Entschuldigung, würde ich am liebsten sagen, *was soll eigentlich dieser Zirkus um die Eingangsprüfung?* Stattdessen sage ich, ohne nachzudenken: »Wenn er sich anstrengt, klappt's vielleicht mit einer Oberschule in Obihiro.«

»In Obihiro?? Bist du wahnsinnig? Das ist tiefste Provinz!«

Ogott. Wenn Obihiro tiefste Provinz ist, was ist dann Tomuraushi?

»Denk bitte an die Kinder. Du darfst ihre Ausbildung nicht auf die leichte Schulter nehmen!«

Mir schießt ein Schülerquiz durch den Kopf, das ich mal gesehen habe, an dem auch Oberschüler aus Hokkaido teilgenommen und geglänzt haben. Jawohl. *Geglänzt!*

Kluge Köpfe, sage ich, gebe es ja wohl überall. Bevor man sich Gedanken über die Schule mache, müsse man erst einmal die Eingangsprüfung schaffen. Wenn überhaupt, müsse ich mir *da*rüber Gedanken machen. Was denn überhaupt gegen die Provinz spreche?

»Alles! Kodai (Name geändert) ist auch dagegen. Auf einer Schule mit wenigen Kameraden sei man wirklich arm dran, sagt er.«

Kodai ist der Sohn meiner Schwägerin, also der Cousin meiner Kinder. Ein ruhiger, lieber Junge, der allerdings nicht darüber zu entscheiden hat, ob meine Kinder arm dran sind oder nicht. Das entscheidet immer noch jeder für sich selbst.

»Also Kodai verbringt vielleicht ein bisschen viel Zeit in seinem Club*, aber er hat tolle Freunde und fühlt sich unglaublich wohl.«

»Wie schön für ihn. Aber nicht *ich* will in die Provinz …«

Sondern dein Sohn, will ich sagen, doch dann halte ich inne. Gehe ich wirklich nur *mit*? Widerwillig? Das kann doch nicht sein. Vielmehr, das sollte nicht sein. Ganz wohl ist mir bei der Sache allerdings nicht.

Auch ich möchte weder von einem Bären gefressen werden noch zu Tode stürzen. Auf die Selbstverarztung mit einem Messer kann ich auch gut verzichten. Aber ist das Leben in Fukui oder Tokyo wirklich so viel sicherer?

Nachdem ich aufgelegt habe, beschließe ich, die Schule meines

Neffen zu googeln. Kaum zu glauben, dass er sich dort so wohl fühlt, dass er ein Jahr in den Bergen nicht spannend, sondern bemitleidenswert findet.

Als ich den Namen eintippe, poppt der Schulindex* auf. Sage und schreibe 75. Okay, das erklärt die Sache. *Er hat keine Wahl*, denke ich. *Er ist zu klug, um aus der Reihe zu tanzen*. Ich habe keine Ahnung, wie viele Schulen in Japan einen Index von 75 haben, aber in Obihiro definitiv keine. In Fukui auch nicht. Und in den Bergen schon gar nicht. Schränkt eine derart begrenzte Auswahl von Schulen einen Schüler, dem mit seiner Leistung eigentlich alle Türen offenstehen müssten, nicht umgekehrt enorm ein?

… ter Februar
Das Männerteam fährt zum Schulinterview

Ich bin krank und hüte zusammen mit meiner Tochter das Haus. In Fukui herrscht Schneesturm. Meine Sorge, dass die Maschine vielleicht nicht fliegt, erweist sich als unbegründet. In Hokkaido scheint die Sonne.

Am Abend ruft das Männerteam an. Zwei Sikahirsche* hätten auf dem Schneeparkett des Schulhofs einen Begrüßungstanz aufgeführt, erzählen sie aufgeregt.

»Normalerweise zeigen die sich nicht, wenn Menschen da sind. Aber heute sind sie bis auf den Schulhof gekommen. Sie heißen euch willkommen, hat ein kleiner Junge gesagt«, schwärmt Sohn Nr. 2. Dann gibt er den Hörer an seinen Bruder weiter. Der sagt nur: »Göttlich! Die Landschaft hier ist göttlich.«

Göttlich? Gut, denke ich, *dann will es der liebe Gott wohl so*.

Ob die zwei herumtapsenden Hirsche die Absicht hatten, meine Männer willkommen zu heißen, weiß ich nicht. Aber dass da ein kleiner Junge war, der ihnen das so gesagt hat, macht mich froh. Die Herzen meiner Söhne sind jedenfalls im Sturm erobert. Und das meines Mannes sowieso. Als er am nächsten Tag wieder zu Hause ist, schildert er mir in epischer Breite, wie mächtig das Geweih eines Sikahirsches sei. Ich für meinen Teil würde lieber mehr über die Wohnungen erfahren, die den Gastschülern und ihren Familien zur Verfügung gestellt werden, und die man ihnen offenbar auch gezeigt hat.

… ter Februar
Mein beflügelter Mann kauft einen neuen Wagen

Ein hässliches Ungetüm. Warum er denn ausgerechnet einen Hiace* gekauft habe?

Damit unsere Freunde alle reinpassen, wenn sie uns besuchen. Mein Mann hat allerdings gar keine Freunde.

… ter Februar
Hilfe, unser Auto passt nicht in die Garage!

»Doch, doch«, bemerke ich nervös, »hier und da sieht man Garagen, wo das Tor nicht mehr zugeht und der Wagen rausguckt«, woraufhin mein Mann, der eine Weile stumm den Bauplan unseres

Hauses studiert hat, sagt: »Hier. Diese Wand kann weg«, auf einen Punkt auf dem Plan zeigt und nickt. Man müsse nur die Wand zur Abstellkammer abreißen, dann ginge der Hiace ganz rein. Bevor ich fragen kann: *Und wohin mit dem Zeug aus der Abstellkammer?*, telefoniert mein Mann mit dem Architekten. Ein neuer Wagen, eine neue Garage, wer soll das bezahlen? Von den anderen Ausgaben, von denen wir noch gar nichts ahnen, ganz zu schweigen.

… ter Februar
Das Umzugsunternehmen macht einen Kostenvoranschlag

1 200 000 heißt es, ich werde blass.

»Äh, die Firma übernimmt das nicht, wir müssen das selbst tragen«, wage ich einen vorsichtigen Vorstoß, woraufhin der junge Mann von der Umzugsfirma eine Weile schweigt. Wenn wir zeitlich flexibel und damit einverstanden seien, dass das Umzugsgut nicht auf direktem Wege per LKW transportiert würde, sondern in einem Container mit dem Zug, was etwas länger dauere, würde es billiger.

Unbedingt! Auf ein paar Tage käme es nicht an und gegen einen Container sei nicht das Geringste einzuwenden. Eine Million zweihunderttausend für einen Weg machen hin und zurück schließlich zwei Millionen vierhunderttausend.

Schließlich einigen wir uns auf Umzug am 2. und Anlieferung am 5. April. Eine Anlieferung gut zwei Wochen später würde die Kosten zwar um über die Hälfte verringern, aber so lange kann man wirklich nicht warten. Eine Sekunde lang überlege ich tatsächlich, das Nötigste im Hiace mitzunehmen – Decken, ein Minimum an Lebensmitteln, Winterausrüstung –, verwerfe die Idee aber gleich wieder. Nicht praktikabel. Will sagen, wenn *das* praktikabel wäre, könnten wir ja gleich mit dem Hiace umziehen.

Um das Gepäck so gering wie möglich zu halten, gibt mein Mann die Ein-Karton-pro-Nase-Devise aus. Ein Karton pro Kind? Und warum stehen hier dann so viele Kartons herum?

… ter März
Die neue Adresse

Als eine Schulkameradin meiner Tochter hört, dass wir umziehen, fragt sie meine Tochter nach der neuen Adresse, damit sie ihr einen Brief schreiben könne.

»Ähm, Shintokucho Kuttari.«

»Was? Ihr wohnt in Guttari? In ›Schlapp‹?«

»Nee, Kuttari.«

»Mit welchen Kanji schreibt man das?«

»Äh … Hiragana.«

Na na na, doch nicht mit Hiragana*!

Aber auf dem Brief, der später bei uns eingeht – das nehme ich an dieser Stelle vorweg – steht tatsächlich *Shintokucho Guttari*, und zwar in Hiragana.

… ter März
Brief an »Ich in zwanzig Jahren« – Mein Sohn schreibt einen Aufsatz

Ich erinnere mich an den Aufsatz, den mein ältester Sohn kurz vor Abschluss der Grundschule schrieb, vor ziemlich genau zwei Jahren.

»Liebes Ich in zwanzig Jahren, bin ich Konditor geworden?«

Dass mein Sohn gerne kocht, wusste ich, dass er Konditor werden will, war mir neu. Der Aufsatz ging weiter.

»Wenn ja, würde mich das sehr wundern. Ich habe nämlich nicht das geringste Interesse daran.«

Sohn Nr. 2 dürfte jetzt auch an so einem Aufsatz schreiben. Ich kann es kaum erwarten, ihn zu lesen.

… ter März
Anfrage beim Finanzamt zur steuerlichen Absetzbarkeit unseres Hauskredits

Ich überlege. Ist es nicht so, dass man den Kredit für ein Haus nicht mehr von der Steuer absetzen kann, wenn man das Haus nicht mehr bewohnt? Und habe ich nicht auch irgendwo gehört, dass man von dieser Regelung ausgenommen ist, wenn man nur temporär auszieht?

Ich recherchiere im Netz. Das hilft mir nicht weiter. Kurzerhand rufe ich beim Finanzamt an.

»Wenn es triftige Gründe für den Auszug gibt, wird die steuerliche Absetzbarkeit nur ausgesetzt.«

»Triftige Gründe? Die gibt es!« antworte ich wie aus der Pistole geschossen. »Uns treibt ein tiefes, unstillbares Verlangen nach Hokkaido. Wir *müssen* unser Haus verlassen.«

Wie gut, dass ich mit dem Beamten telefoniere. Säße ich ihm gegenüber, hätte ich das nicht herausgebracht.

»Es handelt sich also um einen freiwilligen Umzug, nicht wahr? Ein ›triftiger Grund‹ ist ein Umzug gegen den Willen des Betroffenen, meist bedingt durch eine betrieblich angeordnete Versetzung«, wird mir, ebenfalls wie aus der Pistole geschossen, empathielos erklärt.

Wenn ich jetzt nachgebe, ist die steuerliche Absetzung unseres Hauskredits Geschichte. *Komm, gib dir Mühe! Das geht schon!*

»Ähm …«

Das, was ich sagen will, lässt sich nicht gut in Worte fassen. Ich bin kein großer Redner. *Lassen Sie's mich aufschreiben*, bin ich versucht zu sagen. Das würde mir die Sache wenigstens etwas erleichtern.

»Als freiwilligen Umzug kann man das nicht wirklich bezeichnen, es ist eher ein Umzug aus, ähm, wie soll ich sagen, einem tiefen, ähm, instinktiven Bedürfnis heraus. Das ist ja ein bisschen was anderes, meine ich, als ein, äh, freiwilliger Umzug.«

Das klingt wenig überzeugend. Ich spüre förmlich, wie jeglicher gute Wille am anderen Ende der Leitung erstirbt. »Aber was ist mit mir?« setze ich zur Wiederbelebung an. »Mein Mann hat den Umzug beschlossen. Wir haben aber Kinder, und da bleibt mir doch nichts anderes übrig als mitzugehen«, sage ich in der – zugegebenermaßen – schwachen Hoffnung, das könne vielleicht als triftiger Grund Anerkennung finden. Doch die Antwort des Beamten liegt auf der Hand.

»Haben Sie die Entscheidung mitzugehen etwa nicht freiwillig getroffen?«

Touché. Ich habe *die Entscheidung freiwillig getroffen. Sie haben gewonnen.*

»Dann weiß ich Bescheid. Vielen Dank für die Auskunft«, bedanke ich mich und lege auf. Befreit atme ich auf. Ich habe mir nur etwas vorgemacht. Ich muss nicht mitgehen. Ich *will* mitgehen. Ich will auch einmal in den Bergen leben.

So weit, so gut. Den Kredit für unser Haus werden wir aber für den Rest der Laufzeit wohl leider nicht mehr von der Steuer absetzen können.

… ter März
Ich muss einen Kurztrip zu den heißen Quellen in Atami* und Hakone* sausen lassen

Da ich gesundheitlich angeschlagen bin, muss ich die Onsen*-Tour, auf die ich mich so gefreut hatte, absagen.

Fünf Frauen der schreibenden Zunft. Wenn ich meinem früheren Ich erzählte, dass ich mit Fumio Yamamoto* in ein Thermalbad fahre, würde es mir einen Vogel zeigen. Nein, es würde wahrscheinlich sagen: *Tickst du noch ganz richtig?!* Aber glaub mir, liebes Ich, es stimmt! (Hahaha.)

Die bloße Vorstellung, unter freiem Himmel zusammen in einer heißen Quelle zu sitzen, jagt mir wohlige Schauer über den Rücken. Schon die Terminabsprache und die Auswahl der Hotels hatten eine Heidenspaß gemacht.

Nun liege ich krank und frustriert im heimischen Bett und lese beschwingte Mails mit Fotos, WhatsApp-Nachrichten und Tweets.

WERD SCHNELL WIEDER GESUND, MIYA. IM FRÜHLING GEHT'S DOCH NACH HOKKAIDO.

WIR BESUCHEN DICH! schreibt Michiko Yazuki*.

DANKE! IHR MÜSST UNBEDINGT KOMMEN. AM BESTEN IM SOMMER! schreibe ich freudig zurück.

NACH OBIHIRO, ODER?

Genau – ähm, ursprünglich.

WIR HABEN UNS UMENTSCHIEDEN, schreibe ich und füge den Namen des Berges hinzu: TOMURAUSHI. *Mann*, das wollte ich doch im Hotel erzählen!

TRUTSCHE KENNT DEN TOMURAUSHI, kommt es nach einer Weile zurück. Kein Wunder! Die Essayistin Kimiko Kitaōji* alias »Trutsche« lebt in Sapporo.

Danach kommt nichts, erst am nächsten Morgen, dafür aber gleich zwei Nachrichten:

DER NÄCHSTE TRIP STEHT FEST.

WIR FLIEGEN NACH OKINAWA*.

Was?

WIR HABEN GEGOOGELT UND SIND AUF DAS UNGLÜCK GESTOSSEN. IN TOMURAUSHI ERFRIEREN DIE LEUTE SOGAR IM SOMMER. WIR BETEN FÜR DICH.

Wenn einer im Sommer erfriert, bin ich das also, oder wie?

APRIL
DIE LANGEN, LANGEN FRÜHJAHRSFERIEN BEGINNEN

Sobald der Umzug nach Tomuraushi beschlossene Sache ist, gebe ich jeden Widerstand auf. *Beschlossen ist beschlossen, also genieß es*, mache ich mir Mut, was allerdings gar nicht mehr nötig ist, da ich davon überzeugt bin, dass ich es *definitiv* genießen werde. Der Wunsch, einmal in der Natur zu leben, ist mittlerweile so groß, dass ich mich wundere, ihn selbst noch nie ausgesprochen zu haben. *Man kann es als Chance betrachten*, denke ich. *Ich* will *es als Chance betrachten*, denke ich, *ein Jahr in der Natur, in dem jeder darüber nachdenken kann, wie er sein Leben gestalten will.*

… ter April
Abreise nach Hokkaido

Es ist Mitternacht, als das Gepäck verladen und wir an Bord der Fähre sind. Um halb zwölf waren wir im Hafen, kurz nach Mitternacht sind wir an Bord gegangen, um halb zwei fahren wir ab. Wir sind müde. Wer wäre das nicht?

»Wo sind wir?« fragt meine Tochter verschlafen, als sie aus dem Auto steigt. »Wo fahren wir hin?«

Sie hat unseren Umzug offenbar verdrängt. Außerdem hängt sie wohl am meisten an Fukui.

»Wir ziehen doch nach Hokkaido!« erwiderte ich betont gutgelaunt.

»Aber … Was ist *das*?«

»Na, die Fähre«, sage ich.

Meine Tochter verzieht überrascht das Gesicht.

»Kann die fliegen? Du hast doch gesagt, wir nehmen den Heli?«

Nicht den *Heli**, Kind, die *Ferry*!

»Ahh«, seufzt mein Mann, als wir endlich an Deck stehen, »endlich Ferien!«

Ferien? Das kommende Jahr?

»Ob es in Hokkaido auch Schulclubs gibt?« fragt meine Tochter neben mir besorgt. Ab der vierten Klasse darf man in Fukui nämlich einen Schulclub besuchen. Darauf hatte sie sich gefreut.

»Ab jetzt, Spätzchen, fühlt sich jeder Tag wie ein Tag im Club an«, sagt mein Mann.

Verstehe! Wir fahren also mit dem *Heli* in die *Ferien*, in einen *ewigen Club*.

… ter April
Auf zum Berg

Die Überfahrt mit dem *Heli* dauert etwa zwanzig Stunden. Er hat Kabinen mit Betten, ein Restaurant und ein großes Badehaus. Sogar ein Kino, in dem wir uns einen Film anschauen. Es schaukelt kaum. Die Fahrt ist angenehm.

Kurz nach neun Uhr abends fahren wir im Hafen von Tomakomai vom Schiff. Hier ist die Luft anders als in Fukui. Sie ist kühl. Aufgeregt mummeln wir uns in unsere Wintermäntel. In Tomakomai werden wir übernachten. Morgen früh geht es weiter nach Tomuraushi.

Vom Tomakomai fahren wir nach Tokachi, in die Mitte der Mitte von Hokkaido. Die Landschaft verändert sich. Hokkaido ist überall schön, aber die Region Tokachi ist etwas ganz Besonderes. Je näher wir kommen, desto kälter wird es. Der Atem wird weiß. Man *spürt* den Norden förmlich.

In Shintoku melden wir uns im Einwohnermeldeamt, dann geht es endlich in die Berge. Die Aussicht ist grandios. Dass man so unwegsames Gelände überhaupt erschließen konnte! Ich schaue durchs Fenster und staune nur. Mein Mann macht ein Gesicht, als wollte er sagen: *Na? Was hab ich dir gesagt?*

Der See ist weiß. Er scheint nicht nur eine Eisschicht zu tragen, sondern bis auf den Grund gefroren zu sein. Die Wellen sind im Heranrollen erstarrt. *Oh Gott!*

Der See, der Fluss. Links und rechts ragen Berge auf. Alles ist schneebedeckt und so schön, dass es einem die Sprache verschlägt. Ich komme mir vor wie in einem Film. An der Straße steht ein

Hirsch und schaut uns nachdenklich an.

Endlich kommt die Schule in Sicht. Ein charmanter, einstöckiger Bau, der wie eine Ranch aussieht. Das Bürgerhaus. Das Wohnheim für die Angestellten. Das Forstamt. Und: die vier Einheiten für die Gastschüler aus der Stadt.

Wir dürfen die Hälfte eines in die Jahre gekommenen Doppelhauses beziehen. Ich will gar nicht wissen, wann es erbaut worden ist. Es war einmal eine Arztpraxis, erzählt man mir. Von der Raumaufteilung her könnte das hinkommen. Innen ist alles renoviert und schön. Ein paar Freiwillige von der Nachbarschaftsvereinigung hätten geputzt und sogar neue Tatami* verlegt. Wie dankenswert! Wer weiß, wie oft dieses anno dazumal erbaute Haus schon renoviert und Gastschülern und deren Familien zur Verfügung gestellt worden ist! Ich bin festen Willens, das Beste aus unserer Zeit hier zu machen, aber bei der Vorstellung, wozu diese Räume früher genutzt wurden, läuft es mir kalt den Rücken hinunter. *Hier war wahrscheinlich das Wartezimmer, hier das Sprechzimmer.* Im Röntgenraum würde ich jedenfalls nur ungerne schlafen.

Da unser Gepäck noch nicht eingetroffen ist, übernachten wir im Tomuraushi-Onsen, dem höchstgelegenen Gasthaus des Dorfes.

… ter April
Kennenlernen

Die andere Hälfte unseres Hauses bewohnt eine Familie aus Chiba, eine Mutter mit drei Kindern. Der Vater habe wegen der Arbeit nicht mitgekonnt.

»Eigentlich wollten wir nur bis zum Ende der Grundschule bleiben«, erzählt die älteste Tochter, die ab diesem Frühjahr zusammen mit meinem zweiten Sohn die Mittelschule besuchen wird. Ihre jüngere Schwester kommt in die fünfte, ihr kleiner Bruder in die zweite Klasse. »Aber jetzt bleiben wir doch länger.«

Gegenüber wohnt noch ein Mädchen, das im selben Alter wie Sohn Nr. 2 ist.

Auch dieser Haushalt besteht nur aus Mutter und zwei Kindern, wobei die Ältere die hiesige Mittelschule abgeschlossen hat und nun ein Internat in Obihiro besucht.

»Ihr habt also auch verlängert?« frage ich.

»Ja«, lacht sie. »Ich hätte nie gedacht, dass wir so lange bleiben, aber jetzt sind wir schon im siebten Jahr.«

Die Familie im Haus dahinter – Vater, Mutter, Grundschülerin – sei auch schon im fünften Jahr. Zuerst wären es nur die Mutter und das Kind gewesen, letztes Jahr sei aber auch der Vater dazugestoßen, der arbeite jetzt auf einem Viehhof.

»Hier gefällt's halt allen.«

Unser Plan lautet: ein Jahr. Ich denke an meine Kinder und deren Schulausbildung, an meine Eltern in Fukui, an die Arbeit meines Mannes. Ob es mir hier auch so gut gefallen wird, dass ich verlängern will?

... ter April
Feierlicher Schulbeginn, Einschulung

Klopfenden Herzens betreten wir die Grund- und Mittelschule. Lehrer, Schüler und die versammelte Dorfgemeinschaft heißen uns willkommen. Eingeschult werden ein Grundschüler und, unsere Söhne eingerechnet, drei Mittelschüler. Für die Zeremonie ist alles bereit. Die neuen Schüler sind da, mit ihren Eltern natürlich, aber auch bereits eingeschulte Kinder nebst Eltern, Leute, die keine Kinder auf der Schule haben und sogar das Mädchen, das letzten Monat die Mittelschule abgeschlossen hat. Ich habe den Eindruck, das ganze Dorf nimmt teil.

Die Einschulung ist berührender als alle, die ich je erlebt habe. Die Grußworte der Lehrer, die Glückwünsche der Gäste – jede Rede ist warmherzig und voller Freude. Es wird deutlich: Jeder Schüler zählt. Als frischgebackener Mittelschüler gibt Sohn Nr. 2 seine Pläne für das Schuljahr zum besten, als Sprecher der Gastschüler nimmt Sohn Nr. 1 sie in einer kleinen Rede auf. Ich staune. Wer hätte gedacht, dass in meinem Sohn ein so versierter Redner steckt?

»Mit vereinten Kräften«, sagt er und wendet sich an das Publikum, das er eben erst kennengelernt hat – er ist für die Rede aufgestanden und einen Schritt nach vorne getreten – »mit vereinten Kräften wollen wir aus dem kommenden Jahr das Beste machen. Ich freue mich darauf.« Dann lächelt er und verbeugt sich.

»Ich möchte mit allen gut Freund werden«, formuliert auch meine Jüngste als neue Viertklässlerin ihre Ziele. Vor einem Jahrgang mit knapp hundert Kindern würde ihr das niemand glauben, aber hier klingt es gar nicht so abwegig. Die Zahl der Grundschüler beläuft sich auf zehn. Mit denen kann sie durchaus »gut Freund« werden.

Die Mittelschüler sind zu fünft. Zwei Kinder von der hiesigen Grundschule, die dem einzigen Mittelschüler des vergangenen Jahres nachfolgen, in Klasse sieben. Die Tochter des Rektors, die zuvor eine Mittelschule in der Stadt besucht hat, in Klasse acht und meine beiden Söhne. – Allein oder zu fünft ist ein Riesenunterschied! – Plus, das erstaunt mich, drei neue Lehrer. Damit verändert sich der Schulalltag definitiv.

…ter April
Nach der feierlichen Einschulung

Nach der feierlichen Einschulung wird gefeiert. Schüler, Lehrer, Eltern und die anderen Leute aus dem Dorf laden zu einer Party ein, um die »Neuzugänge« – drei Lehrer, einen Verwaltungsangestellten und fünf Miyashitas – willkommen zu heißen. In zwei Bussen soll es in ein Onsen gehen, einen »Geheimtipp«.

Schlecht, denke ich, *ganz schlecht*. Busfahren vertrage ich nämlich nicht. Das hatte ich, so selten wie ich Bus fahre, ganz vergessen. Es dauert dann auch keine fünf Minuten, bis mein Kreislauf schlappmacht.

Ich lasse den Bus anhalten und will aussteigen. Obwohl ich das Angebot, mich zur Schule zurückzubringen, kategorisch ablehne – ich wolle zu Fuß gehen –, besteht man darauf, mich zurückzubringen: Alles andere sei gefährlich! Mir schießt das Bild eines Braunbären* durch den Kopf.

Die Kinder fahren mit dem Bus weiter, mein Mann und ich steigen an der Schule in den Hiace um. Die Sonne geht unter, es beginnt zu schneien. Langsam winden wir uns die Straße hinauf, die irgendwann zu einem unbefestigten Waldweg wird. Der Schnee nimmt zu. Am Onsen, das wir mit einiger Verspätung erreichen, herrscht Schneegestöber. Am Parkplatz liegt mannshoch Schnee. Ein knuffiger Marder rennt über den Weg und verschwindet wieder.

Die Party ist *intensiv*. Überall wird fröhlich gegessen und getrunken. Und die Leute sind so – *anders*. Sie sprechen einen an. Sie erzählen von sich. Und nichts von dem, was sie erzählen, ist langweilig. Gebannt höre ich zu, was sie über die Jahreszeiten berichten, über das Essen, über die Viehweiden, über das Bergwandern. Das alles ist neu für mich. Ihre Worte haben Kraft. *Der Mensch hat nicht nur Weite,* denke ich, *Tiefe hat er auch.*

Auch die Lehrer sind alle sehr fidel, wenn auch ein Sammelsurium skurrilster Typen. Wer sonst bewirbt sich auf einen so entlegenen Posten? Sie sind jedenfalls nicht nur hier, um wilde Landkinder zu zivilisieren. Sie wollen Spaß. Hoffe ich wenigstens. So wie wir auch.

»So mickrig habe ich mich noch nie gefühlt«, flüstert Sohn Nr. 1, der selten mit so vielen Erwachsenen zusammen badet. Die Arbeit auf der Weide macht anscheinend Muskeln. Nicht, dass mein Sohn keinen Sport treiben würde, besonders klein wäre oder keine Muskeln hätte. Aber der Körper eines im Sportclub der Schule gestählten Vierzehnjährigen ist natürlich nichts im Vergleich zu dem durch körperliche Arbeit gestählten Körper eines Erwachsenen. Dieser Unterschied, nehme ich an, ist meinem Sohn aufgefallen. Allein dafür hätte sich unser Kommen schon gelohnt.

… ter April
Wir gehen spazieren

Es bleibt kalt. Noch steigen die Temperaturen mittags nicht über null. Da wir nicht die ganze Zeit nur zu Hause herumsitzen wollen, gehen mein Mann und ich spazieren. Wir packen uns warm ein – ziehen Mäntel, Handschuhe, Schals und Stiefel an – und wandern los.

Es spielt keine Rolle, wo man in Tomuraushi spazierengeht, die Aussicht ist überall wunderbar. Die Luft ist klar. Man fühlt sich befreit.

»Macht euch keine Sorgen«, sagt Masumi. Um einen Bären zu Gesicht zu bekommen, sei unsere furchtlose Nachbarin ein halbes Jahr lang täglich gezielt dort herumgewandert, wo es Bären geben soll. »Wenn man sie sucht, trifft man nie einen.«

Was soll das heißen? Dass man einen trifft, wenn man nicht *sucht? Oh je.*

»Seid ihr nicht enttäuscht, dass das Schulhaus so neu ist?«

»Warum?«

»Naja, wenn man eine alte Berghütte erwartet, ist man vielleicht enttäuscht, dachte ich. Die neue Schule ist ja erst fünf Jahre alt.«

Nun ja, es ist immer noch ein charmantes *Holz*haus.

»Früher gab es nur Plumpsklos, im Flur sammelte sich der

Schnee, und Empfang hatte man natürlich auch nicht. Da musste man sich etwas einfallen lassen.«

Das kann ich mir vorstellen! Gegen Einfallsreichtum, denke ich, *hätte ich nichts einzuwenden. Eine Toilette mit Wasserspülung ist allerdings auch ganz schön.*

Empfang hat man übrigens mittlerweile, wenn auch nur schwach und manchmal aus unerfindlichen Gründen auch nicht. Da es hier weder Glasfaser noch DSL gibt, gehe ich über das Smartphone ins Netz. Masumi ist wahrscheinlich kein Freund des Internets.

Auf unseren Spaziergängen lernen wir einiges über Kot. *Das da ist Hirschlosung. Das hier sind Hasenköttel.* Wir lernen auch einiges über Spuren. Und über Geruch.

»Riecht ihr das? Hier riecht's eindeutig nach Tier.«

Stimmt! Hier riecht es wirklich nach Tier.

»Das war ein Rotfuchs.«*

»Man kann riechen, dass es kein Hirsch war?«

»Jaja, Hirschurin riecht anders. Aber keine Sorge, ihr könnt das auch bald unterscheiden.«

Was für eine Vorstellung!! (Hahaha)

»Hier wachsen übrigens jede Menge essbarer Wildpflanzen, schaut mal, Huflattich*, Aralie*, Fiedelköpfe.* Scharlachwein* und Pflaumen* gibt es auch. Wenn meine Tochter Hunger hat, geht sie sammeln und macht sich zu Hause Tempura.«*

Das klingt toll!

»Der ehemalige Rektor schoss sich einen Hirsch, wenn er Hunger hatte. Außerdem hielt er sich ein Schaf. Das führte er an der Leine spazieren. Er wollte es mästen und verspeisen, behauptete er.

Aber wer weiß, ob das Tier letztendlich wirklich im Topf gelandet ist.«

Nun, der jetzige Rektor scheint keine Schafe zu halten.

… ter April
Coop

Einmal die Woche, stellt sich heraus, kommt Coop nach Tomuraushi. Großartig! Mehr als großartig! *Coop beliefert dieses Bergdorf.* Ich bin begeistert. Ab jetzt werde ich nicht mehr Coop sagen, nein, ich werde *werter* Coop sagen. Oder besser noch, *Ihro Gnaden* Coop.

Um mehr über Ihro Gnaden Coop zu erfahren, suche ich das Bürgerhaus auf, das Begegnungszentrum »Tomura«. Das sei nach der Auflösung der Agrargenossenschaft gebaut worden, verfüge über ein kleines Postamt und drei Gästehütten und regele die Gemeinschaftseinkäufe bei Ihro Gnaden Coop.

»Einzellieferungen sind doch viel praktischer«, sagt Frau Seino von der Post mit einem Lächeln. »Gemeinschaftsbestellungen müssen abgeholt werden, und auseinanderklamüsern muss man sie auch.«

»Ich dachte, so lerne ich alle schneller kennen«, verteidige ich mich.

»Keine Sorge«, sagt Frau Seino gelassen. »Hier trifft man sich zu so vielen Gelegenheiten, dass Sie sich bald wünschen werden, es wären nur halb so viele. *Höchstens* halb so viele!«

Die Seinos – als da wären Vater, Mutter und drei Grundschulkinder – sind genau vor einem Jahr als Gastfamilie aus Kawasaki gekommen. Zuerst hätten sie in dem Haus gewohnt, das wir jetzt bewohnen, hätten aber schon nach sechs Monaten beschlossen, ganz nach Tomuraushi zu ziehen. Das Haus in Kawasaki, in das die Familie habe ursprünglich zurückkehren wollen, sei auch schon verkauft. *Nach sechs Monaten!* Nach nur sechs Monaten war Frau Seino Chefin des Postamts, Chefin des Begegnungszentrums und fest entschlossen, in Tomuraushi zu bleiben. Niemand behandelt sie noch wie eine Gastmutter. Dabei war sie noch vor ziemlich genau einem Jahr so neu wie ich heute!

Verstohlen werfe ich einen Blick in ihr hübsches, ungeschminktes Gesicht. Was ist mit ihr passiert? Was ist mit ihr und ihrer Familie in der kurzen Zeit passiert? Und kann mir und meiner Familie dasselbe passieren?

… ter April
Mein Mann hat ein Vorstellungsgespräch

»Was für ein Vorstellungsgespräch?« frage ich.

»Wie, was für ein Vorstellungsgespräch? Für einen Job natürlich«, erwidert mein Mann seelenruhig.

»Da musst du jetzt hin?«

»Mach dir keine Gedanken. Das klappt schon. Der Mailverkehr war sehr vielversprechend.«

Mailverkehr! Wir befinden uns also im Stadium *Mailverkehr*. Dabei sollte die Arbeit doch längst geklärt sein …

… ter April
Schule

Die Schule in Tomuraushi ist eine Zwergschule und besteht aus einem einzigen Schulhaus. Das winzige Lehrerzimmer wird von den Lehrern einvernehmlich geteilt. Der Rektor der Grundschule ist gleichzeitig Rektor der Mittelschule, und mehr als eine Schulkrankenschwester gibt es auch nicht. Außerdem drei Grund- und vier Mittelschullehrer. Die Verwaltung übernimmt ein Neuzugang.

Die Grundschule wird von zehn Kindern besucht, einem Erstklässler, zwei Zweitklässlern, vier Viertklässlern, zwei Fünftklässlern und einem Sechstklässler, die in drei Stufen unterrichtet werden. Stufe 1: Erst- und Zweitklässler, zusammen drei Schüler. Stufe 2: da es keine Drittklässler gibt, nur die vier Viertklässler. Stufe 3: Fünft- und Sechstklässler, zusammen drei Schüler.

Die Mittelschule wird von fünf Kindern besucht, drei Siebtklässlern, einem acht- und einem Neuntklässler. Die werden in zwei Stufen unterrichtet. Die drei Siebtklässler in einer, die beiden acht- bzw. Neuntklässler in der anderen. Zwei dieser fünf Schüler, mit anderen Worten vierzig Prozent, sind Miyashitas.

Nun, unter diesen Schülern muss sich auch der engelsgleiche Junge befinden, der meinen Söhnen bei ihrem ersten Besuch im Frühjahr zuflüsterte, *die Sikahirsche hießen sie willkommen*, aber weder der eine noch der andere will wissen, welcher es gewesen ist.

»Bald werden wir es wissen, Mama.«

»Oder auch nicht. Je mehr ich höre, desto stärker habe ich den Eindruck, dass es diesen Jungen gar nicht gibt.«

Grund- und Mittelschüler zusammengenommen gibt es schließlich nur drei, die in Frage kommen: Nao aus der Klasse meiner Tochter – »nein, nein, jünger!« – und das Duo Shin und Taku aus der zweiten Klasse, zwei muntere, ungezogene Lausebengel, die offenbar nicht eher zufrieden sind, bis sie jeden, aber auch wirklich jeden Streich, der ihnen einfällt, in die Tat umgesetzt haben.

»Einer von *den* beiden? Der *Engel*?«

»...«

Die Sache wird immer rätselhafter.

... ter April
In der Schule werden Ämter verteilt

Mein ältester Sohn wird Schülersprecher. Als ältester Schüler vielleicht kein Wunder, aber seine Freunde würden bestimmt lachen, wenn sie es wüssten. Mein Sohn ist indes so unbekümmert und entspannt wie immer.

»Stell dir vor«, sagt er glücklich, »in dieser Schule gibt es nie Hausaufgaben!«

In den Bergen nimmt man die Schule wohl tatsächlich nicht so ernst, denke ich, werde aber sofort eines Besseren belehrt. *Es ist nicht so, dass es keine Hausaufgaben gibt, Ihr Sohn macht bloß keine*, klärt mich sein Lehrer auf. Ich bin geplättet.

Sohn Nr. 2 wird »Vorsitzender«. Genauer gesagt: »Vorsitzender Protokollant«. Von was auch immer. Ich hoffe, er füllt dieses schwierig klingende Amt zufriedenstellend aus.

Meine Tochter wird Tierbeauftragte. Nicht, dass man in Tomuraushi extra einen bestellen müsste – hier springen überall Hirsche,

Hasen, Füchse und Marder herum – aber meine Tochter hatte schon immer ein Faible für Flora und Fauna und beglückte Tiere, Insekten und Pflanzen mit ihrer Zuneigung. Eine Zeitlang hatte sie sage und schreibe siebenundvierzig Nashornkäfer unter ihren Fittichen, die sie alle voneinander unterscheiden konnte. Und nicht nur das. Sie kannte jeden einzelnen so gut, dass sie ihn entsprechend seiner individuellen Vor- und Nachlieben versorgte. Jetzt ist sie also Tierbeauftragte und kann es kaum erwarten. Vor allem Dickie, die Schildkröte, scheint es ihr angetan zu haben. Die bekommt jeden Tag frisches Wasser und in der Pause Auslauf. Ich hoffe, das wird dem armen Tier nicht zu viel.

… ter April
Schulessen – Katsudon*

Das Essen in der Schule soll unglaublich gut schmecken. Selbst Blackwing, für den das Schulessen immer eine Qual war, ist schwer beeindruckt. Gekocht werde in der Schulküche von einem Lehrer, der früher an einer Kochschule unterrichtet habe. Gegessen werde gemeinsam – und zwar solange das Essen heiß sei! Was für ein Luxus!

Meiner Tochter zufolge ist der Rektor Rechtshänder, halte die Stäbchen aber in der linken Hand. »Damit trainiert er seine grauen Zellen, sagt er.«

Ich muss lachen. Zu meiner Schulzeit hat man noch versucht, aus Linkshändern Rechtshänder zu machen. Lustig, dass es heute Lehrer gibt, die extra mit links essen!

Beim Essen sitzt mein ältester Sohn offenbar oft neben dem Rektor. Der habe manchmal echt komische Anwandlungen: »Hier, damit du groß und stark wirst, sagt er, und gibt mir seinen Reis. Kein Fleisch, nur den Reis.«

Noch dazu »ohne Sauce«.

… ter April
Heute gehen wir wieder spazieren

Der Weg bietet jeden Tag etwas anderes. Manchmal trifft man auf ein Rudel Hirsche, ein anderes Mal sieht man büschelweise Huflattich sprießen. Ab und zu hört man merkwürdige Vogellaute.

»Wie der wohl heißt?«

»Keine Ahnung.«

Die Köpfe im Nacken, versuchen mein Mann und ich, in den Wipfeln einen Vogel zu erspähen. Da wir uns beide nicht auskennen, können wir die Laute nicht zuordnen. Hinter einem Baum fliegt ein schwarzer Vogel auf.

»Hast du den gesehen?« fragt mein Mann mich aufgeregt. »Ganz schwarz. Und wie elegant der aufgeflogen ist … Was das wohl war?«

Wir schauen dem Vogel nach. Ich weiß, was das war. Das war eine Krähe.

… ter April
Unermüdliches Spazierengehen

Die Luft ist *köstlich*. Jetzt weiß ich endlich, was man mit diesem Ausdruck meint. Luft hat nämlich einen Geschmack. Und die hier schmeckt wie Wasser: vollmundig, seidig und, vergliche man sie mit Musik, so klar wie das »so« in »do re mi fa so la ti«. Köstlich!

»Ups.« *Hier* riecht es nach Tier. »Das war ein Rotfuchs«, sage ich stolz. Neidisch sieht mein Mann mich an. »Keine Sorge«, tröste ich ihn. »Das kannst du auch bald unterscheiden.«

Doch die täglichen Spaziergänge durch den Schnee fordern Tribut. Meine Strumpfhose hat am großen Zeh ein Loch. Ich ziehe sie trotzdem an. Sonst würde ich erfrieren. Zwischen Ring- und kleinem Finger habe ich eine Frostbeule. Dabei ist es schon bald Mai.

Wenn ich das nächste Mal in der Stadt bin, kaufe ich mir eine dicke Strumpfhose.

MAI
DIE KNOSPEN AN DEN KIRSCHBÄUMEN SIND NOCH STEINHART

Die *Goldene Woche** ist verschneit. Ich sitze im Außenbecken des *Kuttari*-Onsen in der Stadt, beobachte die Schneeflocken und denke: *Bald ist Weihnachten. – Halt!* Wir haben Mai! Mein Gehirn hat sich geirrt. Es hat die Parameter *diese Kälte! dieser Schnee! – ratter, ratter, klingeling* – einfach unter *Weihnachten!* verbucht. Unglaublich, wie einfach ein Gehirn rechnet.

Auf dem Rückweg in die Berge staune ich durchs Autofenster über die Helle des Himmels. Da stehen so viele Sterne, dass ich fast blind werde. Beängstigend viele!

… ter Mai
Es bleibt kalt

Obwohl es schon Mai ist, fallen die Temperaturen nachts immer noch unter den Gefrierpunkt. Wenn man nicht aufpasst, ist man trotz des heißen Bads in Nullkommanichts wieder durchgefroren. Da ich gerade dabei bin, meine Haare zu föhnen, als die Jungs aus der Umkleide kommen, föhne ich ihre gleich mit. Das Styling ihrer Haare – die werden normalerweise nie geföhnt geschweige denn gestylt – gelingt mir so perfekt, dass ich ganz beschwingt bin. *Morgen in der Schule werden euch alle bewundern*, denke ich, aber kurz darauf sind die beiden so zerzaust wie immer. Sie sähen aus wie »Yoshiko«, habe ihre Schwester gesagt.

»Sie hat gesagt, ich sähe aus wie Yoshiko.«

»Ich will aber nicht aussehen wie Yoshiko.«

Deshalb haben sie ihre schönen Frisuren ruiniert? Wegen Yoshiko? Wer ist Yoshiko überhaupt?

Meine Tochter scheint ein sehr klares Bild von »Yoshiko« zu haben. Yoshiko hat Hängebacken und die Haare kleben ihr am Kopf, sagt sie. Das ist keine sehr nette Beschreibung.

… ter Mai
Schuluniformen

In Tomuraushi gibt es natürlich keine Schuluniformen. Die Kinder gehen im Trainingsanzug zur Schule. Da man in der Mittelschule in Fukui Uniform mit Stehkragen trägt und meine Söhne zudem auch sonst nicht so im Trainingsanzug herumgelaufen sind, ist das anfangs ungewohnt, aber der Mensch ist erstaunlich – vielleicht auch nur meine Söhne. Die haben sich jedenfalls perfekt umgestellt. Sie tragen jetzt *immer* Trainingsanzug. Behaupten sogar, dass sie gar nicht wüssten, was sie sonst anziehen sollten. Von ihren Jeans, die sie bis vor einem Monat noch regelmäßig trugen, haben sie sich jedenfalls verabschiedet.

»Jeans sind irgendwie so *aggro.*«

»Finde ich auch. Als wollte man allen zeigen, wie cool man ist.«

Niemand findet Jeans *aggro. Ihr vielleicht, sonst niemand!* Ob meine Söhne in zehn Jahren auch noch im Trainingsanzug herumlaufen? Was für eine deprimierende Vorstellung.

… ter Mai
Hausbesuch

Die Klassenlehrer unser Kinder kommen uns besuchen.

In Fukui gilt die Regel: *Nur bis an die Haustür.* Bei so vielen Schülern in jedem Jahrgang würden richtige Besuche einfach zu viel Zeit kosten. In Tomuraushi ist das Gott sei Dank anders.

Shiho-sensei, die Klassenlehrerin meiner Tochter, ist jung und schnuckelig. Sie plaudert, lacht viel, dann geht sie wieder. Tanaka-sensei, die Klassenlehrerin meines Ältesten, ist ebenfalls jung und schön. Sie habe an einer großen Mittelschule in Obihiro unterrichtet, erzählt sie, sei nach ihrem Mutterschaftsurlaub im Frühjahr aber in Tomuraushi wieder in den Beruf eingestiegen. Der Klassenlehrer meines zweiten Sohnes heißt Izumino. Er habe sich auf die ausgeschriebene Stelle als Lehrer für Mathematik und Badminton beworben. Obwohl auch Izumino-sensei erst Mitte Zwanzig ist, ist er vor Ort der Dienstälteste.

»Man sagt ja, dass Lehrer, die selber schlecht in Mathe waren, wissen, wie Kinder sich fühlen, die kein Mathe können. Wenn dem so ist, weiß ich, wie sich die fühlen, die Mathe können. Das ist zumindest mein Anspruch«, erklärt er kurz und bündig. »Damit die

Jungs einen Ansprechpartner für ›Männersachen‹ haben, bleibe ich nach Möglichkeit auch in den Pausen im Klassenzimmer.«

Was für ein Selbstbewusstsein, und das in dem Alter!

»Sie haben Ihre Berufung wenigstens gefunden«, rutscht es mir heraus.

»Sie doch auch! Sie sind Mutter. Und meiner Meinung nach haben Sie als Mutter allein dafür, dass Sie Ihre Kinder hierher gebracht haben, einen Orden verdient«, stammelt er.

... ter Mai
Die Bevölkerung Japans

»Mama? Weißt du, wie viele Einwohner Japan hat?« werde ich von meiner Tochter gefragt. *120 Millionen*, antworte ich. Das hat sich seit der Zeit, als ich so alt war wie meine Tochter, nicht geändert.

»Richtig! Einhundertsiebenundzwanzigmillionensiebenhundertneunundneunzigtausend.«

Das steht offenbar auf dem Arbeitsblatt GROSSE ZAHLEN, das sie vor sich hat.

»Aber wenn du uns fünf weglässt, sind es nur noch einhundertsiebenundzwanzigmillionensiebenhundertachtundneunzigtausendneunhundertfünfundneunzig, stimmt's?«

Aha, denke ich, jetzt sind wir also nicht mal mehr im Land! Aber das hat sie bestimmt nicht so gemeint.

… ter Mai
Das Schloss

Die Viertklässler haben im Fach ZEICHNEN UND WERKEN aus Pappmaché »Traumschlösser« gebaut. Ich sehe mir die ausgestellten vier Kunstwerke an. Neben einer hübschen Burg à la Walt Disney steht ein Schloss, das aus unerfindlichen Gründen eine Brille trägt, sich die Nase zuhält und einen Schwanz hat. Was in aller Welt hat meine Tochter sich dabei gedacht?

… ter Mai
Mein Mann geht in die Stadt arbeiten

Seit Ende April fährt mein Mann zweimal die Woche den Berg hinab zur Arbeit. Der einzige, der seine Besorgnis ob dieser *zweimal die Woche* zum Ausdruck bringt, ist Sohn Nr. 2, Blackwing.

»Ich hatte eigentlich vor, später an die Uni zu gehen.«

»Schön.«

»Können wir uns das erlauben, dass Papa nur *zweimal die Woche* arbeiten geht?«

Was für eine Frage! Die hatte ich mir de facto auch schon gestellt: *Können wir uns das erlauben?*

»Keine Bange. Meine Bücher werden weggehen wie warme Semmeln.«

Fragt sich nur wann. Noch verkauft sich nichts.

… ter Mai
Die Buchhandlung

In der Stadt gibt es eine Buchhandlung. *Eine* Buchhandlung. Sie ist klein und gleichzeitig Schreibwaren- und Getränkehandlung. Das Sortiment besteht im wesentlichen aus Zeitschriften, *einem* Regal mit Taschenbüchern und *einem* gebundenen Buch. Nämlich dem, das den Buchhändlerpreis bekommen hat. Lebhaft stelle ich mir vor, wie schön es wäre, wenn meine Bücher irgendwann einmal hier lägen. Nicht weniger lebhaft komme ich zu der Einsicht, dass das wohl eher unwahrscheinlich ist.

… ter Mai
Bergsteigen im Sommer

Alle Schüler von Tomuraushi sind im sogenannten *Green Club*, einem Verein für Outdoor-Aktivitäten. In pfadfinderähnliche Uniformen gekleidet, gehen sie wandern, zelten, skifahren oder stintangeln*, machen mit anderen Worten das, was sie in der Schule nicht machen können. Ein Konzept, das aufzugehen scheint.

Im Sommer gehe es auf den Berg, heißt es. Auf den Tomuraushi, auf dem vor mehreren Jahren mehrere Menschen inklusive Bergführer tödlich verunglückt sind.

»Ist das nicht gefährlich?« frage ich meine Nachbarinnen Masumi und Yōko. Ob meine im Bergsteigen ungeübten Kinder das schaffen würden?

»Keine Sorge. Die älteren Kinder schaffen das locker.«

»Die Eltern haben wahrscheinlich mehr Probleme.«

»Wie? Eltern gehen auch mit?« frage ich.

»Ja, aber nur die, die wollen. Die tragen nämlich den größten Teil des Gepäcks, und das ist ganz schön anstrengend.«

Mit anderen Worten: Man muss trainiert sein. *Sie seien aber auch schon mitgegangen*, sagen Masumi und Yōko. Und die sind, wie ich, Mitte vierzig und Gastmütter.

»Die Aussicht ist bestimmt fantastisch ...« sage ich.

»Absolut fantastisch! Die Blumen blühen, und nachts der Sternenhimmel, einfach toll.«

»Fantastisch ist gar kein Ausdruck! Die Aussicht ist einmalig. Die findet man sonst nirgendwo!«

Das klingt gut ...!

»Anstrengend?« frage ich vorsichtig nach.

»Wenn man die Tour an einem Tag machen müsste, wäre sie anstrengend. Da die Kinder aber auf dem Gipfel übernachten und man deshalb erst am nächsten Tag wieder absteigt, ist es nicht so schlimm.«

Das klingt immer besser ...!

»Der Leiter des Forstamts hatte allerdings seine Mühe. Der war letztes oder vorletztes Jahr dabei und bekam unterwegs Knieprobleme.«

»Stimmt. Auf die Knochen geht der Marsch schon. Ich hab's im Rücken gemerkt.«

»Viele fangen schon im März an zu trainieren. Gehen laufen oder mit Gepäck wandern.«

Mo-, Mo-ment!! Trainieren? Monatelang?

»Die Eltern haben pro Nase etwa zwanzig Kilo auf dem Rücken.«

»Aber es ist kein Gewaltmarsch, keine Sorge. Es geht eher gemütlich zu. Jüngere Kinder sind ja auch dabei. Sechs Stunden hoch und am nächsten Tag sechs Stunden wieder runter.«

»Der Pfad ist außerdem so breit, dass man keine Angst haben muss, irgendwo abzustürzen.«

»Obwohl es eigentlich eine Route für Fortgeschrittene ist. Aber wir haben ja Bergprofis dabei.«

Eine Route für Fortgeschrittene? Dann lieber nicht. Dann können mir der Himmel, die Sterne, die Bergblumen und die einmalige Aussicht gestohlen bleiben! Alles weitere zu diesem Thema werde ich geflissentlich überhören.

… ter Mai
Vögel

Meine Spüle steht direkt unter einem großen Fenster, so dass ich beim Kochen oder Abspülen ins Grüne schaue. Der Walnussbaum vor dem Fenster ist noch kahl. Hirsche kommen vorbei. Eichhörnchen kommen vorbei. Und allerlei Vögel sind auch zu sehen.

»Der ist aber schön!« kräht meine Tochter. Meine Söhne gesellen sich dazu.

»Rot«, ruft meine Tochter.

»Weiß«, ruft Sohn Nr. 2.

»Schwarz«, ruft Sohn Nr. 1, so dass ich denke, *Was soll denn das für ein Vogel sein?* und hinsehe. Tatsächlich, der Kopf ist rot, die Brust ist weiß, Rücken und Schwanz sind schwarz. Der Vogel hüpft von Ast zu Ast und – schwupp – an den Stamm, wo er anfängt zu trommeln.

»Ein Buntspecht!!«

Niemand von uns hat je einen Buntspecht gesehen, trotzdem wissen wir sofort, dass es einer ist, denke ich überrascht. *So* unbekannt ist der also nicht.

Mein Mann ist seit der Sache mit der Krähe, dem »seltenen« schwarzen Vogel, für dessen erregte Entdeckung ich ihn ausgelacht habe, vorsichtiger geworden.

»Guck mal der da.«

»Welcher?«

»Na der da. Der grüne, oder ist der gar nicht grün? … Ich meine, das könnte ein Spatz sein. Oder ist er dafür zu groß … Nein … das ist ein Spatz, oder?«

Ich schaue durchs Fernglas und vergewissere mich. *Grün, mein Lieber. Definitiv grün. Wahrscheinlich eine Drossel.*

»Da! Sieh mal! Das ist bestimmt eine Taube. Ein bisschen bunt vielleicht, aber das ist doch eine, oder?«

Hier kann man mit allen möglichen Vögeln rechnen. Mit Tauben allerdings nicht. Nein, das ist keine Taube. Das ist ein Eichelhäher.* *Etwas mehr Mut, wenn ich bitten darf!*

… ter Mai
Weiterführende Schule

»Vielleicht sollte ich eine Oberschule in Hokkaido in Betracht ziehen …« sagt Sohn Nr. 1 zu meiner Überraschung.

Er geht in die neunte Klasse. Bei der ersten Umfrage zum angestrebten Ausbildungsweg hat er angegeben, sich an einer Oberschule in Fukui bewerben zu wollen. In Tomuraushi gibt es keine Oberschule. Nach dem Abschluss der Mittelschule ziehen die Kinder zu Hause aus und gehen ihrer eigenen Wege. Mein Sohn müsste also wegziehen. In Tomuraushi gefällt es ihm so gut, dass er eine weiterführende Schule in Hokkaido in Betracht zieht. Trotzdem müsste er wegziehen. Was für ein Dilemma! Moment, *Dilemma?* Ist das überhaupt das richtige Wort? Ich werde unsicher. *Dilemma, Dilemma.* Je öfter ich das Wort vor mich hin sage, desto komischer kommt es mir vor. Gab es früher nicht mal einen Schauspieler, der so hieß? Nein, nicht Di Lemma, *Gemma* hieß der. Suzuki Gemma. Quatsch. Das ist doch ein Motorroller …

Egal. Das nächste Problem ist die Zulassung, die in Hokkaido völlig anders vonstatten geht als in Fukui. In Fukui steht und fällt die Zulassung an der gewählten Oberschule mit *einer* Prüfung. Besteht man die, ist man angenommen, frühere Leistungen spielen keine Rolle. In Hokkaido hingegen spielt die »Akte« eines Schülers eine vergleichsweise große Rolle. Anhand dieser Akten wird eine Rangliste erstellt, die wiederum festlegt, wer wo die Eingangsprüfung machen darf. Es hängt also nicht nur von einer Prüfung ab. Schüler, die immer fleißig gelernt und gute Noten gesammelt haben, werden belohnt. Meinem zweiten Sohn käme das wohl entgegen, meinem Ältesten hingegen nicht.

Mein Ältester ist nämlich, nun ja, wie soll ich sagen, er ist ... Es klingt vielleicht komisch, wenn ich als Mutter das sage ... aber mein erster Sohn war mir und meinem Mann schon als Kindergartenkind überlegen. In der Mittelschule waren seine Prüfungsergebnisse, obwohl er nie lernte, immer sehr gut. In beiden Jahren war er unter den zehn Besten der hundertfünfzig Schüler seines Jahrgangs. In der Grundschule war er nicht selten sogar Jahrgangsbester. Das soll keine Angeberei sein. Ich habe ihn für seine Leistungen auch nie gelobt. Weil ich als seine Mutter nämlich am besten weiß, dass sie nicht das Ergebnis harter Arbeit sind.

Als ich das erste Mal die Schulakte meines Sohnes sehe, bis dahin kannte ich nur seine Prüfungsergebnisse, wird mir schwindlig. Ich halte sie zuerst sogar für einen Irrtum. Mein Sohn hat kein einziges Mal Hausaufgaben gemacht oder etwas eingereicht, das er hätte einreichen müssen. Als er zudem mit einem entwaffnenden Lächeln sagt: »Sie haben mich nicht zu schlecht benotet«, bleibt mir erst recht die Spucke weg.

Wenn mein Sohn wirklich eine Oberschule in Hokkaido in Betracht zieht, muss er mehr für seine Akte tun, denke ich, vielmehr, hätte er mehr für seine Akte tun müssen. Jetzt ist es zu spät. Intelligenz hin oder her. Sich mit *der* Akte zu bewerben, wäre *zu* optimistisch.

»Bei dieser Oberschule«, sagt mein Sohn und nennt die beste Oberschule von ganz Tokachi, »gibt es eine Sonderregelung. Wenn du bei der Prüfung unter den besten zwanzig bist, ignorieren sie die Akte. Egal, wie schlecht sie ist.«

Man muss also *nur* unter die zwanzig Besten von ganz Tokachi kommen, *so so*. Na, wenn ihm das Ansporn ist – Respekt!

… ter Mai
Schulclub

In seiner alten Schule war mein ältester Sohn im Badmintonclub. Man könnte sogar ohne Übertreibung behaupten, dass er nur zum Badmintonspielen in die Schule gegangen ist. Deshalb war seine einzige Bedingung, dass man in der neuen Schule, in Tomuraushi, Badminton spielen können müsse. Ein richtiger Club müsste es nicht sein. Es gäbe ja nur eine Handvoll Schüler.

Auf Nachfrage hatte sich herausgestellt, dass es nur einen Schulclub gibt. Einen Badmintonclub. Diese Auskunft, kann man sagen, hat unseren Umzug nach Tomuraushi entschieden.

Mein Sohn reißt sich plötzlich Arme und Beine aus. *Zu fünft könnten wir als Mannschaft antreten*, sagt er. Andernfalls wäre die Gefahr groß, gleich nach dem ersten Spiel auszuscheiden. Mein Sohn spielt nämlich gerne, aber nicht besonders gut.

Eine Mannschaft besteht aus zwei Paaren und einem Einzelspieler, wobei der stärkste Spieler in der Regel die Einzel bestreitet.

»Blackwing kann die Einzel spielen.«

Das ist perfide! Den eigenen Bruder, der vor einem Monat überhaupt erst angefangen hat, Badminton zu spielen, mit anderen Worten, einen blutigen Anfänger im Einzel zu »verheizen« – das ist perfide. Doch so beängstigend entspannt mein Ältester normalerweise ist, sobald es um Sieg oder Niederlage geht, wird er zum Tier.

Wie sich herausstellt, ist das Badminton-Niveau in Tokachi aber ziemlich hoch. Es besteht also die Gefahr, dass alle Spiele verloren gehen, egal, wer Einzel oder Doppel spielt. Außerdem ist meinem Sohn wohl aufgefallen, dass es keine gemischten Mannschaften gibt. *Naja, besser spät als nie!*

… ter Mai
Softball

Tomuraushi gründet eine Softball-Mannschaft. Freudestrahlend macht sich mein Mann zum »Eignungstest« auf. Dass man sich um halb sechs trifft, weiß ich. Dass man sich um halb sechs *morgens* trifft, hätte ich allerdings nicht gedacht.

Das erste, was mein Mann sagt, als er wieder nach Hause kommt, ist: »Mein Gott, ist der Rektor gut!« Auch der geht morgens um halb sechs schon Softball spielen!

»Kanno-sensei, Jūdō-sensei und Yūki aus der Verwaltung waren auch da. Alles Topspieler.«

Yūki braucht jeden Tag bestimmt eine Stunde zur Arbeit. Er wohnt nicht in Tomuraushi oder in der Stadt, sondern noch weiter weg. Der muss verrückt sein, an Werktagen morgens um halb fünf das Haus zu verlassen, um Softball zu spielen! Kompliment!

Um zehn vor sieben geht mein Mann zur Arbeit. Ob er den »Eignungstest« bestanden hat, weiß ich nicht. Ich habe vergessen, ihn zu fragen.

… ter Mai
Meine Tochter ist krank

Meine Tochter ist krank. Sie leidet an der *Ich-will-einen-Hund-haben*-Krankheit. Schubweise brach die schon zu Hause in Fukui aus, aber in letzter Zeit ist es wieder besonders schlimm. Sie will *so, so unbedingt* einen Hund, dass sie des Nachts schon davon träume.

»Er sah aus wie Dickie«, sagt sie. »Total süß!«

Moment mal! Ist Dickie nicht die Schildkröte aus der Schule?

… ter Mai
Die Krankheit meiner Tochter verschlimmert sich

Die Krankheit meiner Tochter wird von Tag zu Tag schlimmer. Jetzt bildet sie sich den Hund schon ein! Sein Name ist *Graf Schnuffi*. Warum der Hund so komisch heißen muss, weiß ich nicht, jedenfalls bringen ihm die Kinder, in ihrer Einbildung natürlich, verschiedenes bei, *Pfötchen* zum Beispiel oder *Sitz*. Ich bete, dass der Spuk bald ein Ende hat!

… ter Mai
Drei Grad

Auf Honshu ist es an manchen Tagen schon sommerlich warm. In Tomuraushi sind es mittags drei Grad.

… ter Mai
Kirschblütenfest

Die Nachbarschaftsvereinigung veranstaltet auf dem Schulhof ein Kirschblütenfest. Das Wetter ist perfekt: Die Sonne scheint, und wärmer geworden ist es auch. Jetzt müssten nur noch die Kirschbäume blühen. Auf Honshu haben sie schon vor knapp zwei Monaten geblüht – die Blüten sind längst wieder abgefallen –, aber hier sind die Knospen noch steinhart.

Es wird gegrillt. Herr Sekitani, der Vorsitzende der Nachbarschaftsvereinigung, züchtet Jersey-Rinder und hat eines seiner wertvollen Tiere gestiftet. Ein ganzes Nackenstück kommt auf den Grill, wird – innen praktisch noch roh – zerteilt und verspeist. *Köstlich!* Spätestens jetzt ist es mir völlig egal, ob die Kirschen blühen oder nicht. Die Kinder spielen. Wer in welcher Klasse ist, spielt keine Rolle. Meine Söhne haben kleine Kinder auf dem Schoß. Die Zwerge aus dem Hort versuchen sogar, an ihnen hochzuklettern. So etwas habe ich noch nie gesehen.

… ter Mai
Beifußbrot

In Tomuraushi essen wir häufig zu Hause. Früher sind wir, wenn ich viel zu tun hatte zum Beispiel, oft essen gegangen. Hier geht das nicht, hier gibt es keine Restaurants. Um auswärts zu essen, muss man in die Stadt, also den Berg hinunter und nach dem Essen wieder hinauf, was gut und gern zweieinhalb Stunden dauert.

Der herrliche Ausblick aus meinem Küchenfenster tut auch seinen Teil, glaube ich – ich genieße es richtiggehend, jeden Tag in der Küche zu stehen –, genauso wie die »Hirschklöße«, die ich zusammen mit den Frauen aus der Nachbarschaftsvereinigung zubereitet habe. Die haben mein Verhältnis zum Essen verändert.

Zuerst schießt man einen Hirsch. Dann lässt man ihn ausbluten, zerlegt ihn, schmort das Fleisch, knetet die Klöße, füllt sie mit dem Ragout und dämpft sie. Dabei fällt mir ein: Vor meiner Heirat wohnte ich eine Weile auf der Okinawa-Insel Yaeyama. Da pflückten wir einfach ein paar Blätter von den Bäumen, reinigten sie in einem Bottich, trockneten sie, kochten sie und tranken sie anschließend als Tee. Wir verkauften sie sogar. Das hat meine Einstellung zu »essen« oder »kochen« damals nachhaltig verändert. *Es macht Spaß. Du bist frei. Du kannst kochen, was du willst, du kannst essen und trinken, was du willst. Alles ist gut.* An diese Freiheit erinnere ich mich jetzt wieder.

Es ist nämlich so, dass Ihro Gnaden Coop so gut wie alles liefert, außer anständiges Brot. Das werde ich jetzt einfach selbst backen, beschließe ich.

Ich verknete einfach Wasser und Mehl, lasse den Teig gehen und backe ihn ab, dann müsste das Brot doch schmecken, oder nicht? *Ich hab's!* Ich pflücke ein wenig Beifuß vor dem Haus und backe Beifußbrot. Gesagt, getan. Ich bin gerade aus der Tür getreten und im Begriff, den Beifuß zu pflücken, als Masumi auftaucht, meine Nachbarin.

»Nicht anfassen!« sagt sie.

»Was?« *Ogott, hat das etwa jemand gepflanzt?*

»Das ist Blauer Eisenhut!«*

Was, echt? Blauer Eisenhut?? Das sieht aus wie Beifuß.

»Schau mal genau hin. Beim Eisenhut ist die Blattunterseite weiß. Beim Beifuß sind beide Seiten grün.«

Das stimmt! Ich bin überrascht, gleichzeitig ein bisschen aufgeregt.

»Naja, ich glaube nicht, dass man sofort tot umfällt, wenn man nicht zu viel davon isst. Außerdem steckt das Gift in den Wurzeln.«

Das beruhigt mich. Um die Kinder anschließend richtig zu informieren, schlage ich im Haus sogleich im Lexikon nach. Da steht, dass *alle* Pflanzenteile des Blauen Eisenhuts, also Blätter, Stengel und Wurzel, *stark* giftig sind und selbst in geringen Mengen zum Tod führen können. Hier kann man wirklich jeden Moment sterben. Gut, dass ich das Zeug nicht angefasst habe.

… ter Mai
Ich versuche es mit Sport

Schlag dir den Berg aus dem Kopf, denke ich, aber er will mir nicht aus dem Kopf. Ich möchte nicht verzichten. Ich möchte die blühenden Bergblumen, das Wolkenmeer, die »einmalige« Aussicht auch sehen.

Dass ich nicht genug Kondition habe, ist mir bewusst. Um welche aufzubauen, gehe ich also laufen.

Was für ein Reinfall! Nach etwa zweihundert Metern kann ich nicht mehr.

Das wird nichts. Ich kann nicht einmal zweihundert Meter laufen. Mir fehlt die Kraft. Die Hand auf die Seite gepresst, schlendere ich den Panorama-Spazierweg entlang, hin- und zurück etwa zwei Kilometer. *Warum bin ich bloß so schlecht in Form?* Wahrscheinlich nicht, weil ich so faul bin, sondern weil ich so vermessen war anzunehmen, ein Körper müsse nicht gepflegt werden.

… ter Mai
Meine Söhne gehen laufen

Meine Söhne gehen laufen. Vielleicht bereiten sie sich auf den Berg vor, vielleicht ist es aber auch nur die wundervolle Umgebung, die sie dazu einlädt. Kurz nach unserer Ankunft in Tomuraushi waren sie mit den Männern aus der Nachbarschaftsvereinigung zusammen im Onsen. Ich glaube, das spielt auch eine Rolle. Der Anblick von Körpern, die arbeiten, von Muskeln, die nicht nur Zierde sind, sondern benutzt werden, hat sie überwältigt.

»Wie willst du einen Wrestler bezwingen, wie den Weltfrieden schützen, wenn du nicht stark bist«, haben die *Blue Hearts** schon vor einem Vierteljahrhundert gesungen. Und das stimmt. Wie will ich meine Familie schützen, wenn ich nicht einmal imstande bin, zweihundert Meter zu laufen?

Körperliche Stärke ist natürlich nicht alles, das ist klar. Auch wenn sie der kopflastigen Jugend (ich damals, meine Söhne jetzt) sicher gut zu Gesicht stünde.

Aber wie trainiert man Stärke? Und was soll man tun, wenn man keine körperliche Stärke hat? Sich auf einem anderen Gebiet Mühe geben? Überhaupt: sich Mühe geben. Ist es mit *Mühe* getan? Eine Gesellschaft, die nur physische Stärke anerkennt, ist genauso merkwürdig wie eine, in der nur die geistige zählt. Das Beste wäre eine Gesellschaft, die *jede* Stärke zu nutzen weiß, in die *jeder* sich einbringen kann. Aber was ist dann mit denen, die keine Stärken haben? Was sollen die einbringen? Ein gutes Herz? Reicht das? *Das reicht*, bin ich versucht zu sagen, doch auch das ist nicht ganz unproblematisch. Denn was ist mit denen, die kein gutes Herz haben? Also gut: Man muss nicht klug sein, man muss nicht stark sein, man muss sich nicht bemühen, man braucht kein gutes Herz, möchte ich sagen. Wünschte ich, würde *mir* jemand sagen. Aber da ich auch das nicht mit hundertprozentiger Sicherheit sagen kann, gehe ich fürs erste weiter laufen.

… ter Mai
Aufgeflogen

Der Rektor hat meine Kolumne entdeckt. Er habe sie zufällig im Buchladen gesehen, sagt er. Klopfenden Herzens vergegenwärtige ich mir, was ich im April geschrieben habe. Hoffentlich nichts Peinliches! (Doch!)

Nachdem Blackwing ebenfalls aufgeflogen ist, will er einen neuen falschen Namen. Ich frage, wie ich ihn nennen soll.

Er sagt: »*Gentleman.*«

Was soll ich sagen? Ab dem kommenden Monat wird mein Sohn Nr. 2 also *Gentleman* Miyashita heißen. Ich bitte Sie herzlich um Verständnis.

JUNI
DER BERG LEBT

In Tomuraushi gehen seltsame Dinge vor. Scheint mir.

Eine Woche nicht hingeschaut, und schon hat sich der See, der bei unserer Ankunft noch gefroren war, in Wasser verwandelt. »Der See hat sich in Wasser verwandelt« klingt vielleicht komisch, aber anders lässt es sich nicht beschreiben. Der hiesige See ist kein normaler See. Wenn man nicht aufpasst, entführt er einen an einen anderen Ort, in eine andere Jahreszeit, in eine andere Welt. Ja, in eine andere Welt!

Aus einer Woche werden fünf Tage, aus fünf Tagen werden drei. Die Landschaft verändert sich immer schneller. Aus dem zarten Grün, das man eben noch an den Zweigspitzen der kahlen Bäume entdeckt zu haben glaubte, ist binnen drei Tagen junges Blattwerk geworden. Und das nicht nur an einem Baum. Nein, auf einen Schlag haben zigtausend Bäume, haben Millionen Bäume, haben *alle* Bäume des Berges Blätter getrieben. Mir wird bewusst: Der Berg lebt.

… ter Juni
Sporen

Der Juni gibt der Zeit die Sporen. Aus drei Tagen werden zwei, aus zwei Tagen wird einer, und wenn es regnet, verwandelt sich die Landschaft sogar innerhalb von Stunden in eine andere Welt. Das kahle Flussbett wird zu einem grünen Tal. Spitze Felsen runden sich unter einer grünen Decke.

Die Natur hat es eilig. So eilig, als wäre morgen schon wieder alles vorbei. Die Grillen zirpen. Dabei ist es erst Juni. *Singzikaden** heißt es, Zikaden, die im Frühling zirpen. Ich bin verwirrt. In den Bergen sind es noch keine zwanzig Grad, und die Grillen zirpen? Auf Honshu hört man sie erst im Sommer. Heute morgen sind es nur fünfzehn Grad. Die Grillen zirpen trotzdem.

… ter Mai
Greingreislein*

Ich möchte nicht wissen, wie viel Huflattich ich zu Beginn des Frühlings gesammelt habe! Erfreut darüber, wie sie hier und da hochploppen, habe ich so viele Knospen gepflückt und zu Tempura verarbeitet, dass ich irgendwann keine mehr sehr konnte. Nachdem ich sie jetzt eine Weile habe links liegen lassen, sind die Sprösslinge zu stattlichen Pflanzen herangewachsen, die stolz ihre großen Blätter ausbreiten. Man kennt doch die Bilder von *Koro-pok-guru** (»Die-unter-dem-Huflattich-Stehen»), die sich bei Regen unter Huflattichregenschirme flüchten. Wenn diese Bilder maßstabsgetreu sind, müssen die Koro-pok-guru ziemlich groß gewesen sein. Unter einen Huflattich passt mindestens ein *Greingreislein*.

… ter Juni
Das Gedächtnis des Berges

Neben dem Fluss entdecke ich eine alte Tafel mit einer Karte des Dorfes. Der Karte zufolge gab es in »Tomura« eine Tankstelle und eine Genossenschaft. *Stimmt*, davon habe ich gehört. Damals soll es wesentlich mehr Bewohner gegeben haben, mehrere Geschäfte und sogar eine Kneipe. Nach dem Ausbruch des Tokachi-dake* 1962 seien aber viele ins Tal geflohen. Es ist komisch, sich vorzustellen, wie lebendig es hier früher gewesen sein muss. Auch diesen Weg sind sicher viele gegangen – fröhlich oder traurig –, aber Spuren hinterlassen haben sie nicht. Meinen Spaziergang wird der Berg sicher auch vergessen.

… ter Juni
Freunde

Der Jahrgang meiner Tochter ist der mit den meisten Schülern. Meine Tochter eingerechnet sind es vier. Eines der Mädchen kam nach der feierlichen Einschulung gleich bei uns vorbei und lud meine Tochter zum Spielen ein. Dieses Mädchen ist vor einem Jahr ebenfalls aus einer Großstadt nach Tomuraushi gezogen. Meine Tochter freute sich.

In der Klasse gibt es aber noch ein Mädchen. Was ist mit der? Würde meine Tochter, die »Neue«, das bisherige Gleichgewicht zwischen den beiden nicht stören, womöglich *zer*stören? Ich wünsche mir, meine Tochter freundet sich auch mit diesem Mädchen an. Und mit dem einzigen Jungen der Klasse, der soll nicht ausgeschlossen werden. Natürlich kann ich mir als Mutter wünschen, was ich will, und einmischen sollte ich mich wohl auch nicht. Ich frage trotzdem. Das zweite Mädchen, wird mir gesagt, säße neben meiner Tochter, würde sich aber immer über deren Kopf hinweg mit dem ersten Mädchen unterhalten. Das versetzt mir einen Stich.

Das Mädchen, das meine Tochter nicht anspricht, stammt aus Tomuraushi. Sie ist die Tochter eines Rinderzüchters. *Warum soll ich mit der Neuen reden*, denkt sie sich vielleicht, *die ist in einem Jahr sowieso wieder weg*. Und sie hätte recht. Man kann nicht erwarten, dass sie meine Tochter mit offenen Armen empfängt. *Wir* sind schließlich diejenigen, die einfach kommen und irgendwann genau so einfach wieder gehen. Und dass wir das dürfen, verdanken wir einzig und allein der Freundlichkeit der Menschen, die schon immer hier leben.

In Tomuraushi gibt es viele Veranstaltungen. In der Schule, bei der Nachbarschaftsvereinigung, überall trifft man sich. Als ich Kōta treffe, den Vater der Sitznachbarin meiner Tochter, der dieses Jahr auch Vorsitzender der Eltern-Lehrer-Vereinigung ist, und ihm mein Schuldbewusstsein andeute, lächelt er und sagt: »Sie brauchen kein schlechtes Gewissen zu haben. Meine Tochter denkt sich nichts dabei.« Ich fühle mich auf einen Schlag besser. *Ach so*, denke ich. Sie betrachtet uns von vornherein nur als Durchreisende. Dann war meine Sorge wahrscheinlich völlig unbegründet.

… ter Juni
Wanderausflug

Mit dem *Green Club* unternehmen wir einen Wanderausflug. An diesem Ausflug, einem der »alljährlichen Feste«, nimmt praktisch ganz Tomuraushi teil.

Unterwegs wird Wildgemüse gesammelt. Anfangs konnte ich nur Huflattich und Beifuß identifizieren, mittlerweile habe ich auch andere Pflanzen zu erkennen gelernt: Allermannsharnisch,* Mitsuba,* Aralie und Scharlachwein. Wir waschen das Gemüse im Fluss und verarbeiten es an Ort und Stelle zu Tempura. Das Wasser rauscht, der Himmel ist blau, ein Stück weiter ragen weiße Gipfel auf, die Kinder toben.

»Boss« frittiert. – Der ehemalige Bergmeister war früher Koch in einem japanischen Restaurant auf der Ginza.* – Besser geht es nicht. *Köstliche* Luft und von einem Profi frittiertes, frisch gepflücktes Gemüse! So gut hat mir noch kein Wanderausflug geschmeckt.

Auf dem Rückweg sieht die Landschaft anders aus. Aus der Welt am Wegesrand, die ich bisher nur als *Grün* wahrgenommen habe, macht selbstbewusst die ein oder andere Pflanze auf sich aufmerksam. *Ich bin's, Scharlachwein! Ich bin's, Flügelknöterich.** Es ist, als hörte man aus einer Sinfonie, nun, da man weiß, wie sie klingen, die Oboen heraus, was der Sinfonie ein ganz neues Gesicht verleiht. Als lernte man ein Wort von einer neuen Seite kennen, in einer Bedeutung, die man nicht kannte und die dem Satz eine ganz andere Tiefe gibt.

… ter Juni
Fundsache

Beim Wandern ist am Fluss ein Parka liegengeblieben. Wir überlegen gerade, wem er wohl gehören könnte, als die kleine Maria aus der fünften Klasse sagt: »Kann ich mal haben?«, den Parka entgegennimmt, ohne zu zögern ihre Nase darauf drückt und schnuppert.

»Der gehört Takuya!«

Was? Wirklich? Wir lachen. Maria ruft Takuya. Takuya ist in der zweiten Klasse.

»Das ist meiner!« sagt er.

»Das riecht man«, wirft Maria sich in die Brust.

Was für eine beängstigend gute Nase!

… ter Juni
Schulsportfest

Einmal im Jahr wird ein Schulsportfest veranstaltet. Zur Vorbereitung bekommen die Schüler ein paar Tage vorher einen Sonderstundenplan. Da aus zehn Grundschülern und fünf Mittelschülern kein richtiges Sportfest wird, machen Lehrer und Eltern auch mit. Am Ende kommt ein mitreißendes Dorfschulsportfest à la Tomuraushi zustande, ein einziger Spaß!

Der, man höre und staune, *Hindernislauf* der Kinder besteht aus so vielen Hindernissen, dass es an Schulen in der Stadt sicher Beschwerden hageln würde. Zuerst wird man schwindelig gemacht (man muss sich auf einen Baseballschläger stützen, die Augen zumachen und zehnmal drumherum gehen), dann geht es auf einen Schwebebalken. *Ich sag Ihnen!* Haben Sie schon mal versucht, schwindelig über einen Schwebebalken zu gehen? Oder, ohne zu ersticken, aus einem Mehlmeer Marshmallows zu fischen?

Die Erwachsenen machen in der Staffel richtig ernst. Sie rennen, als ginge es um ihr Leben. Die Lehrer, allen voran der Rektor, sind unglaublich schnell. So schnell rennt sonst kein Mensch in dem Alter! Die 6,6 Sekunden, die mein ältester Sohn für 50 m braucht, kommen mir geradezu langsam vor. Außergewöhnliche Schnelligkeit gehört hier wahrscheinlich zu den Einstellungsbedingungen.

Wow! Das war aufregend! Das hat Spaß gemacht! Zum Abschluss der Veranstaltung spricht der Schülersprecher ein Grußwort.

»Ich habe mich noch nie getraut, richtig Ernst zu machen. Hier in Tomuraushi habe ich heute Erwachsene gesehen, denen das nicht peinlich ist, die keine Angst davor haben. Das finde ich cool!«

Applaus brandet auf. *Nicht schlecht, mein Sohn, nicht schlecht.*

Nach dem Fest wird aufgeräumt und auf dem Schulhof mit Bier angestoßen. Abends wird nebenan beim Rektor gefeiert. Seine Frau, die nicht mit nach Tomuraushi gezogen ist, sei extra gekommen, um bei den Vorbereitungen zu helfen. Der Rektor wohnt allerdings in einem kleinen Dienstapartment. *Ob da die Schüler, die Lehrer, die Eltern und die Leute aus dem Dorf überhaupt alle reinpassen?* Als wir ankommen, sind sämtliche Türen ausgehängt und, auf Bierkästen gelegt, zu Tischen umfunktioniert. *Was man mit Türen nicht alles machen kann!*

Gemeinsam schauen wir uns das Video vom Sportfest an. Es wird gelacht und geflucht. Nach gut fünf Stunden Party ist die Veranstaltung beendet.

... ter Juni
Bergsteigen

Die Besteigung des Tomuraushi ist für Schüler der Klassen fünf und aufwärts. Viertklässler dürfen nur in Begleitung eines Elternteils mit. Leider ist meine Tochter erst in der vierten Klasse. Wenn ich oder mein Mann nicht mitgehen, muss sie zu Hause bleiben.

Sie soll aber nicht zu Hause bleiben müssen. Sie soll mitgehen dürfen. Ich selbst möchte auch mit.

Man sieht es mir vielleicht nicht an, aber zu Studienzeiten war ich Mitglied im Unisportclub. Zum Training bin ich oft um den Akasaka-Palast* gejoggt und war dabei nicht die Langsamste. Doch meine Selbstsicherheit leidet. Dabei bin ich – gefühlt – doch erst gestern mit dem Studium fertig geworden! Mein Puls rast. Und mehr als zweihundert Meter schaffe ich immer noch nicht.

... ter Juni
Eine unmögliche Kombi

Manchmal werde ich tatsächlich zu einem Autorengespräch eingeladen. Auch wenn ich mich natürlich sehr geehrt fühle, dass man ausgerechnet mich einlädt, habe ich bisher immer höflich abgelehnt. Reden kann ich nämlich nicht. Ich habe etwas zu schreiben, aber zu sagen habe ich nichts.

Diese Anfrage war anders. Man lud nicht nur mich, sondern mich und die in Sapporo wohnende Essayistin Kimiko Kitaōji ein. Kimiko Kitaōji ist eine der vier Damen, mit denen ich unter normalen Umständen im März ins Onsen gefahren wäre – das heißt, wenn ich nicht krank geworden wäre und unseren Kurztrip, auf den ich mich riesig gefreut hatte, hätte absagen müssen. Persönlich kennen wir uns allerdings noch nicht. Was die Veranstalter dazu bewogen hat, uns beide einzuladen, weiß ich nicht.

Wenn nur ich eingeladen wäre, würde ich natürlich auch dieses Mal sofort ablehnen, aber da Kimiko Kitaōji auch eingeladen ist, beschließe ich, erst einmal sie zu fragen, was sie von der Idee hält. Wer weiß, zu zweit hätten wir vielleicht etwas zu sagen. Vielleicht aber auch nicht. Vielleicht aber doch. *Nein,* wahrscheinlich eher nicht.

»Und?« frage ich.

»Gute Frage«, erwidert sie. Keine von uns beiden hat Lust, was natürlich auch keine von uns beiden offen sagen will. Außerdem hängt ein Zu-zweit-wäre-es-vielleicht-gar-nicht-so-schlecht im Raum. Ein Lust-habe-ich-nicht-zuwider-wäre-es-mir-aber-auch-nicht-Gefühl.

»Also?«

»Tja, gute Frage ...« geht es eine Woche lang hin und her. Dass der Kurztrip im März zustande kam, war nur den drei anderen Damen zu verdanken. Wenn die die Sache nicht in die Hand genommen hätten, wären Kimiko und ich immer noch bei unserem »Also?« »Tja, gute Frage ...« und nicht im Onsen. Wo ich dann allerdings sowieso nicht war.

… ter Juni
Graf Schnuffi wächst und gedeiht

Graf Schnuffi, der imaginäre Hund meiner Kinder, ist niedlich und schlau. Fast schade, dass er nicht wirklich existiert. Gentleman, will sagen Sohn Nr. 2, ist so höflich, dass es ihm widerstrebt, Befehle zu erteilen, auch wenn es sich »nur« um ein Tier handelt. Er sagt nicht »Sitz!« oder »Platz!«, sondern »Sit down – please?« Ob man einen Hund wirklich bitten muss, sich zu setzen, weiß ich nicht, aber so macht es eben der Gentleman.

Meine Tochter macht es anders. Sie hat ihre ganz eigene Art, den Hund zu erziehen. Bei ihr lauten die *Befehle* »Wippieh (Sitz!)«, »Piehja (Pfötchen!)« oder »Wischpieh (Bring die Sojasauce!)«, was weder Japanisch noch sonst eine Sprache ist, sondern eine Häufung von »piehs«. Warum sollte man einem Hund überhaupt befehlen, die Sojasauce zu bringen? War es nicht schon unlogisch genug, »piehja« zu brüllen, wenn man ihn dazu bewegen wollte, Pfötchen zu geben? Je länger meine Tochter neben mir »piehja, piehja« brüllt, desto stärker wird mein Eindruck, dass wir nicht Graf Schnuffi vor uns haben, sondern den Komiker Yoshio Kojima.*

… ter Juni
Feldforschung

Grundschüler aus der Stadt haben die Grundschule von Tomuraushi besucht. Nicht, um am Unterricht teilzunehmen, sondern um Feldforschung zu betreiben. Was sie wohl beobachtet und an

Eindrücken mitgenommen haben? Schließlich haben sie auch meine Kinder »erforscht«.

»Keine Sorge, Mama. Ich habe mich benommen, als wär ich von hier«, sagt meine Tochter fröhlich. *Was soll das heißen: als wäre ich von hier*?

»Na, als ob ich nicht schüchtern wäre.«

Meine Tochter ist ausgesprochen schüchtern.

Ob die Kinder aus der Stadt wohl bemerkt haben, dass die Kinder von hier mal schüchtern, mal nett, mal stark und mal adrett sind? Natürlich sind sie manchmal auch doof oder schwach oder schmutzig. Interessanterweise mögen viele von ihnen keine Insekten. Ich war überrascht, dass einige sich sogar vor Heuschrecken fürchten. Nicht, dass ich ein Freund von Insekten wäre, aber Heuschrecken stören mich nicht. *Die sind doch ganz niedlich,* denke ich, und frage eines der Kinder, was an Heuschrecken denn so furchterregend sei. Ich erfahre, dass es in manchen Jahren so viele gibt, dass der Himmel schwarz ist. Sie würden in Scharen über die Felder herfallen und großen Schaden anrichten. Wie konnte ich nur so unbedarft sein, anzunehmen, dass Kinder, die in den Bergen aufwachsen, selbstverständlich *keine* Angst vor Heuschrecken haben? *Das* hätte man den Stadtkindern erzählen sollen. Es gibt so viele Dinge, bei denen ein kurzer Blick einfach nicht reicht.

… ter Juni
Maulwurf

»Was bestellt ein Maulwurf im Restaurant?« fragt meine Tochter lächelnd.

»…«

»Ein Drei-Gänge-Menü!«

Ha-ha! Solche Flachwitze hätte ich auch auf Lager.

… ter Juni
Mich schaudert's

»Nao joggt auch«, sagt meine Tochter. Nao ist der neunjährige Junge mit dem Puppengesicht, der in ihre Klasse geht.

»Er joggt mit seiner Mutter morgens zur Schule.«

Ich traue meinen Ohren nicht. Nao wohnt auf einem Hof acht Kilometer von der Schule entfernt. Werden er und seine kleine Schwester Rui (erste Klasse) morgens nicht gefahren?

»Mit seiner Mutter …?«

Die habe, meiner Tochter zufolge, auch seinen Ranzen auf dem Rücken.

Wow. So viel Einsatz für den Berg, denke ich. Und: *Geht es womöglich nur mit so viel Einsatz*? Der Gedanke macht mich schaudern.

… ter Juni
Schulrucksack, die Erste

Der Rucksack, den mein ältester Sohn mit zur Schule nimmt, ist schwer. Er lässt sich keinen Zentimeter bewegen, als ich ihn im Wohnzimmer aus dem Weg räumen will. Ich muss ihn erst mit beiden Händen hochwuchten. *Mit diesem Klotz auf dem Rücken geht der Junge jeden Tag zur Schule? Ach so,* denke ich. *Er trainiert für den Berg.* Als ältester Schüler wird er bestimmt einen Teil des Gesamtgepäcks tragen, Proviant, Wasser, vielleicht sogar ein Zelt. Er will sich wahrscheinlich an das Gewicht gewöhnen.

»Das finde ich großartig«, sage ich, woraufhin mir mein Sohn einen merkwürdigen Blick zuwirft.

»Wieso? Da sind nur Schulsachen drin.«

Schulsachen? Keine Hanteln oder so?

»Damit trainierst du doch für den Berg, oder?«

»Nee, ich bin nur zu faul, jeden Tag auf den Stundenplan zu gucken und umzupacken. Deshalb nehme ich einfach alles mit.«

Wirklich? Aber wenn er nur das Nötigste mitnähme, wäre der Rucksack doch viel leichter?

»Das stimmt, aber so vergesse ich wenigstens nichts. Und praktisch ist es auch.«

Praktisch? Ich glaube, mein Sohn hat eine falsche Vorstellung von dem Wort »praktisch«.

… ter Juni
Schulrucksack, die Zweite

Gentleman sucht seinen Rucksack. Schon das überrascht mich, hat er doch in Fukui, als er zur Grundschule ging, keinen Tag versäumt, seine Hausaufgaben zu machen, vor dem Schlafengehen Bücher und Hefte für den nächsten Tag zusammenzusuchen, die Bleistifte zu spitzen und seinen Ranzen zu packen.

»Komisch. Wo issn der hin?« sagt er und sucht im ganzen Haus.

»Hast du ihn gestern nicht in der Schule gelassen?« fragt sein Bruder.

Nie im Leben, denke ich. *Stimmt, das kann sein*, hebt Gentleman den Kopf. Leicht erschüttert, dass nicht Sohn Nr. 1 keinen Rucksack auf dem Rücken hat, sondern Sohn Nr. 2, sehe ich den beiden auf ihrem Weg zur Schule nach.

… ter Juni
Singen gegen die Angst

Meine Tochter will plötzlich nicht mehr allein aufs Klo. Bei jedem noch so kleinen Geräusch zuckt sie zusammen und schaut sich ängstlich um.

»Mama? Stimmt es, dass in der Küche ein Amulett hängt?« fragt sie zaghaft. Sie traut sich nicht einmal hinzusehen. *Stimmt!* Neben dem Ventilator hängt ein Amulett vom Kōya-san* an der Wand. Das hat bestimmt Frau Fujiwara aufgehängt – vor uns haben nämlich Fujiwaras hier gewohnt. Weiter denke ich nicht nach. Was mir allerdings zu denken gibt, ist die Schlange, die durch den Ventilator gekrochen und auf den Herd gefallen sein soll. Wenn mir eine Schlange auf den Herd fiele, bekäme ich einen Schreikrampf!

»Bei uns soll's spuken. Das Amulett ist gegen Geister!« klagt meine Tochter. Sie ist den Tränen nahe. *Gut möglich*, denke ich. Das Haus diente früher als Arztpraxis, dann als Bürgerhaus. Auch die Trauerfeier für ihre Schwiegermutter, hat unsere Postbotin bei Gelegenheit erzählt, habe hier stattgefunden. Wie das Haus früher aussah – jetzt sind es ja zwei separate Einheiten – weiß ich nicht, aber dass man an einem Ort, wo einmal Patienten betreut und Tote betrauert wurden, Geister vermutet, wundert mich nicht.

»Schätzchen«, sage ich. »Du brauchst keine Angst zu haben.« Meine Tochter macht ein misstrauisches Gesicht. »Das sind *gute* Geister.«

Wenn man stirbt, wird man eins mit der Materie. Die Seelen, die mit diesem Haus verschmolzen sind, wachen über uns.

»Hier spuken also *gute* Geister?« fragt meine Tochter mit Tränen in den Augen. Ich nicke. Besser wäre wohl gewesen, ich hätte gesagt, *hier gibt's keine Geister*, denn jetzt geht sie nicht mehr nur nicht allein aufs Klo, wenn ich mich nicht vor die Tür stelle und singe, sondern auch nicht mehr zur Tür oder in den Flur. (Dabei ist *GeGeGe no Kitarō** ihr Lieblingsmanga!) Als ich irgendwann keine Lust mehr habe, muss sich Gentleman vor die Tür stellen und singen, was den Stimmen nach sowohl ihm als auch meiner Tochter einen Riesenspaß zu machen scheint.

Aber! Da ist noch etwas, das mir zu denken gibt. In letzter Zeit habe ich jede Nacht Albträume. Ich werde wach, und mein Herz klopft zum Zerspringen. Liebe Geister! *Wacht ihr noch?*

… ter Juni
Die Sommersonnenwende rückt näher

Von der Sommersonnenwende im vergangenen Jahr ist folgender Tweet geblieben: »Da die Mädchen der dritten Klasse gestern darüber sprachen, dass die Tage länger geworden sind, habe ich ihnen den Begriff ›Solstitium‹ erklärt. *Wenn das Solstitium, die Sommersonnenwende, der Tag ist, an dem die Sonne mittags am höchsten steht*, fragte ich anschließend versuchsweise, *wie heißt denn dann wohl das Gegenteil? Das Gegenteil von* Soll*stititum ist* Will*stitium*, erwiderte meine Tochter. Darauf wäre ich nicht gekommen!«

Mit acht ist man wirklich noch klein, denke ich, *mal sehen, was sie jetzt mit neun sagt*, und stelle die Frage erneut.

Ehe ich mich versehe, steht meine Tochter im Handstand an der Wand.

»Wenn das Gehirn aus dem Körper in den Kopf fließt, kann ich besser denken«, erwidert sie, das Gesicht puterrot. *Das Gehirn? Aus dem Körper? In den Kopf?*

… ter Juni
Acht Grad

Ein Kuckuck ruft. Obwohl der Juni allmählich zu Ende geht, haben wir morgens nur acht Grad. Neben der Straße tummeln sich Rotfuchswelpen.

… ter Juni
Arztbesuch

Mein Puls rast. Zuerst dachte ich, das läge am Laufen, aber er rast auch, wenn ich sitze. Oder schlafe. So schlimm, dass ich davon sogar wach werde. Vielleicht spukt es in unserem Haus doch?

Mein Mann legt zwei Finger auf mein Handgelenk und zählt. »Erst ist er stark, dann wieder schwach, und regelmäßig ist er auch nicht«, sagt er, nachdem er eine Weile schweigend gemessen hat. Dann verstummt er. Das Lächeln auf seinem Gesicht ist erstorben. *Oh je.* Mein Mann sieht besorgt aus, *sehr* besorgt. Ich beschließe, in die Stadt zu fahren und zum Arzt zu gehen.

Im Wartezimmer höre ich, wie dem Patienten, der vor mir im Sprechzimmer war, gesagt wird, dass er keine Medikamente brauche, aber doch bitte darauf verzichten möge, bei unbeständigem Wetter Unkraut zu jäten.

Ob das Wetter auch an meinem Puls schuld ist? Für alle Fälle werde ich bei unbeständigem Wetter auch kein Unkraut jäten, nehme ich mir vor. (Tue ich bis heute wirklich nicht!)

… ter Juni
Frühjahrsturnier

Das Badminton-Niveau in Tokachi ist hoch. *Kein Wunder, dass Hallensport floriert, wenn draußen das halbe Jahr über Schnee liegt.* Die Baseballmannschaft, die im Frühjahr für Hokkaido an den

Nationalen Oberschulmeisterschaften teilgenommen hat, soll im Winter im Treibhaus trainiert haben.

Jetzt steht das Frühjahrsturnier der Mittelschulen an. Um die Zahl der Wettkämpfer in Grenzen zu halten, dürfen von jeder Schule nur die drei Besten antreten. Der Badmintonclub in Tomuraushi zählt zwei Mitglieder: Miyashita, den Großen, und Miyashita, den Kleinen. Da Miyashita der Kleine aber erst seit zwei Monaten spielt, sagen sogar die Lehrer, dass man nichts über Knie brechen müsse, und dass sie es gut verstehen könnten, wenn er nicht teilnehmen wolle.

»Aber weißt du«, versucht Sohn Nr. 1 den mit sich ringenden Sohn Nr. 2 zu überzeugen. »Wann kriegt man schon mal die Chance, an einem Turnier teilzunehmen, wo die Besten der Besten gegeneinander antreten. Ich sage dir, da lohnt schon das Zugucken. Die ersten Punktspiele der Saison wirst du vor lauter Aufregung sowieso verlieren. Die verliert jeder. Nach dem Turnier wärst du dagegen wenigstens gewappnet.«

Kein schlechtes Argument. Sohn Nr. 1 spricht aus Erfahrung.

»Die Gelegenheit, gegen einen richtig starken Gegner zu spielen, kommt so schnell nicht wieder, glaub mir! Das ist eine Supererfahrung.«

»*Spielen* ist gut«, höre ich Gentleman schwachen Widerstand leisten. »Ich werde keinen einzigen Ball zurückbringen. Das wird womöglich keine Supererfahrung, sondern eine super traumatische Erfahrung. Danach traue ich mich vielleicht nicht mal mehr auf den Platz.«

Schweigend denkt sein Bruder nach. Er denkt und denkt und denkt …

… ter Juni
Turniertag

Das Niveau ist höher als gedacht. Einige der Spieler hätten gut und gerne an den letzten *Oberschul*meisterschaften teilnehmen können.

Die Vorstellung, wie mein Sohn auf dem Platz erstarrt, schnürt mir die Kehle zu. Mehr als »keine Angst!« bringe ich nicht heraus. Aber Gentleman hat keine Angst. Sobald die Entscheidung für das Turnier stand, waren Angst und Bedenken wie weggeblasen. Jetzt gilt nur noch: Augen zu und durch.

Während die anderen Spieler sich aufwärmen, zieht Gentleman das Trikot über, setzt sich hin und liest. *Ähm, Entschuldigung, Sohn! Willst du dich nicht auch aufwärmen?*

Da Gentleman auf keinen Fall will, dass ich zuschaue, gehe ich schweren Herzens nach Hause. *Zu Null habe er nicht verloren*, erzählt sein Bruder später. *Die Punkte seien aber alle auf Fehler des Gegners zurückgegangen.*

… ter Juni
Nach dem Turnier

In letzter Zeit gehen meine Söhne extrafrüh zur Schule. Sie hätten sich mit dem Rektor beraten, und der habe ihnen erlaubt, eine Dreiviertelstunde früher zu kommen und zu trainieren. *Was ist los mit euch, Kinder?* Kann das etwa … soll das etwa … ein Zeichen von *Eifer* sein? Ich bin mir nicht sicher. *Eifrig* waren meine Söhne noch nie. Aber offenbar trainieren sie sogar in der Mittagspause. Ihre Klassenlehrer haben die Posten von *Betreuer* und *Co-Betreuer* übernommen.

Auch die Trainerlegende von Tomuraushi, die die Kinder beim Turnier kennengelernt haben, den Trainer, der die Mittelschüler von Tomuraushi vor etwa zwanzig Jahren bis zu den Präfektur-Meisterschaften führte, hat einen Trainingsplan gefaxt. So viel Eifer haut mich um! Wie gut, dass die Jungs sich überwunden und am Turnier teilgenommen haben. Wie gut, dass wir nach Tomuraushi gekommen sind.

JULI
DIE BESTEIGUNG DES TOMURAUSHI

Jetzt hat sich herausgestellt, weshalb ich seit letztem Monat Nacht für Nacht Albträume habe. Es liegt nicht an den Geistern, es liegt an meinem Herzen. Um zwei oder drei Uhr morgens, einer Zeit, zu der ich eigentlich im Tiefschlaf liegen sollte, habe ich laut Langzeit-EKG einen Puls von 140 Schlägen pro Minute.

»Da war Ihnen sicher mulmig zumute«, sagt der Arzt.

Ja schon, aber das habe ich auf die Geister geschoben.

Jedenfalls werde ich wahrscheinlich nicht mit auf den Berg gehen können.

Sicherheitshalber rufe ich im Krankenhaus an und lasse mir einen Termin in der Kardiologie geben.

»Und wenn man mir sagt, dass ich nur noch sechs Monate habe?« frage ich meinen Mann, während wir auf das Herzecho warten.

Mein Mann denkt nach.

»Du könntest in Ruhe sterben«, sagt er schließlich feierlich. »Wir haben alles getan, was wir tun wollten.«

Keineswegs, würde ich am liebsten erwidern, *ich habe keineswegs schon alles getan, was ich tun will,* ziehe es aber vor zu schweigen und die Untersuchung abzuwarten.

… ter Juli
Herzrhythmusstörungen

Dem Kardiologen zufolge gibt es zwei Arten von Herzrhythmusstörungen. Die gefährlichen und die ungefährlichen. Nachdem er mich von Kopf bis Fuß untersucht hat, stellt er fest, dass meine zwar nicht gefährlich seien, aber aktiver Behandlung bedürften. So viel zu den »zwei Arten von Herzrhythmusstörungen«!

Ich täte gut daran, rät er mir, Stress abzubauen. Darauf seien die Störungen vermutlich zurückzuführen. *Stress?* Was soll das heißen? Mit einem lapidaren »Stress« kann ich nichts anfangen. Das einzige, was mich stresst, ist der Hinweis, dass es irgendwo in meinem Leben, das ich in vollen Zügen genieße, etwas gibt, das mich stresst!

Nein, wahrscheinlich will ich mir nur nicht eingestehen, dass ich gestresst bin. Aber ich fühle es, mein Herz fühlt es. Doch es klopft nicht nur, wenn ich mich aufrege oder erschrecke. Es klopft auch, wenn ich mich freue. Aber dem Körper ist es wahrscheinlich egal, ob mein Herz vor Aufregung oder vor Freude klopft. Der Effekt ist derselbe. Vielleicht war es nur der Umzug, der unbewusst für Herzklopfen gesorgt hat. Und dann wäre es vielleicht besser, den Stress anzuerkennen, anstatt sich darauf zu versteifen, keinen zu haben, und das Herz für seinen Einsatz zu loben. *So, liebes Herz, das hast du gut gemacht. Jetzt kannst du mal eine Pause einlegen. Kleiner Scherz! Eine Pause einlegen kannst du natürlich nicht!*

… ter Juli
Bericht

Auf der Straße treffe ich Yumi, die zwei Häuser weiter wohnt und mit fünf Jahren Tomuraushi erfahrene Gastmutter ist. Sie kommt von der Arbeit auf dem Hof. Wir haben uns eine Weile nicht gesehen.

»Der Berg hat sich erledigt. Ich werde doch nicht mitgehen«, berichte ich.

»Weise Entscheidung«, sagt sie. »Wenn man selbst nur mühsam hinaufkommt, wozu dann das Ganze? Der Ausflug ist in erster Linie für die Kinder. Und wer seinen Kindern im Falle des Falles nicht helfen kann, sie nicht huckepack tragen oder ihnen wenigstens ihr Gepäck abnehmen kann, der bleibt besser zu Hause.«

Das stimmt. An die Kinder habe ich nicht gedacht. Ich habe nur an mich gedacht. Aber darauf wird man ja viel zu selten hingewiesen. Danke, Yumi!

… ter Juli
Sternenfest – Tanabata*

Zum Sternenfest haben die Kinder die Schule geschmückt. Überall hängen bunte Wunschzettel. Auf einem steht: »Ich wünsche mir, einem Bären zu begegnen!« Die Furchtlosigkeit meiner Tochter lässt mir die Haare zu Berge stehen. »Ich wünsche mir scharfe Nudelsuppe zu Mittag!« *Ja, ja,* ich brauche gar nicht nachzusehen, wer das geschrieben hat. Das kann nur Sohn Nr. 1 gewesen sein.

Aber warum schreibt er seine Essenswünsche nicht auf den Bestellzettel der Schulküche?

… ter Juli
Es ist heiß

Es ist ganz normal heiß. Und ganz normal schwül. Ich habe mich in Hokkaido getäuscht. Mein ältester Sohn sagt, er hätte gerne einen »Fächer«. Wie erfrischend!

… ter Juli
Schlagartig ist es wieder kalt

Am höchsten Punkt des Dorfes gibt es ein Gasthaus mit Onsen. Die Herberge *Higashi-Taisetsusō*. Wenn in Tomuraushi von Onsen gesprochen wird, ist immer dieses Haus gemeint. Weil man von dort aus auch den Tomuraushi besteigt, steht in der Lobby eine Tafel, auf der die Rückkehrer die Routenverhältnisse notieren. Zum Beispiel »Pfad wegen Nebels nur schwer erkennbar« oder »Steigeisen nötig« oder »Von einer Besteigung ohne Bergführer wird dringend abgeraten«.

Wie die Lage wohl am Ende des Monats sein wird?

… ter Juli
Eindringlinge

Den ersten Stich hatte ich, glaube ich, im Mai. Er war rund und juckte fürchterlich. Den Übeltäter entdeckte ich nicht. Für Mücken war es eigentlich zu früh. Das einzige, was durch die Gegend flog, erinnere ich mich, war eine harmlos aussehende Miniminifliege.

Jetzt werde ich plötzlich andauernd gestochen. Und es juckt! Die Stiche sind zehnmal, nein zwanzigmal so schlimm wie Moskitostiche. Ich wälze mich auf dem Boden, so fürchterlich juckt es. *Die reinsten Biowaffen, diese Viecher!* Juckreizstillende Mittel aus der Drogerie helfen nicht. Und den Übeltäter habe ich auch noch nicht entdeckt. Milben sind es nicht. Bremsen auch nicht. Andere verdächtige Insekten kann ich nicht ausmachen.

Aber halt! Da war doch diese klitzekleine Miniminifliege. Ein geräuschloses, eher zerbrechlich wirkendes, kaum wahrnehmbares Insekt, das nicht im Geringsten so aussieht, als ob es irgendjemandem irgendetwas zuleide tun könnte. – Eine *Gnitze*!* Ein fieses kleines Insekt, das durch die Fliegengitter passt, resistent gegen Insektenvertilgungsmittel ist und nichts Besseres zu tun hat, als andere zur Befriedigung der eigenen Bedürfnisse erbarmungslos in den juckenden Wahnsinn zu treiben. *Gnitze.* Da mahnt schon der Name zur Vorsicht. Trotzdem lese ich nach: »Schlagen 1046mal pro Sekunde mit den Flügeln. Gehören damit zu den schnellsten flügelschlagenden Lebewesen in der Natur.«

Warum? Warum machen die das? Um armen Menschen Blut abzusaugen? Geht an die Blumen, möchte ich ihnen zurufen, *saugt Nektar, dann müsst ihr auch nicht so mit den Flügeln schlagen!*

Weil Gnitzen durch Fliegengitter passen, rät mir Kana vom Rinderhof Mutō, Gaze oder ähnlich feines Gewebe vor die Fenster zu spannen und im Sommer so wenig wie möglich zu lüften.

»Man kann sich auch impfen lassen«, sagt sie. »In dem Jahr, in dem ich geheiratet habe und auf den Hof gekommen bin, haben die Stiche grässlich gejuckt. Jetzt stören sie mich gar nicht mehr.«

»Wirklich? Und wie lange hat das gedauert?«

Kana hebt beide Hände.

»Zehn ... Jahre?«

Ogott, zehn Jahre könnte ich diesen Juckreiz nicht aushalten.

... ter Juli
Biber, die Erste

In der Schule werde ich vom Rektor angehalten.

»*Böhnchen* (Name geändert) hat heute einen Witz erzählt«, sagt er und lächelt.

Kann nicht sein. Meine Tochter ist schüchtern. Sie erzählt in der Öffentlichkeit keine Witze.

»Sie habe im Pool Biber gesehen.«

Das ist ja lustig, versuche ich mein Entsetzen mit einem Lachen zu kaschieren. Wenn meine Tochter das gesagt hat, war das kein Witz! Dann hat sie wirklich welche gesehen. Als sie nach Hause kommt, frage ich nach.

»Ja. Drei Stück«, sagt sie und nickt bekräftigend. »Saßen im Pool auf dem Boden.«

Für weitere Fragen bin ich zu entsetzt.

… ter Juli
Biber, die Zweite

»*Biber!*« sagt meine Tochter, den Ranzen auf dem Rücken, als es Zeit ist, zur Schule zu gehen. Sie klingt aufgeregt. »Heute habe ich nur fünf Stunden. Und weil Badminton ausfällt, kann ich schon um zwei nach Hause. *Biber!*«

Wie schön, verabschiede ich sie lächelnd, auch wenn ich keinen blassen Schimmer habe, was sie mit »Biber!« meint.

Nachdem ich die Wäsche aufgehängt, eine Tasse Tee getrunken und ein bisschen gelesen habe, fällt es mir wie Schuppen von den Augen: Nicht *Biber* hat sie gesagt, sondern *Viva*!*

… ter Juli
Meine Eltern kommen zu Besuch

Zum Geburtstag meiner Tochter kommen meine Eltern aus Fukui zu Besuch. Morgens um halb sieben verlassen sie ihr Haus. Als sie in Tomuraushi ankommen, ist es Nachmittag kurz nach halb vier. Alles in allem haben sie gut neun Stunden gebraucht. Von Matsumoto* sind sie mit der einzigen Maschine geflogen, die täglich zwischen Matsumoto und Chitose verkehrt. Von Chitose haben sie den Schnellzug nach Shintoku genommen, und von Shintoku sind sie noch einmal fünfundvierzig Minuten mit dem Auto gefahren.

»Euer Haus sieht aus wie ein Sportlerheim, wie ein Klubhaus«, sagt mein Vater, als sie endlich ankommen.

Ein Klubhaus, denke ich, *das trifft's*. Einfach beschrieben: unten

Beton, oben Holz. Den Beton hat man lustvoll … *schweinchenrosa?* gestrichen. Das Dach ist … *blau?* Mehr zu beschreiben gibt es nicht. Es sieht wirklich aus wie ein Klubhaus aus einer anderen Zeit.

Meine Eltern gehen in den Bergen spazieren, klagen über die Kälte, setzen sich ins Onsen, sehen sich die Schule an und fahren sogar nach Obihiro zum Pferderennen.* »Ich tippe mal auf August«, sagt mein Vater, als sie nach vier Tagen wieder abreisen. Als ich ihn frage, was er damit meine, lacht er und sagt: »Über uns schreibst du doch bestimmt auch.« Das scheint ihn zu freuen.

Mit August liegt er allerdings falsch. Die Juli-Einträge erscheinen im September.

… ter Juli
Badmintonturnier der Grundschüler

Nicht nur die Mittelschüler, auch die Grundschüler spielen dreimal die Woche Badminton. Turniere gibt es ebenfalls. Meine Tochter, die seit drei Monaten trainiert, soll auch an einem teilnehmen.

»Ich bin so aufgeregt«, sagt sie überglücklich. Sie sagt es so oft, dass ich sie frage, ob sie wirklich so aufgeregt sei, woraufhin sie nur den Kopf schieflegt und schelmisch lacht. Wahrscheinlich wollte sie es nur ihren Freunden gleichtun.

Wenn man das Tokachi-Turnier gewinnt, ist man automatisch für die Hokkaido-Meisterschaften qualifiziert. Entsprechend angespannt ist die Stimmung in der Halle. Meine Tochter ist entspannt. Sie steht neben dem Feld und vertreibt sich die Zeit bis zu ihrem ersten Spiel, indem sie lustig mit ihrer Gegnerin plaudert. Und nicht nur das. Selbst während des Spiels feuern die Mädchen sich über das Netz hinweg gegenseitig an. So herzerwärmend geht es auf den anderen Courts nicht zu.

Das Spiel ist schnell entschieden. Obwohl meine Tochter verloren hat, gibt sie ihrer Gegnerin lächelnd die Hand. »Das hat so viel Spaß gemacht. Ich hätte am liebsten weitergespielt.«

Ab jetzt, sagt sie, will sie sich noch mehr Mühe im Training geben, damit sie »länger spielen kann« und »das Spiel nicht sofort zu Ende ist«. Was für ein denkwürdiges erstes Turnier!

… ter Juli
Wildbachangeln

Im Stundenplan der Kinder fällt noch etwas auf, nämlich dass der Unterricht häufig nicht im Klassenzimmer stattfindet, sondern im Freien – im Wald, auf dem Golfplatz oder im Schwimmbad. An einem Tag, einem Werktag wohlgemerkt, steht »Ganztagsangeln« auf dem Programm.

Die Mittelschüler packen Bentos* ein und machen sich auf den Weg zu einem Wildbach tiefer in den Bergen. An diesem Bach, zu dem sie sich durch wenig einladendes, unwegsames Gestrüpp kämpfen müssen, stehen die fünf Schüler, ihr Lehrer und der erfahrene Angler, der sie anleitet, den ganzen Tag im Wasser, darauf bedacht, von der Strömung nicht mitgerissen zu werden, und angeln – Forellen, Saiblinge und Dolly-Varden-Forellen* (eine Art Saibling, die nur in wenigen, ganz klaren Gewässern zu finden sein soll), – bevor sie sich wieder auf den Heimweg machen. Und zwar nach dem Ausnehmen der Fische. Dass die Kinder beim Angeln gleich lernen, wie man Fische ausnimmt, finde ich großartig.

Die Grundschüler angeln im Fischteich auf der Weide. Meine Tochter fängt gleich sieben Fische. Sonnenverbrannt und vor Freude strahlend kommt sie mit ihrer Kühltasche nach Hause. Die Fische hat sie allesamt eigenhändig ausgenommen.

Der einzige, der mit leeren Händen kommt, ist Gentleman. Den einen Fisch, den er gefangen habe, sagt er gleichmütig, habe er wieder »zurückgesetzt«, will sagen, wieder ins Wasser geworfen; glücklich sieht er trotzdem nicht aus. *Mann, Mann, Mann*, murmelt er vor sich hin. Er ist so geknickt, dass ich schließlich frage, was los ist. Und was stellt sich heraus? Er habe, sagt mein Sohn, einfach keinen Wurm am Haken befestigen können. Das sei zu eklig gewesen. Obwohl er in den Bergen lebe, in der Natur, obwohl selbst die Mädchen aus seiner Klasse einen Fisch nach dem anderen geangelt hätten, sei er selbst mit Handschuhen nicht in der Lage gewesen, einen Wurm am Haken zu befestigen, er komme sich total nutzlos vor. *Ist doch nicht schlimm*, sage ich, *manche Dinge kann man und manche eben nicht. Ist doch schön, wenn man weiß, was man* nicht *kann*, versuche ich, ihn zu trösten. Ohne Erfolg.

»Komm, iss erstmal. Ist lecker«, sage ich und halte ihm die gegrillte Forelle hin. Kraftlos schüttelt er den Kopf.

»Wenn ich daran denke, dass die Forelle einen Wurm gefressen hat, habe ich keinen Hunger mehr.«

Auf einen Schlag herrscht Schweigen am Tisch. *Wir sind beim Essen!*

»Mit zwölf ist man sensibel«, sagt sein Bruder und lacht. Das bricht den Bann. »Da hat man an so was zu knabbern.«

»Ich habe auch was zu knabbern! Dabei bin ich erst neun«, sagt meine Tochter.

Ja, mein Schatz, lache ich vage. *Wir* alle *haben zu knabbern …*

… ter Juli
Dank

Am Morgen regnet es. Unter dem Vordach sitzt ein Vögelchen. Es hat ein Gesicht wie ein Filmstar, ist ansonsten aber leider hässlich wie die Nacht.

Aber wer weiß? Dieser wie eine überdimensionierte Bonitoflocke aussehende Vogel hat vielleicht eine goldene Stimme. Oder entpuppt sich als reißende Bestie. Oder spricht gar wie ein Mensch? Gnitze sei Dank weiß ich jetzt, dass das Äußere täuschen kann.

… ter Juli
Karriereende

Das Frühjahrsturnier liegt kaum drei Wochen zurück, da wird schon das Sommerturnier gespielt, und nach dem erklärt mein ältester Sohn seine Badmintonkarriere im Schulclub für beendet. *Herzlichen Glückwunsch, mein Sohn. Du hast dich gut geschlagen!* (Im Vergleich zum Rest der Familie.) Den Posten des Clubchefs übernimmt Nonchan aus der achten Klasse, Gentleman wird ihr Vertreter.

Komischerweise gehen meine Söhne trotzdem weiter früh zur Schule. Obwohl der Unterricht erst um acht Uhr fünfzehn beginnt, verlassen sie um sieben Uhr fünfundzwanzig das Haus, um die drei Minuten zur Schule zu laufen. *Wieso?*

»Wir haben doch Training!«

Ich wette, dass sie nicht vor sechs nach Hause kommen, weil sie nach der Schule auch trainieren, denke ich, während ich ihnen nachsehe. Unter »Karriere beenden« versteht man etwas anderes, Jungs!

... ter Juli
Umfrage zum angestrebten Ausbildungsweg

Bei der ersten Umfrage zum angestrebten Ausbildungsweg gab mein Sohn die renommierteste Oberschule von Tokachi an. Diese Entscheidung schien ihm nicht ganz leichtgefallen zu sein.

Jetzt – *er habe es sich anders überlegt*, sagt er – gibt er die renommierteste Oberschule von ganz Hokkaido an. *Beneidenswert*, diese Freiheit!

... ter Juli
Thun

Der Goldfisch der Viertklässler hat keinen Namen. Die Tierbeauftragte der Schule, meine Tochter, startet zusammen mit Nao eine Umfrage und sammelt Namensvorschläge.

Jetzt heißt der Fisch Thun. *Thun!* Ein roter Goldfisch! Nicht, dass die Vorschläge der älteren Schüler viel geistreicher gewesen wären, aber – *Thun*?!?

… ter Juli
Camping ahoi!

Der Green Club geht zelten. Stufe zwei des Programms, mit dem die Kinder auf die anstehende Bergbesteigung vorbereitet werden. Wandern – Zelten – Bergsteigen. Auf den Berg darf meine Tochter nicht, zum Zelten aber schon. Ausgelassen hüpft sie aus dem Haus. *Süß!*

Am ausgelassensten soll allerdings der Rektor gewesen sein. *Das kann ich mir vorstellen!* Der Rektor ist ein toller Lehrer: mitreißend, lebendig, lustig. Beim Waldunterricht, an dem ich einmal teilnahm, war er auch ausgelassen. Er kletterte auf einen Baum, sprang unter übertriebenem Geheul von einem Ast und wälzte sich anschließend auf dem Boden. Als der Förster die Kinder ermahnte, nicht zu viel an den Baumstämmen herumzuspielen – *das sei gefährlich* –, hatte der Rektor einen Stamm schon fest umarmt.

Diesmal soll er in der heißen Quelle, in die sie auf dem Heimweg einen Abstecher machten, ohne Rücksicht auf die anderen Besucher geschwommen sein. *Geschwommen! In einer heißen Quelle!* Die Kinder hätten so getan, als kennten sie ihn nicht, und die Lehrer hätten ihm den Spitznamen *Conan** gegeben. – Was soll ich sagen? Nach außen erwachsen, im Herzen ein Kind.

… ter Juli
Internationaler Austausch

Tanaka-sensei hat mit Schülern aus Kenia eine Videokonferenz organisiert. Tanaka-sensei unterrichtet Englisch und ist gleichzeitig die Klassenlehrerin der Siebt- und Achtklässler. Obwohl sie Anglistik studiert hat, hat sie während des Studiums einige Zeit in Frankreich verbracht. Sie ist jung, hübsch, lustig und munter.

Im Vergleich zu seinem Bruder, der fleißig an einem Kostüm und zwei Schwertern bastelt, zeigt Sohn Nr. 2 wenig Engagement. Seinem Namen zum Trotz spricht Gentleman nämlich nur wenig Englisch. Die Mühe seines Bruders ist allerdings auch etwas übertrieben! Wer läuft denn heute noch wie ein Samurai herum? Wo hat er überhaupt diese Perücke her?

»Wenn Tanaka-sensei schon so eine tolle Konferenz aus dem Hut zaubert«, sage ich zu meinem jüngeren Sohn, »dann wäre es doch schade, sie nicht zu nutzen.«

»Was?« fragt meine Tochter begeistert. »Tanaka-sensei kann zaubern?«

Ja, mein Schatz, aber nur im übertragenen Sinne natürlich!

Das Samuraikostüm soll bei den kenianischen Schülern jedenfalls gut angekommen sein. Sobald mein Sohn vor dem Bildschirm gesessen habe, seien alle in Gelächter ausgebrochen. Was hat Gentleman daraus gelernt? *Wer Erfolg haben will, muss seine Scham ablegen.* – Ein bisschen mehr Englisch hätte es allerdings auch sein dürfen.

… ter Juli
Bogey

Als ich auf einem meiner Spaziergänge an der Schule vorbeikomme, höre ich vom Schulhof Geschrei. Wie sich herausstellt, spielen die Mittelschüler mit den Lehrern Fußball. *Sportunterricht*, denke ich, um diese Zeit. Komischerweise steht aber nicht nur der Sportlehrer auf dem Feld, sondern auch der Rektor, die Klassenlehrerinnen, Takuya-sensei und sogar Yūki aus der Verwaltung. Es ist wahrscheinlich trotzdem »nur« der Sportunterricht.

»Geh Bogey!« höre ich jemanden schreien und sehe, wie Gentleman dem Ball hinterherjagt. *Bogey?* Seit wann heißt Gentleman in der Schule *Bogey*? Und warum hat er mir das nicht erzählt?

… ter Juli
Sorge

Ich frage, wie das Unglück, bei dem vor einigen Jahren so viele Menschen ums Leben gekommen sind, passiert sei.

»Das Wetter hat verrückt gespielt. Hier war es auch kalt. So kalt, dass wir die Winterpullis wieder ausgepackt und angezogen haben, und das im Sommer!«

Da es auf dem Gipfel in der Regel etwa zwanzig Grad kälter sei als hier, müsse der Jahreszeit zum Trotz die Temperatur knapp unter dem Gefrierpunkt gelegen haben. Zudem habe es geregnet und gestürmt, so dass schließlich einer nach dem anderen, durchnässt und durchgefroren, an Unterkühlung gestorben sei. Da der Ausflug der Kinder aber verschoben würde, wenn das Wetter wieder verrückt spiele, müsse ich mir keine Sorgen machen.

»Das Wetter in den Bergen ist unberechenbar. Vor dem Unglück war es herrlich, dann schlug es plötzlich um. Man steckt einfach nicht drin.«

Das klingt alles andere als beruhigend. *Bitte, lieber Gott, lass meine Kinder wieder heile nach Hause kommen*, denke ich. Dabei sind sie noch nicht einmal losgegangen!

… ter Juli
Letzter Schultag vor den Ferien

Es regnet. Wärmer wird es auch nicht. Zur Feier des letzten Schultages tragen meine Söhne Schuluniform. So kalt wie es ist, hätten sie auch ihre Wintersachen anziehen können.

Am Abend zeigt das Thermometer vor dem Haus elf Grad. Mir wird ein wenig mulmig zumute. Ich ziehe eine Strickjacke über. Mir ist immer noch kalt. Der Aufstieg wird um einen Tag verschoben. Ob man dieses Wetter schon als unnormal bezeichnen kann? *Sicher nicht*, rede ich mir gut zu, *nur keine Aufregung*. Ohne Erfolg. Zum ersten Mal in vierundvierzig Jahren bin ich so aufgeregt, dass ich die ganze Nacht kein Auge zutue.

… ter Juli
Der sprichwörtliche Tiger im Käfig

Die Jungs schnallen ihre riesigen Rucksäcke um und machen sich freudestrahlend auf den Weg. Jeder trägt sein eigenes Gepäck plus – Sohn Nr. 1. – das Zelt und – Gentleman Bogey – das Kochgeschirr.

Schon auf dem Weg zur Schule verliert einer der beiden seine Wechselsocken. Frau Kiyono hat sie gefunden und zur Schule gebracht. *Junge, Junge*, denke ich. Das kann nur mein Ältester gewesen sein. *Ihr habt doch gelernt, wie man den Rucksack packt!* Mich wundert allerdings, dass aus derart vollgepackten Rucksäcken überhaupt noch etwas herausfallen kann.

Eine Weile später ist es immer noch nicht wärmer. *Keine Aufregung*, denke ich, *nur keine Aufregung*. Der Rektor und Masa – der älteste Sohn vom Rinderhof Sekitani – sind um drei Uhr morgens schon vorgegangen. *Mach dich nicht verrückt!* Denke ich. *Die Sicherheit der Kinder liegt ihnen so am Herzen, dass sie den Ausflug sofort abbrechen, wenn sie ihn nicht verantworten können.* Doch die Sorge lässt mir keine Ruhe. Zusammen mit meinem Mann und meiner Tochter fahre ich mit dem Auto zum *Higashi-Taisetsusō*, der Herberge, an der der Aufstieg beginnt. Das nützt natürlich gar nichts. Als wir in der Lobby die Tafel mit den Routenverhältnissen studieren, grüßt uns ein etwas älterer Herr, der ganz offensichtlich eben vom Berg gekommen ist.

»Sagen Sie«, rutscht es mir heraus, »haben Sie eine Gruppe Kinder gesehen? Unsere Söhne sind nämlich dabei, und ich wüsste gerne, ob auch alles in Ordnung ist.«

»Die Schulkinder, meinen Sie? Ja, die habe ich unterwegs getroffen. Sind alle munter aufgestiegen und haben freundlich gegrüßt.«

Er hat sie gesehen! Sie leben! Sie haben sogar gegrüßt! Ich bin überglücklich. Auf einen Schlag geht es mir wieder gut. Der Weg hat sich gelohnt. Meine Söhne haben wahrscheinlich nicht den blassesten Schimmer, dass ich mir solche Sorgen mache. Das brauchen sie auch nicht. Das sollen sie auch nicht. Ich will sie ja schließlich nicht blockieren.

… ter Juli
Unversehrt

Am nächsten Tag sind meine Söhne wieder da. Unversehrt. Da ich ihre Rückkehr nicht abwarten kann, fahre ich wieder zum *Higashi-Taisetsusō*. Als ich sie erfrischt aus dem Badebereich kommen sehe, fällt mir ein riesiger Stein vom Herzen. Ich bin so erleichtert, dass mir die Tränen kommen.

Dass es die ganze Zeit genieselt hat, hat dem Spaß offenbar keinen Abbruch getan. Hier und da hätte man sogar abstürzen können, wenn man nicht aufgepasst hätte! Trotzdem wollen sie im nächsten Jahr unbedingt wieder mitgehen. *Nur so*, sagen sie, wisse man sein schönes Zuhause erst richtig zu schätzen. *Na, ob man dafür unbedingt auf einen Berg kraxeln muss?*

Die Jersey-Steaks, die sie oben auf dem Gipfel gegrillt hätten, hätten jedenfalls unglaublich gut geschmeckt. – Meine Hochachtung all jenen, die das Essen hinaufgetragen haben!

AUGUST

DER BÄR IM SCHWIMMBAD

Endlich Sommerferien. Fünfundzwanzig Tage keine Schule, was mir angesichts der langen Ferien in Fukui (vierzig Tage) beängstigend kurz vorkommt.

In den Sommerferien wollen wir Spaß haben. Nein. Da wir immer Spaß haben, wollen wir in den Sommerferien noch mehr Spaß haben.

… ter August
Manche mögen die Natur und andere eben nicht

Die Lektorin, die damals, als ich ihr vom Umzug erzählte, sagte, sie könne das nicht, auch wenn sie wüsste, dass es nur einmal im Leben sei und nur für ein Jahr, kommt uns mit ihren Kindern, einem Jungen und einem Mädchen im Grundschulalter, besuchen.

Um die »Stadtkinder« ein bisschen an die Natur zu gewöhnen, zeigen wir ihnen als erstes den Schulwald. Doch die beiden setzen keinen Fuß hinein. Sie klammern sich an ihre Mutter und verziehen weinerlich die Gesichter. »Iiih, Insekten! Nicht in den Wald! Nach Hause.« *Die armen Kinder,* denke ich. Auch der Frosch, den meine Tochter mühsam gefangen hat, wird mit Geschrei quittiert. *Für euch ist das nichts,* denke ich völlig wertfrei. Manche mögen die Natur und andere eben nicht.

… ter August
Konferenz

Nach der Bergbesteigung haben auch die Mittelschüler Ferien. Dachte ich – aber weit gefehlt. In der Schule wird eine »Konferenz« anberaumt. Auf der Tagesordnung steht der Kostümwettbewerb von Shintoku.

»Wir nehmen teil.«

»Wir gewinnen!«

Das nenne ich Selbstvertrauen!

»Ab heute wird täglich geprobt und an den Kostümen gefeilt.«

Das nenne ich ein volles Programm! Wunderbar. Hausaufgaben* sind offenbar nicht geplant. Und offenbar geht mein ältester Sohn auch nach seinem Rücktritt wie selbstverständlich Tag für Tag Badminton spielen.

… ter August
Verkleidung

Wie verkleidet ihr euch denn? frage ich meine Kinder. *Geheimnis,* sagen sie und hüllen sich in Schweigen. Ich weiß es trotzdem. Sie haben den Suchverlauf im Browser nämlich nicht gelöscht. Und weshalb sonst hätten sie *Dragonball** gesucht? *Ich habe euch durchschaut, Kinder!*

»*Shirasuchikiramimi*«, trällert meine Tochter.

»Wie bitte?«

»Du brauchst nur *Shirasuchikiramimi* einzutippen. Dann findest du alles zu *Dragonball.*«

Shirasuchi…? Ich denke nach. *Ach so,* fällt es mir wie Schuppen von den Augen, *japanische Tastaturbelegung!* Wahrscheinlich muss ich nicht einmal das ganze Wort eingeben, damit die Suchmaschine »alles zu *Dragonball*« ausspuckt. Aber Moment! Wieso forscht meine Tochter im Netz? Das ist merkwürdig.

… ter August
Schwimmbad

Richtig heiß war es nur in der ersten Woche im Juli an genau zwei Tagen. An diesen Tagen war es allerdings so heiß, dass ich dachte, ohne Klimaanlage überlebe ich den Sommer nicht. Danach wurde und blieb es wundersamerweise kühl. Im Schatten fast kalt.

Trotzdem gehen die Grundschüler täglich ins Schwimmbad. *Ins Schwimmbad! Obwohl es draußen nicht einmal zwanzig Grad sind!*

Das Becken steht unter einem mit Milchglasfolie bespannten Kuppelgerüst, in einer Art überdimensioniertem Treibhaus. Drinnen ist es durch die Sonne mollig warm. Setzt man einen Fuß nach draußen, ist es kalt. Das ist das Problem. Wenn die Kinder nach Hause kommen, haben sie blaue Lippen.

… ter August
Fernsehen, die Erste

Kleines Ratespiel meiner Tochter.

Frage: Sie schalten den Fernseher ein, aber der Bildschirm bleibt schwarz. Warum?

Antwort: Der Fernseher steht unter Wasser.

Haha. Nein, der Fernseher steht nicht unter Wasser. Sie haben ihn eingeschaltet, aber der Bildschirm bleibt trotzdem schwarz. Warum?

Richtige Antwort: Weil Sie in einer »Region mit schlechtem Empfang« wohnen.

Dass man bei Schnee kein gutes Bild hat, weiß ich. Seit wir hier wohnen, hatten wir allerdings noch nie Bild.

Ich rufe im Innenministerium an. Dort gäbe es ein »Amt für Regionen mit schlechtem Empfang«, da müsse man sich registrieren und dann könne man fernsehen. Das Amt schickt einen Antrag, wir schicken ihn ausgefüllt zurück, warten eine Weile, und dann kommt irgendwann eine Karte. Mit dieser Karte – wie genau das funkioniert, weiß ich nicht – soll man das Fernsehprogramm per Satellit empfangen können, wenigstens das der »Flaggschiffsender«, lokales Fernsehen empfängt man offenbar nicht. Wie gesagt, mit der Technik dahinter kenne ich mich nicht aus.

In dem Moment, als das Bild erscheint, entfährt der ganzen Familie jedenfalls unisono »Oh!«. Die Wettervorhersage. Aber nicht für Zentral-Hokkaido, wo wir uns befinden, sondern für Tokyo. *Tokyo ächze unter der Hitze*, heißt es. Wir ächzen nicht. Hier ächzt überhaupt niemand. Aber jetzt weiß ich wenigstens, was ein »Flaggschiffsender« ist.

… ter August
Fernsehen, die Zweite

»Zu welchem Seil gehören die noch mal?« fragt meine Tochter und zeigt auf den Bildschirm. Zum »Ex-Seil«, Kind. Oder gibt es außer *Exile** noch eine Band, die auf *-seil* endet?

»Von wo bis wo geht denn das Seil? Gehören die da hinten auch noch dazu? Kriegen die genauso viel Geld wie der Sänger?«

Tja, das wüsste ich auch gerne. *Obwohl*, kann mir eigentlich egal sein.

… ter August
Fernsehen, die Dritte

Im Fernsehen läuft Baseball – die Landesmeisterschaft der Oberschulen. Und draußen schlagen die Nachtigallen. Das passt wie die Faust aufs Auge.* Draußen sind es siebzehn Grad.

… ter August
Super-Himawari

Letztes Jahr gab es nur einen einzigen Mittelschüler. Die kleine Himawari, die dieses Jahr im März ihren Abschluss gemacht hat. Ein fürsorglicher, fröhlicher, süßer Tausendsassa. Beim Tokachi-Redewettbewerb *Let's speak English* hat sie zwei Jahre in Folge den Preis für die beste Rede bekommen, beim landesweiten Kalligraphieturnier die Goldmedaille errungen und mit dem Titelsong des Kassenschlagers *Silver Spoon** im *Anime Song Grand Prix* sogar die Ausscheidungsrunde in Sapporo erreicht. Die Kinder freuen sich schon darauf, dass sie vielleicht Sängerin wird, auch wenn ihre Familie einen Hof bewirtschaftet und die Mutter Tierärztin ist.

Jedenfalls kommt Himawari, die mittlerweile ein Internat besucht, zur großen Freude der Kinder ab und zu ihre alte Schule besuchen. Sie ist wirklich sehr beliebt. Bei dem Gedanken, dass sie die Stütze der Schule war, tut es mir fast ein bisschen leid, dass ein so unbekümmerter Schüler wie mein ältester Sohn in ihre Fußstapfen getreten ist.

»Glauben Sie mir«, raunt Himawaris Mutter Kyōko mir zu. »So einfach ist es für Hiroto (Name geändert) bestimmt nicht. Auch wenn er sich so unbekümmert gibt. Meine Tochter sagte einmal zu mir, *von wegen!*, als ich meinte, wie gut sie es als Einzelschülerin doch hätte, *Einzelschüler zu sein mache einen fertig. Man könne sich hinter niemandem verstecken. Nie. Es sei unbeschreiblich, wie fertig einen das mache.*«

Harter Tobak, aber wahrscheinlich nicht von der Hand zu weisen. Himawari hatte nie Mitschüler. Sie war immer nur von Lehrern umgeben. Das *muss* hart gewesen sein. *Wahrscheinlich*, revidiere ich das Bild meines ältesten Sohnes, ist es für ihn auch nicht so leicht, wie es scheint.

»Wieso?« lacht mein Sohn. »Einzelunterricht ist paradiesisch. Viel besser als in einer Klasse mit vielen Schülern. Ich kann in meinem eigenen Tempo lernen. Es gibt weder sinnlose Hausaufgaben noch überflüssige Tests.«

Aha. Für meinen Sohn *scheint* es also nicht leicht zu sein, es *ist* leicht. Vielleicht geht er – wie ein Mitarbeiter auf Zeit – die Sache aber auch nur mit weniger Verantwortungsbewusstsein an als Himawari, die hier geboren und aufgewachsen ist. Aber was soll's? Solange er es paradiesisch findet, soll's mir recht sein.

… ter August
Ein Bär im Onsen

Oben am Thermalbad soll ein Bär gesichtet worden sein. De facto höre ich nicht zum ersten Mal von Spuren am Fluss, von Losung oder von Exemplaren, die im Vorbeifahren gesichtet worden seien. Den Einheimischen zufolge sind Bären, solange man sie nicht überrascht, relativ ungefährlich. Gefährlich werde es nur, wenn Mensch und Tier sich unverhofft begegneten. Normalerweise gehe man einander aus dem Weg, und wenn man doch einen sehe, mache man auf sich aufmerksam.

Das Problem sind Touristen, die »Futter« hinterlassen, sprich Essensreste liegenlassen oder einfach in den Wald werfen, anstatt sie mit nach Hause zu nehmen. Kommt der Bär erst einmal auf den

Geschmack, dauert es nicht lange, bis er sich auf der Suche nach mehr Futter in Menschennähe begibt, Menschen in Gefahr bringt und dadurch auch sich selbst.

… Kann man das als Warnung bezeichnen? Ich glaube, ja!

… ter August
Serpentaler Intrusionsversuch

Durchs Fenster sehe ich mich plötzlich einer großen Schlange gegenüber, die versucht, in die Küche zu kommen. Ich kann ihre Zunge förmlich spüren, aber lieber eine Schlange, die versucht in die Küche zu kommen, als ein Bär. Schlangen finde ich nicht so schlimm. Weder Schlangen noch Insekten (Gnitzen ausgenommen). Gelassen schließe ich das Fenster.

… ter August
Hornisse

Ich höre eine Kuh muhen. *Eine Kuh? Hier?* Ich drehe mich um. Hinter mir brummt eine riesige Hornisse. *Das klingt ja wie das Muhen einer Kuh*, denke ich erfreut, aber mit Freude ist mir in diesem Moment wenig gedient. Schnell und leise trete ich den Rückzug an.

… ter August
Ein Bär auf dem Acker

Als wir nach Hause kommen, steht vor dem Haus ein Hirsch. Während wir noch staunen, wie elegant er sich dreht und davonspringt, wird auf einem Acker keine dreihundert Meter entfernt ein Bär gesichtet. Er sei über den Maschendrahtzaun gestiegen, der den Acker vor Rotwild schützen soll, habe Kartoffeln gegraben und gefressen. Wenn er sich den Bauch mit Kartoffeln vollgeschlagen hat, ist sich meine Familie einig, frisst er jetzt wenigstens keinen Menschen mehr. Aber wie war das doch gleich: Nachtisch geht immer?

… ter August
Nashornkäfer

Meiner Tochter zufolge gibt es hier wesentlich mehr Hirschkäfer als Nashornkäfer. *Das stimmt!* Auf unseren Spaziergängen sehen wir fast nur Hirschkäfer, was meine Tochter, die ein großer Fan von Nashornkäfern ist, zu betrüben scheint.

»Hirschkäfer sind böse«, sagt sie. Sie richteten sich immer drohend auf, egal wie vorsichtig man mit ihnen umgehe.

»Nashornkäfer sind lieb. Deshalb mag ich sie. Rotfüchse haben Nashornkäfer auch lieber als Hirschkäfer.«

Das ist mir neu. Ich frage meine Tochter, woher sie das weiß.

»Weil Rotfüchse nur Hirschkäfer fressen.«

Aha. Bedeutet das nicht, dass sie Hirschkäfer lieber mögen als

Nashornkäfer? Oder fressen sie Hirschkäfer nur, um Nashornkäfer zu verschonen? Das würde allerdings ein Verständnis von »verschonen« voraussetzen. Fressen Rotfüchse überhaupt »nur« Hirschkäfer?

»Im Kot von Rotfüchsen sieht man doch oft noch Reste von Hirschkäfern.«

Igittigitt, studiert meine Tochter etwa Tierkot? Die unverdauten Teile eines Hirschkäfers würden glänzen, die könnte man sofort erkennen. *Gut*, schärfe ich ihr ein, studieren kannst du den Kot meinetwegen, aber anfassen auf keinen Fall! *Weiß ich doch, hahaha*, erwidert sie. Ihr trockenes Lachen klingt allerdings beunruhigend schrill.

... ter August
Ein Bär im Schwimmbad

Am Schulschwimmbad finden sich frische Abdrücke von Bärentatzen.

»Ein Babybär«, sagt meine Tochter und nickt selbstgefällig. »Der wollte schwimmen.«

Der wollte wohl eher auf den Schulacker. Oder ins Schwimmbad, weil es da so gut nach Mensch riecht. Er war jedenfalls definitiv an der Schule.

... ter August
Sternegucken, die Erste

Wir fahren zur Sternwarte *Kitasubaru* in Nayoro.* Hier waren wir schon letztes und vorletztes Jahr. Die Stadt als solche ist auch sehr schön. Ich werde nie vergessen, wie groß mein Roman *Scholé No. 4** in einem Buchladen, der sonst nur Bestseller zu führen schien, beworben wurde.

Das Teleskop dieser Sternwarte ist toll. Und die Erklärung des Führers so gut und verständlich, dass man sich selbst (wenigstens während der Führung) wie ein Experte fühlt. Leider ist es heute bewölkt. Gestern soll man mit bloßem Auge sogar die Milchstraße gesehen haben! Als die anderen Besucher schon längst gegangen sind, schaue ich immer noch durchs Teleskop. Auf einmal reißen die Wolken auf, und Wega funkelt wie ein Diamant.

... ter August
Sternegucken, die Zweite

Wir fahren zur Sternwarte *Ginga no mori* in Rikubetsu,* der kältesten Stadt Japans. Diese Sternwarte liebe ich auch. Als ich vor zwei Jahren hier war, erinnere ich mich, rief meine Lektorin an, um zu fragen, wo der letzte Teil meines Romans *Einer fehlt** bliebe. Da ich die Reise unternommen hatte, obwohl ich mit dem Manuskript in Verzug war, konnte ich nicht sagen, dass ich in Hokkaido bin und tat so, als wäre ich zu Hause. Komisch, dass man sich an solche Kleinigkeiten erinnert, Wichtigeres aber sofort wieder vergisst, sinniere ich, als mein Handy klingelt. Ich bin überrascht, dass dieselbe Lektorin anruft, mit der ich schon vor zwei Jahren an dieser Stelle telefoniert habe. Soll ich wieder so tun, als wäre ich zu Hause? Nein, nicht nötig. Ich bin nicht in Verzug. Ich werde in Kürze in Verzug *sein*, aber das behalte ich lieber für mich.

Da es regnet, ist vom angekündigten Sternschnuppenschwarm nicht viel zu sehen. Ich sehe nur eine einzige Schnuppe, als die Wolken für einen Moment aufreißen. Die ist dafür so groß und schön, dass ich voll und ganz zufrieden bin.

… ter August
Ein Neuer

Die Schule wird von einem potentiellen Gastschüler besucht, einem Jungen, der in die siebte Klasse geht. Bogey, der gerade zufällig die Schule hütet, freut sich schon, dass er vielleicht einen Mitschüler bekommt. Doch die Freude währt nur kurz, weil der Junge – wenn er denn kommt – frühestens nächstes Jahr eingeschult wird.

Als wir familienintern zu dem Schluss kommen, dass momentan wahrscheinlich keine Wohnung frei ist, fällt mir ein, dass auch mir damals bei der ersten Anfrage gesagt wurde, dass Gastschüler zwar sehr willkommen seien, aber die Wohnungen leider alle belegt. Frei sei nur ein altes Haus, das auf den Abriss warte, und ein Zwei-Zimmer-Apartment, das für eine fünfköpfige Familie wirklich zu klein sei. Außerdem gäbe es zu wenige Lehrer, wenn meine Söhne in die siebte bzw. neunte Klasse kämen, und – ohne eine achte Klasse – insgesamt zu wenige Schüler, um in Stufen zu unterrichten. Über all diesen Problemen, die Schritt für Schritt gelöst wurden, war die Wohnungsfrage irgendwann untergegangen.

Tatsächlich gibt es aber nicht mehr Wohnungen als vorher. Es gibt das kleine Zwei-Zimmer-Apartment, in dem jetzt der Rektor mit seinen Töchtern wohnt, die dankenswerterweise die achte Klasse bilden. Und das alte Haus, das abgerissen werden sollte … *sollte*!!

… ter August
Hitzschlaggefahr

In diesem Jahrhundertsommer sei an über zweihundert Orten in Japan der Hitzerekord gebrochen worden, heißt es in den Nachrichten. Wir staunen, dann fangen wir an zu lachen. Hier sind es achtzehn Grad. Fast zu kühl, um halbärmelig herumzulaufen.

… ter August
Ultra-Mutti

Wir gehen ins Tomuraushi-Onsen. Der beste Ort, um die Batterien wieder aufzuladen. Der Ausblick vom Außenbecken ist herrlich erfrischend. »Die reinste Verjüngungskur!« sage ich, woraufhin meine Tochter mich unbefangen fragt, um wie viele Jahr*tausende* ich denn jünger geworden sei. Sagen wir, *zwei*?

… ter August
O-Bon*

An O-Bon macht der Schulclub, in dem meine Söhne täglich zwischen acht und zwölf ihre Zeit verbringen, Pause. Die »Konferenz« findet allerdings statt. Zwischendurch kommen die Kinder zum Mittagessen nach Hause, dann verschwinden sie wieder in der Schule, obwohl die Konferenz nur für den Vormittag anberaumt ist. Offenbar wird nicht nur an Kostümen gebastelt, sondern auch sonst noch allerhand vorbereitet, was allen riesengroßen Spaß zu machen scheint. Meine Hochachtung den Lehrern, die ihre Freizeit dafür opfern!

Die Softball-Mannschaft pausiert ebenfalls. Trotzdem verlässt mein Mann mit Handschuh und Ball um halb sechs in der Frühe das Haus. Wenn er um kurz nach sieben wieder heimkommt, ist er völlig verschwitzt. »Was machst du denn? Außer dir ist doch niemand da, oder?« frage ich. »Alleine trainieren«, erwidert er.

Muss man dafür so früh aufstehen?

… ter August
Der Kostümwettbewerb

*Ghibli** natürlich – was sonst?! Lehrer und Mittelschüler, insgesamt elf Personen, treten als Ghibli-Animefiguren auf. Angefangen von Chihiro* und Prinzessin Mononoke* über Nausicaä*, Ohngesicht*, Kiki* und Sheeta* bis hin zu Jakkul.* Hinter Jakkul verbirgt sich übrigens der Ehemann von Tanaka-sensei, ein Töpfer aus Kuttari.*

Weiß der Himmel, warum der sich ausgerechnet als Jakkul verkleidet.

Mein ältester Sohn ist zu einem roten Schwein geworden, Bogey hat sich mit einem Ganzkörperanzug mit Ohren in Totoro* verwandelt. *Ein blauer Ganzkörperanzug! Mit blauen Ohren! Und einem blauen Schwanz! Ogottogott.*

»Wer sich in so einem Kostüm auf eine öffentliche Bühne traut und tanzt, hat vor nichts und niemandem mehr Angst!« garantieren seine Lehrer. Bogeys Plan: Siegen, Preisgeld kassieren und mit uns allen zusammen in den Skiurlaub fahren. Beim Tanzen wackelt der blaue Schwanz. Das sieht total niedlich aus.

Aber das Schicksal ist grausam. Bogey verpasst den Sieg. Und so geht der Sommer zu Ende. Der Rektor verteilt zur Belohnung die Hähnchenspieße, die er zuvor an einem der Stände gekauft hat, nachdem er den Händler (im Beisein der Kinder!) ordentlich heruntergehandelt hat.

… ter August
Laub

Der Wind wirbelt die ersten gelben Blätter durch die Luft. Ehe ich mich versehe, hat sich an den rauschenden Zweigen des Walnussbaums Gelb ins Laub gemischt. Etwa ein gelbes Blatt pro Zweig. Ein Gefühl unaussprechlicher Wehmut überfällt mich. Aus diesem einen gelben Blatt werden zwei, werden drei, kurz darauf ist der ganze Baum gelb und dann kahl.

Bei unserer Ankunft lag noch Schnee. Der Walnussbaum war

nackt. Und obwohl ich sehnlichst darauf wartete, dass er endlich Blätter bekäme, schlug er erst aus, als ringsum schon alles grünte. Könnte er jetzt mit dem Abwerfen des Laubs nicht auch ein bisschen warten?

Mein Herz hat viel zu tun. Als ich zu den jungen Blättern aufsah, hüpfte es, bei der Vorstellung, dass sie nun bald wieder abfallen, schmerzt es. So unregelmäßig, wie es schlägt, hat es hier wahrscheinlich dreimal so viel zu tun wie sonst.

… ter August
Regen

Es schüttet wie aus Kübeln. An der Straße steht ein durchnässter Rotfuchs und schaut mich vorwurfsvoll an. Die Temperatur beträgt zwölf Grad.

… ter August
Des Rätsels Lösung

Abgesehen von meinen Herzrhythmusstörungen und ein paar kleineren Wehwehchen bin ich im großen und ganzen gesund.

Dachte ich wenigstens, bis ich die vom Arzt verschriebenen Medikamente einnehme und plötzlich keine Herzrhythmusstörungen mehr habe – natürlich nicht! – aber auch keinen Schwindel und keine Magenschmerzen mehr. Der Arzt hat mir ein Anxiolytikum verschrieben. Komisch. Dabei bin ich von Haus aus doch optimistisch und stressresistent. Ich hätte nicht gedacht, dass ein Beruhigungsmittel Wirkung zeigen würde.

Im Zusammenhang mit dem Anxiolytikum fällt mir ein, dass ich früher schon Bekanntschaft mit dem Vagusreflex gemacht habe. Zum ersten Mal, als ich noch zur Mittelschule ging. Da bin ich in einer Buchhandlung einfach umgekippt. Es fühlte sich an, als ob ich die Kontrolle über meinen Körper verlöre und überall aus mir herausflösse, aus der Nase, dem Mund, den Poren. Mein Blick ging ins Leere. Ich bekam keine Luft. Dass diese Symptome vom Vagusreflex ausgelöst worden waren, erfuhr ich erst viel später.

In Bussen oder Taxis bekomme ich Angst. Mir wird nicht schlecht: *Ich bekomme Angst.* Fahrstühle vermeide ich auch. Bliebe ich einmal in einem stecken, würde ich wahrscheinlich ersticken. Ich kann es nicht erklären, aber in bestimmten Fahrzeugen bekomme ich Angst.

Außerdem leide ich an wandernden Schmerzen, die mir allerdings noch kein Arzt erklären konnte. Immer heißt es, *von solchen Schmerzen habe ich noch nie gehört.* In der Brust fängt es an. Ein Stechen, wie wenn man zu viel Eis auf einmal gegessen hat, nur um ein Vielfaches potenziert. Der Schmerz durchfährt das Herz, verweilt in der Brust, wandert höher, passiert den Hals, fährt in die Zähne, fährt in die Augen, erreicht das Hirn. *Wie stark der Schmerz sei?* So stark, dass man sich nicht mehr auf den Beinen halten kann.

Im Netz finde ich Leute, die an ähnlichen Schmerzen leiden, wenn auch nicht expressis verbis an »wandernden« Schmerzen. Und den Hinweis auf »Panikstörung«. Schwindel, Herzrhythmusstörung, Vagusreflex, Schmerzen – alles Symptome einer Panikstörung.

Ach so, denke ich. *Ich leide an einer Panikstörung!*

Das hilft! Nicht, dass ich keine Aussetzer, Schmerzen oder Todesangst in Fahrzeugen mehr hätte, aber trotzdem. Andere würden, angesichts der Tatsache, dass eine Panikstörung nicht so einfach zu behandeln ist, vielleicht lieber auf diese Diagnose verzichten. Ich nicht. Mir hilft es, zu wissen, dass ich krank bin. Und dass die Krankheit einen Namen hat. Ich muss fast ein bisschen weinen.

… ter August
Feierlicher Beginn des 2. Schuldrittels

Ich sehe mir die Sommerferienhausaufgabe meiner Tochter an. Das Zehnfache von 800 Millionen sei 8000 Millionen, schreibt sie. *Komm, Spätzchen*, denke ich, *gib dir Mühe. Wie wär's mit acht Milliarden?* Morgen geht die Schule wieder los.

Als meine Tochter morgens das Haus verlässt, sind es draußen 17 Grad. Der Weg zur Schule ist blau von blühendem Eisenhut.

… ter August
Klassenfahrt

Bis letztes Jahr sind die Mittelschüler von Tomuraushi, das heißt die Acht- und Neuntklässler, offenbar alle zwei Jahre zusammen auf Klassenfahrt gegangen. Dieses Jahr sollen sich die Schüler zum ersten Mal seit zwanzig Jahren wieder den Neuntklässlern der *Kuttari Junior Highschool* anschließen, im folgenden kurz *Kuttari Ju-*

niors. Elf Kuttari Juniors plus Miyashita der Große. *Kann das gutgehen?* Mein Sohn ist sich offenbar auch nicht ganz sicher.

»Die kennen sich schon seit dem Kindergarten. Sind zur selben Grundschule gegangen, zur selben Mittelschule – waren immer in derselben Klasse. Sind nie weniger geworden, nie mehr. Da bin ich doch der totale Außenseiter!«

Krass, denke ich, während ich meinem Sohn zuhöre. Vom Hort bis zur Mittelschule in ein und derselben Klasse! *Wie sich das wohl anfühlt? Welche Beziehungen da wohl entstehen?* Elf Leute, die alles voneinander wissen, die sich in und auswendig kennen. *Krass. Sehr krass sogar*. Die würde ich ja gerne mal interviewen. Einmal jetzt und dann wieder in einem Jahr, wenn sie die Mittelschule abgeschlossen haben und zu Hause ausgezogen sind.

Doch das steht jetzt nicht zur Debatte. Zur Debatte steht, ob mein Sohn in die Gemeinschaft aufgenommen wird oder nicht.

»Die Kuttari Juniors freuen sich schon auf dich!« richtet der Rektor aus. *Das ist gut*, denke ich, *sie nehmen ihn auf. Danke! Danke, ihr lieben Kuttari Juniors! Ich stehe tief in eurer Schuld.*

… ter August
Klassenfahrt – Prolog

»Scheißklassenfahrt …« mault mein Sohn, aber nur solange, bis feststeht, dass auch der Rektor und der stellvertretende Klassenlehrer der Klasse 9, Takuya-sensei, mitfahren. Die kann er nämlich sehr gut leiden. *Was für ein Glück*, denke ich, wenn man schon in der Mittelschule Lehrer hat, denen man voll und ganz vertrauen kann.

Takuya-sensei ist Ende zwanzig. Er hat an zwei Universitäten studiert und Staatsexamen für die Fächer Japanisch und Sozialkunde. Er lässt seine Schüler keine Jahreszahlen auswendig lernen, und seine Prüfungen bestehen aus Aufsätzen und Erörterungen. Seine Spezialität ist Eishockey, insbesondere Trainingstheorie. An seiner alten Schule betreute er den Tennisclub und führte die Anfänger sogar bis zur Präfekturmeisterschaft. Er ist mit dem Fahrrad durch alle 47 Präfekturen Japans gefahren, mag kein Fleisch und hat viel zu erzählen. Nur sein Modebewusstsein ist etwas gewöhnungsbedürftig – er ist nämlich ein Fan vom Mehrlagenlook.

… ter August
Klassenfahrt – Hauptteil

Um zehn vor sechs ist Abfahrt. Wer abgelegen wohnt, muss früh aufstehen! Unter den Augen der trotz der frühen Stunde versammelten Lehrer und Schüler besteigt mein Sohn den Bus und fährt ab. Vier Tage, drei Übernachtungen in Sapporo und Hakodate.

»Hiroto (Name geändert) und die Kuttari Juniors sind schon ein Herz und eine Seele«, schreibt Takuya-sensei von unterwegs. »Hiroto prustete regelrecht los, als er auf der Hinfahrt im Zug ›Arschloch‹* wurde.«

Tanaka-sensei, die Klassenlehrerin meines Sohns, und ich sehen uns zweifelnd an. Mein Sohn ist in der Tat ein heiterer Mensch, lacht viel und gern, aber »prusten« tut er nicht. Er brüllt oder heult auch nicht. Das hat er selbst als Kleinkind nicht getan. In den vergangenen vierzehn Jahren habe ich ihn höchstens zwei- oder dreimal prusten gesehen. »Er gibt sich Mühe«, interpretiert Tanaka-sensei. Die Vorstellung, dass mein Sohn sich *bemüßigt* fühlt zu lachen, versetzt mir einen Stich.

»Einer unserer Mitreisenden ist ausgelassen«, lautet die nächste Nachricht. Wenn Takuya-sensei den Namen verschweigt, kann es sich nur um den Rektor handeln.

Dank der Takuya-Tanaka-Achse gibt es während der Klassenfahrt jeden Tag neue Nachrichten. Meinen Sohn aus der Sicht seines Lehrers zu sehen, macht Spaß. Abgesehen davon bin ich natürlich dankbar, zu wissen, dass es ihm gut geht.

… ter August
Klassenfahrt – Epilog

»Saugeil!« sagt mein Sohn. Mehr noch als die Sehenswürdigkeiten und die Landschaft habe ihm gefallen, dass er sich endlich einmal wieder mit Gleichaltrigen unterhalten und amüsieren konnte. *Gott sei Dank*, denke ich. Dass die Klassenfahrt ein solcher Erfolg würde, hätte ich nicht gedacht. Wie gut, dass er bei den Kuttari Juniors mitfahren durfte. Sein »Losprusten« war nicht aufgesetzt gewesen.

Doch die Erleichterung ist getrübt. Mir ist nämlich klar geworden, wie wichtig es für Kinder in dem Alter ist, Zeit mit Gleichaltrigen zu verbringen. Meine Söhne genießen das Leben in Tomuraushi, aber sie haben nur sich. Andere Jungs in ihrem Alter gibt es nicht. Dass das auch ein Nachteil sein könnte, habe ich zwar geahnt, richtig bewusst geworden ist es mir aber erst jetzt.

SEPTEMBER
DIE WOLLLÄUSE SIND LOS

Die kommenden zwei Monate werden wie im Flug vergehen, habe ich noch Kōta, den Vorsitzenden der Eltern-Schüler-Vereinigung, im Ohr. *Wie soll das gehen*, denke ich. Die Zeit von März bis Ende August ist doch schon wie im Flug vergangen! Nach einem kurzen Sommer und einem noch kürzeren Herbst sind es nur noch zwei Monate bis zur Schulaufführung Ende Oktober. An Veranstaltungen herrscht in Tomuraushi wahrlich kein Mangel.

… ter September
Herbstfest

Selbst in Tomuraushi gibt es einen Schrein. Dass es dort beim Herbstfest viele Verkaufsstände gäbe, hatte ich schon gehört. Ich war allerdings ganz naiv davon ausgegangen, dass die – *was für ein Aufwand!* – aus der Stadt kämen.

»Nein, nein«, sagt Masumi, meine Nachbarin. »Die Stände machen *wir*. Jede Familie einen. Wusstest du das nicht?«

»Jede Familie? … Nicht nur die, die wollen, sondern *jede?*«

»Genau. *Wir* backen Crêpes.«

»Wir machen Takoyaki.«*

»Bei uns kann man Goldfische schöpfen.«*

Erzählen mir die anderen Mütter. *Die legen sich ja ganz schön ins Zeug!*

Ich werfe einen flüchtigen Blick auf den Festplan und stelle fest, dass es noch wenig Stände gibt, an denen Getränke verkauft werden. *Alles klar!*

»Dann bieten wir hausgemachtes Ginger Ale an!« entscheide ich kurzentschlossen. Mit viel frischem Ingwer und Gewürzen hergestelltes Ginger Ale schmeckt ausgezeichnet. Meine Tochter und Sohn Nr. 1 trinken es nicht, aber mein Mann, Bogey und ich lieben es! Die Chance, es an den Mann zu bringen, steht mithin 3 zu 2.

Es ist so weit. Obwohl wir erst Anfang September haben, ist es am Festtag kühl. Selbst in langen Ärmeln und Parka friert man. Das Ginger Ale verkauft sich überhaupt nicht. Wir hätten es warm machen sollen. Aber egal. Dann werden wir mit dem vielen Ingwersirup, der übriggeblieben ist, ab jetzt eben zu Hause wie die Weltmeister trinken.

»Ich wäre gerne schön«, höre ich die Klassenlehrerin meiner Tochter, Shiho-sensei (24), nebenan am Stand für GESUNDHEIT & WOHLBEFINDEN. »Da kann ich Ihnen leider nicht weiterhelfen. Das ist nicht mein Gebiet«, stammelt der Arzt. Er hätte sagen sollen: »Noch schöner geht doch gar nicht!«

… ter September
Titel

Der Blindband der Essaysammlung, die im Oktober erscheinen soll, ist da. *Warum hast du das nicht gleich gesagt?* lautet der Titel. »*Der Spielplatz der Götter* ist viel besser«, grollt die verantwortliche Redakteurin. So heißt meine Kolumne in der Zeitschrift *Shōsetsu Hōseki.** Das stimmt.

… ter September
Fruchtgummi

Bis zum nächsten Convenience Store sind es über den Daumen gepeilt vierzig Kilometer, was von *convenient* weit entfernt ist, aber da Fisch und Fleisch im nächsten Supermarkt in Kuttari nachmittags in der Regel ausverkauft sind, fahre ich, wenn ich einkaufen fahre, erst einmal beim Convenience Store vorbei. Die Schokocroissants, die zum Stolz von Seicomart* in den einzelnen Filialen frisch gebacken werden, kann ich nur empfehlen!

Heute entdecken wir im Regal mit den Süßigkeiten Fruchtgummi *Guave.*

»Was ist denn Guave?« fragt meine Tochter und beäugt die Tüte in ihrer Hand.

»Zucchini, oder?« sagt Bogey nach einem kurzen Blick.

Die abgebildeten Scheiben – *Gemüse*scheiben wohl – haben in der Tat gewisse Ähnlichkeit mit Zucchini. Diesen Sommer haben wir in den Bergen allerdings so viele Riesenzucchini geerntet, dass mir nicht der Sinn nach Fruchtgummi *Zucchini* steht. Guave hin oder her.

… ter September
Bis nach Kanazawa

Auch in den Bergen möchte man ab und zu Musik hören oder einen Film sehen. Die nächste Audio- & Videothek ist *Tsutaya.** Sie ist etwa sechzig Kilometer entfernt. Dort fahren wir ab und zu hin und leihen etwas aus. Ein dreifaches *Hipp-Hipp-Hurra* auf die RÜCKGABE AUCH PER POST. Anderthalb Stunden bis zur Videothek! Das ist in etwa so, als ob ich von Fukui nach Kanazawa* fahren müsste, um eine CD oder DVD zu leihen. Hat aber umgekehrt den Vorteil, dass wir uns hier in den Bergen, wo man nicht anständig Fernsehen gucken kann, einen französischen Film des zwanzigsten Jahrhunderts nach dem nächsten anschauen.

… ter September
Allein in der Stadt

Bogey wird vom *Stadtmagazin Shintoku* interviewt. Ich frage mich, warum man ausgerechnet ihn interviewt, den »einzigen Spieler der männlichen Jugend von Tomuraushi«. Badminton wird in Tokachi überall gespielt. In der Nachbarstadt gibt es ebenfalls starke Schulen. – Sohn Nr. 1 geht übrigens auch nach wie vor regelmäßig zum

Training, aber der zählt wahrscheinlich nicht, weil er seine Karriere offiziell für beendet erklärt hat.

»Und? Wie war's?« frage ich Bogey.

»Keine Ahnung. Ich habe nur geantwortet. Die haben mich leergefragt. Ich muss ins Bett.«

Anscheinend haben sie ihn wirklich *leer*gefragt. Obwohl er früh ins Bett gegangen ist, ist Bogey am nächsten Tag zu erschöpft, um zur Schule zu gehen. *Pflaume!*

… ter September
Kanu

»Wir sind heute in der Schule Kanu gefahren«, sagt meine Tochter. *Nanu? Stand heute nicht Kleiderschwimmen auf dem Programm?*

Die Einwohner von Tomuraushi sind natürlich alle Outdoor-Spezialisten, aber wenn es um den Fluss geht, gibt es einen wahren Experten: den Vater der Familie Fujiwara, die ein Jahr vor uns als Gastfamilie nach Tomuraushi gezogen ist. Papa Fujiwara ist Kanulehrer, Kanu*ober*lehrer sozusagen, weil er andere Kanulehrer unterrichtet, arbeitet bei der Wasserrettung und fliegt zur Nachwuchsschulung von Fluss zu Fluss. Einen besseren Lehrer für das Schwimmen mit Kleidern gibt es nicht!

Aber es ist kalt. Trotz Treibhaus ist das Wasser im Pool so kalt, dass die Kinder sich nicht hineintrauen. Papa Fujiwara holt also kurzerhand ein Kanu von zu Hause und setzt die Kinder da hinein. Das nennt man aus der Not eine Tugend machen!

Er erklärt ihnen unter anderem, wie man sich im Wasser treiben lässt, wenn das Boot kentert. Bei diesen Temperaturen im September habe man maximal fünf Minuten, bis man sich nicht mehr bewegen könne, und die Wahrscheinlichkeit, dass in diesen fünf Minuten in diesem entlegenen Gebiet jemand vorbeikomme, sei äußerst gering.

»Wow«, murmelt Bogey leicht erschüttert. »Wenn du kenterst, war's das. Aus die Maus.« Er hat die Warnung anscheinend verstanden.

… ter September
Ein Bild für die Götter

»Ich geh nach Meichan gucken und Umeboshi* essen«, sagt meine Tochter und verschwindet.

Als es dunkel wird, sehe ich nach, wo sie bleibt. Zusammen mit ihrer Klassenkameradin Miichan sitzt sie unter dem Vordach des Begegnungszentrums, vorm Nieselregen geschützt, beobachtet Meichan (Ziege) und isst Umeboshi. Draußen sind es elf Grad. Ich frage mich, ob es den beiden nicht zu kalt ist. Aber sie sitzen so versunken beieinander, dass ich wortlos wieder nach Hause gehe. Ein Bild für die Götter!

… ter September
Das Ritual

Drei Studentinnen von der Pädagogischen Hochschule kommen als Lehrassistentinnen an die Schule, eine davon in die Stufe meines ältesten Sohnes. Zusammen mit ihrer Klassenlehrerin erlauben er und seine Mitschülerin sich einen Spaß. Sie tun so, als hätten sie ein Ritual, mit dem sie sich jeden Tag voneinander verabschieden.

Nonchan (Klassenkameradin und Moderatorin): »Kommen wir zur heutigen Richtung. Hiroto-kun (Name geändert). Darf ich bitten?«

Hiroto (Name geändert): »Sehr gerne. Die heutige Richtung lautet: Vogelscheuche.«

Tanaka-sensei: »Sehr wohl. Meine Damen, mein Herr. Eins, zwei, drei, *Ach-tung*!«

Daraufhin drehen die drei sich in die angegebene Richtung, falten die Hände und verbeugen sich.

Ogott, wird die Studentin gedacht haben, *wo bin ich denn hier gelandet?* Verbeugte sich aber, wohl wegen der mehr als ernsten Durchführung des Rituals, sogleich mit und faltete ab dem zweiten Tag sogar im richtigen Timing die Hände. *Großartig! Danke, liebe Studentin! Und – Entschuldigung!*

… ter September
Meeting

Zwei Lektorinnen aus Tokyo kommen. *Oh je*, denke ich, ob Tomuraushi für die beiden Großstadtfrolleins nicht zu viel Natur ist? Aber die eine war während ihrer Schulzeit ein Jahr in Kanada, wo sie auf dem Hof ihrer Gastfamilie zur Pferdeflüsterin geworden sein soll – ist also naturerfahren –, und die andere hat zwei Wochen lang einen Schriftsteller begleitet, der zur Recherche über den Krieg durch Kambodscha reiste; um die muss ich mir wohl auch keine Sorgen machen.

Die einzige, die Anlass zur Sorge gibt, bin ich. Vielleicht liegt es daran, dass ich mich lange nicht mehr mit Kolleginnen unterhalten habe – jedenfalls bin ich die ganze Zeit wie aufgedreht, oder komme mir wenigstens so vor. *Die hat sich aber verändert*, werden die beiden denken. *Die war doch früher immer so ruhig*. Aber gut, nicht zu ändern.

Nach getaner Arbeit lade ich die beiden – zur Belohnung sozusagen – zum Rafting ein!

Am Fluss ziehen wir Schwimmwesten an, setzen Helme auf und besteigen das Boot. Boote machen mir komischerweise überhaupt nichts aus. Dann geht's los! Binnen kürzester Zeit sind wir nicht nur klitschnass, sondern haben auch eine gute Portion regenfrisches Flusswasser intus. *Lecker!* Wenn ich mich erkälte oder Bauchschmerzen bekomme, macht das nichts. Ich wohne hier. Aber die eine der beiden Lektorinnen muss heute noch nach Tokyo zurück und die andere nach Sapporo, wo sie mit Kimiko Kitaōji einen trinken gehen will. Das hätte ich vielleicht bedenken sollen.

… ter September
Er kommt wieder

Der Gott der Gelegenheit, habe ich mal gehört, ist am Hinterkopf kahl. Wenn er an dir vorbeigegangen ist, ist es zu spät, ihn am Schopf zu packen. Das klingt plausibel.

Vor drei Jahren sind wir – mein Mann, die Kinder und ich – in den Sommerferien drei Wochen durch Hokkaido gereist. Wir haben im Auto auf Rastplätzen übernachtet oder uns in billigen Hotels ein Familienzimmer geteilt – mein Mann und ich das Kinderbett, die Kinder zu dritt das Doppelbett. Wir hatten einen Riesenspaß. Da man in drei Wochen aber nicht alles sehen kann – dafür ist Hokkaido viel zu groß – beschlossen wir die Reise mit dem festen Vorsatz, irgendwann einmal wiederzukommen. Im Jahr darauf fuhren wir wieder hin, im nächsten auch, und jetzt – im dritten – wohnen wir sogar hier. Dabei hatte ich schon vor drei Jahren gedacht, dass das vielleicht der letzte längere Familienurlaub sein würde. Wenn die Kinder erst einmal in der Mittelschule wären, hatte ich gedacht – damals waren sie alle noch in der Grundschule, sechste, vierte und erste Klasse – würden wir keine Gelegenheit mehr haben, länger zu verreisen. *Weit gefehlt!* Der Gott der Gelegenheit muss ein Struwwelpeter sein. Er hat wahrscheinlich überall Haare. Oder andersherum: Wenn er wirklich nur vorne Haare hat, tut man gut daran, seinen Schopf zu schonen. Er kommt wieder.

... ter September
Familienausflug

Wenn wir in Hokkaido sind, hatte ich gedacht, machen wir ab und zu Ausflüge. *Pustekuchen!* So schön, wie wir wohnen, hat man gar keine Lust, irgendwohin zu fahren. Im Sommer haben wir nur zweimal einen Ausflug unternommen, jeweils für eine Nacht zu einer Sternwarte. Mehr nicht.

Die nächsten drei freien Tage wollen wir aber für einen Ausflug nutzen. Zu einer Städtereise haben wir eigentlich keine Lust. Teshikaga, Abashiri, Monbetsu, Maruseppu und Takinoue* – lauter komische Namen, wenn man sie so aufschreibt – kennen wir schon – in einer dieser Städte stehen mein Lieblingshotel und mein Lieblingsgarten –, aber etwas Neues wollen wir auch nicht unbedingt ausprobieren.

Vor drei Jahren waren wir im Treibeismuseum* in Monbetsu am Ochotskischen Meer. Dort gibt es einen Eisraum, in dem – daran erinnere ich mich noch – ein erfrorener Eisbär und ein erfrorener Hai lagen. Ich habe es in diesem Raum nicht einmal eine Minute ausgehalten, so weh tat mir die Kälte.

Dort fahren wir auf Wunsch der Kinder wieder hin. ZWANZIG GRAD MINUS steht an der Tür der Eiskammer. Ich traue meinen Augen nicht. *Was? Nur zwanzig Grad? Das ist ja läppisch*, denke ich und gehe lachend hinein.

In Tomuraushi ist es im Winter zwei Wochen lang zwanzig Grad minus, und da *leben* Menschen! – Aber: Bei zwanzig Grad minus erstarrt ein nasses Handtuch im Handumdrehen und Seifenblasen gefrieren. Mir tut die Kälte natürlich so weh, dass ich ganz schnell wieder draußen bin. *Oh je, ob ich den Winter in den Bergen überlebe?*

… ter September
Verwandte

Unterwegs entdecken wir die Grundschule *Jukai* (»Baummeer«), die wirklich in einem Meer von Bäumen steht. *Verwandte*, denke ich instinktiv.

Berg an Berg, dichter Wald
beginnt die Schulhymne von Tomuraushi.
An Wintertagen … Wie war das doch gleich?
An Wintertagen noch dunkler im Schnee
Mehr kriege ich beim besten Willen nicht zusammen!
Moment, in der zweiten Strophe kommt *Meer der Bäume* vor.
Im endlosen Meer der Bäume,
Gut Freund mit Vogel und Hirsch
Wachsen wir auf, werden wir groß.

Gut Freund mit Vogel und Hirsch – diese Zeile kann man sich gut merken.

Die Grundschule Jukai hat bestimmt auch eine schöne Hymne!

… ter September
Erlebnisunterricht

Der sogenannte Erlebnisunterricht besteht darin, vor Ort die geographischen, topographischen und geologischen Gegebenheiten der Landschaft zu erkunden und etwas über die Gebräuche der Region zu lernen. Diesmal fahren die Schüler mit dem Auto tief in die Berge, wo sie zusammen mit ihrem Lehrer und einem Fachmann für die Region den Vormittag verbringen. An *dem* Unterricht würde ich auch gerne teilnehmen!

»Ab hier müssen wir zu Fuß weiter, hat er gesagt«, berichten meine Söhne, als sie wieder nach Hause kommen, »und dann sind wir ins Tal abgestiegen, zum Fluss. Da kommst du normalerweise gar nicht hin.«

Eigentlich sind Kinder in dem Alter zu faul für alles, aber meine Söhne sind begeistert.

»Das hat super viel Spaß gemacht!«

»Das war voll interessant!«

Offenbar hat es ihnen wirklich Spaß gemacht, sonst wären sie nicht so euphorisch.

Im Schulblog entdecke ich anschließend ein Foto, auf dem beide – Pickel in der Hand und strahlend wie zwei Honigkuchenpferde – an einer Felswand hinabgleiten.

… ter September
Es bleibt kalt

Die Luft ist klar, die Berge sind blau. Als die Kinder morgens zur Schule gehen, sind es sechs Grad. Heute trägt selbst meine muntere Tochter etwas Langärmeliges.

… ter September
Interview

Ich werde von der *Hokkaidō Shinbun** interviewt. Das erste, was die Reporterin – eine rauhe Schönheit – sagt, ist: »Ich war gestern mit Frau Kitaōji einen trinken. Sie hat mir erzählt, dass Sie beide an einer Podiumsdiskussion teilnehmen. Stimmt das?«

Meine Güte, Hokkaido ist wirklich klein, denke ich und: Frau Kitaōji war schon wieder einen trinken?!

»Bleiben Sie jetzt eigentlich in Shintoku?« fragt die Reporterin beiläufig. Ich stocke. *Wenn ich das wüsste!*

… ter September
Starkregenwarnung

Abends um sieben wird die Zufahrtsstraße nach Tomuraushi gesperrt. Sie führt unmittelbar am Fluss entlang, und das kann gefährlich werden. Es gibt zwei Schranken, die ab einer bestimmten Regenmenge geschlossen werden. Dann kann man den Berg weder hinauf- noch hinunterfahren. Tomuraushi ist dann von der Außenwelt abgeschnitten.

Obwohl wir die freien Tage für einen Ausflug nutzen wollten, sitzen wir brav zu Hause. Kurz nach acht höre ich nebenan ein Auto vorfahren. Die Nachbarn kommen nach Hause. *Nanu*, denke ich, *ist die Schranke nicht geschlossen?* Und stecke den Kopf aus dem Fenster.

»Ich habe mir aufmachen lassen«, erklärt Junko lächelnd. »Nach der Erfahrung vom letzten Mal bin ich dieses Mal ganz in Ruhe hochgefahren und habe mir aufmachen lassen.«

Beim letzten Mal stand Junko nämlich vor geschlossener Schranke. Sie sei mit ihren drei Kindern im Auto den Berg hinaufgerast, habe es aber nicht rechtzeitig geschafft. Es habe geschüttet wie aus Kübeln. *Was blieb mir anderes übrig*, erzählt sie, ich drehe, um zurückzufahren. Aber über der Straße liegt ein Baum. Er ist durch den vielen Regen umgestürzt. Ringsum ist es stockfinster. Ich habe keinen Empfang. Der Regen wird immer stärker, der Fluss tritt über die Ufer und überflutet die Straße. Die Strömung ist so stark, dass die Kinder sich kaum auf den Beinen halten können. Aber der Baum lässt sich keinen Zoll bewegen. Ich denke, *das war's dann wohl*. Im selben Moment sehe ich Scheinwerfer die Straße hinaufkommen. Ich denke, *irgendjemand hat gemeldet, dass ein Baum auf der Straße liegt, und das Amt schickt einen Kran, um die Straße wieder zu räumen*. Die Kinder und ich springen durch den strömenden Regen und winken. Unser Auto steht da schon halb unter Wasser! *Glück gehabt!* Und nicht zum ersten Mal. Junko, eine umgängliche, freundliche und abenteuerlustige Person, hat schon einiges erlebt. Einmal habe sie allein im Fluss gestanden und sei so ins Angeln vertieft gewesen, dass sie den steigenden Pegel erst bemerkt habe, als ihr das Wasser schon bis zur Brust reichte. Sie habe sich nur noch mit knapper Not ans Ufer retten können.

»Das Leben ist wie eine Laterna magica. Es geht immer weiter.«

Je mehr Heldengeschichten ich von Junko höre, desto überzeugter bin ich: *So schnell stirbt der Mensch nicht*. Das will ich mir zu Herzen nehmen!

… ter September
Heimkehr

Nebenan geht es zu wie im Taubenschlag. Offenbar ist Natchan wieder da. Natchan ist die älteste Tochter der Familie Gotō. Nachdem sie die Mittelschule in Tomuraushi abgeschlossen hat, geht sie jetzt in Obihiro zur Schule. Dort besucht sie die elfte Klasse. Da sie sich aber ausgesprochen gut mit ihrer jüngeren Schwester versteht, kommt sie, obwohl sie in einem Wohnheim in Schulnähe wohnt, ab und zu nach Hause.

Masumi sitzt im Auto vor der Tür. Da sie keine Anstalten macht, auszusteigen, klopfe ich ans Fenster.

»Was ist los? Warum steigst du nicht aus?« frage ich, ohne groß nachzudenken. Masumi lächelt kraftlos und steigt aus.

»Natsuki kann nicht mehr gehen.«

»Was?«

»Warum, weiß man nicht. Die Ärzte haben sie auf den Kopf gestellt, konnten aber nichts feststellen. Manchmal hat sie so wenig

Kraft, dass sie nicht einmal die Stäbchen halten kann«, sagt Masumi und versucht zu lächeln. Ihre Wangen zucken. Unwillkürlich lege ich ihr eine Hand auf die Schulter. »In der Schule war sie auch nicht.« Masumi, die sonst so gut wie nichts erschüttert, rollen Tränen über das Gesicht. *Auf keinen Fall mitweinen*, denke ich, *stark bleiben*, aber ehe ich mich versehe, quellen auch mir die Tränen aus den Augen. Die heitere Natchan. Die so schön singende Natchan. Die von den Jüngeren heißgeliebte Natchan. Warum hat sie sich denn so gequält? Sie muss sich doch nichts beweisen.

»Die Schule ist es nicht, sagt sie, sie liebt die Schule. Aber sobald sie hingehen will, verlassen sie die Kräfte. Sie kann nicht einmal mehr aufstehen. Das konnte ich einfach nicht länger mit ansehen. Deshalb habe ich sie nach Hause geholt.« Sie sei mit ihrem Latein am Ende. Sie habe die Schule gefragt, sie habe im Krankenhaus gefragt, sie habe Therapeuten gefragt, aber niemand könne helfen. »Jetzt bleibt sie erst einmal hier. Und dann sehen wir weiter. Wenn du magst, komm doch mal rüber«, sagt Masumi – sie scheint sich wieder ein bisschen gefangen zu haben – lächelt und geht ins Haus.

Leider kommen nicht alle Kinder, die hier die Schule abschließen, in großen Schulen in der Stadt zurecht, hat einer der Mittelschullehrer gesagt, erinnere ich mich. *Die Kinder von hier wissen nicht, wie man Freundschaften schließt. Sie sind von vornherein Teil der Gemeinschaft.*

Von vornherein Teil der Gemeinschaft zu sein, denke ich, ist doch toll. Eine Garantie, dass man überall gut zurechtkommt, ist es natürlich nicht. Dass Natchan sich schwergetan hat, Freunde zu finden, will ich nicht glauben. Ich habe gehört, sie habe überall

Freunde, in der Klasse, im Wohnheim und im Club. Aber wer weiß schon, was funktioniert und was nicht? Natchan selbst weiß es sicher auch nicht.

… ter September
Krücken

Ich treffe Natchan. Sie ist auf Krücken unterwegs. »Hallo«, ruft sie und lacht. Ihre Stimme klingt heiter. »Mir geht's gut«, sagt sie, »ich kann nur nicht laufen.« Dann lacht sie wieder. Meine Unbeholfenheit beschämt mich. Ihr Lachen hilft darüber hinweg.

… ter September
Rollstuhl

Das Amt stellt leihweise einen Rollstuhl zur Verfügung. Als er kommt, setzt Natchan sich hinein und rollt – zu meiner Bestürzung – sogleich geschickt und munter zur Schule davon. »Bis später!«

… ter September
Schon wieder Regen

Gutgelaunt kommt meine Tochter zusammen mit Shizuku von nebenan aus der Schule.

»Es pieselt«, sagt sie und rubbelt sich die nassen Haare mit einem Handtuch. Es *nieselt*! – Und das schon den ganzen Tag.

… ter September
Wollläuse

Auf den Gipfeln des Daisetsuzan-Gebirges liegt der erste Schnee. Auf dem Tomuraushi hat es auch schon geschneit.

»Die Wollläuse* sind los!« kommt meine Tochter nach Hause gestürzt. Sie ist ganz außer Atem. »Sie sehen aus wie Schneeflocken, ganz weich und fluffig.«

Wenn die Wollläuse fliegen, sagt man, dauere es keine vier Wochen mehr, bis es schneit.

Als die Kinder heute morgen zur Schule gingen, waren es draußen nicht einmal null Grad. Mein Mann, der immer behauptet, dass Kälte schön sei, heizte still und leise den Ofen an.

OKTOBER

ASCHENPUTTEL DER ETWAS ANDEREN ART

Beim Spazierengehen unter dem herbstlichen Laub kommen mir plötzlich Zweifel. Kann ich überhaupt woanders leben? Kann ich einen so schönen Ort wirklich aufgeben und woanders leben?

Das ist mir noch nie passiert. Weder in Tokyo, wohin ich mit achtzehn gezogen bin, noch in Akita*, Niigata* oder Kyoto, wo ich auch eine Zeitlang gewohnt habe. Überall war es schön. Überall fahre ich immer wieder gerne hin. Aber Tomuraushi ist etwas anderes. Zu Tomuraushi fühle ich mich viel stärker hingezogen. Schon die Vorstellung, wieder wegzuziehen, treibt mir das Wasser in die Augen.

… ter Oktober
Herbstlaub und Bären

Zu dieser Jahreszeit ist es im Tomuraushi-Onsen am schönsten. Unten rauscht der Fluss, gegenüber wiegt sich das bunte Laub im Wind. Das ist Luxus!

Da man von hier den Tomuraushi besteigt, sind unter den Badegästen auch viele Bergsteiger. Für die steht in der Lobby eine Tafel, auf der sie notieren, was ihnen unterwegs aufgefallen ist. Häufig ist von »Bär« oder »BÄR« oder »BÄR« die Rede. Einer schreibt aber auch: »Weg am Wasserfall matschig, Abstieg dadurch verzögert. Optimierung empfohlen.« *Optimierung?* Auf dem Berg?

Wir sind gerade auf dem Weg nach draußen, als ein Gast in die Lobby stürzt und ruft: »Ein Bär! Auf dem Parkplatz ist ein Bär!« »Ein Bär?« erwidert Herr Tsushima, der Wirt des Tomuraushi-Onsen. »Was Sie nicht sagen.« Das verschlägt dem Gast die Sprache. *Dieser Bär sei größer als der, den man im Sommer häufig gesehen habe. Vielleicht sei es aber auch derselbe, nur gewachsen mittlerweile.* Meine Tochter und ich sprinten zum Parkplatz. Am Steilhang gegenüber bewegt sich Gebüsch, den Bären sehen wir nicht. *Genau da sei er verschwunden*, berichten aufgeregte Touristen. *Verflixt!* Ich wollte doch den Bären sehen, kein bewegtes Gebüsch. Ich drehe mich um. Mein Mann und meine Söhne sitzen im Hiace und schauen uns zu.

… ter Oktober
Tag der offenen Tür

Unabhängig von der Frage, ob wir nach Fukui zurückkehren oder hierbleiben: in Tomuraushi gibt es keine Oberschule. Blieben wir hier, würde mein Sohn mit großer Wahrscheinlichkeit an eine Oberschule in Obihiro gehen. Obihiro ist nicht aus der Welt. Mein

Sohn könnte am Wochenende nach Hause kommen und wir, im Falle des Falles, schnell einmal hinfahren.

Mein Sohn, mein Mann und ich fahren also nach Obihiro zum Tag der offenen Tür der Schule, an der schon Musikerinnen wie Miyuki Nakashima* oder Miwa Yoshida* ihren Abschluss gemacht haben. Im Auto schmettern wir fröhlich Songs von DREAMS COME TRUE*.

Als wir ankommen, ist die gute Laune schlagartig dahin. Mit diesem Andrang von Neuntklässlern haben wir nicht gerechnet. Der Parkplatz ist voll. Als wir das Schultor passieren, würden wir am liebsten sofort wieder umkehren und in die Berge zurückfahren. *Wo, in aller Welt, kommen all diese Schüler her?*

Gott sein Dank ist ein Mädchen von den Kuttari Juniors dabei – sonst hätte ich ob der Hundertschaften unbekannter Schüler wahrscheinlich Zustände bekommen – ein bildhübsches und obendrein kluges Mädchen von einem Hof mit zwanzigtausend Rindern.

Während ich meinem Sohn im Geiste noch rate, nicht so schüchtern zu sein – *geh ran, Junge!* – beginnt die Veranstaltung.

Furchtbar! So oft habe ich das Wort »Prüflinge« schon lange nicht mehr gehört! Wirklich *furchtbar.* Um unsere Lebensgeister wieder zu wecken, fahren wir ins Stammhaus der Konditoreikette Rokkatei.* Nach diversen, allerliebst angerichteten süßen Sachen – Pancakes, heißen Waffeln und Pudding – bin ich wieder munter. Jetzt kann's zurück in die Berge gehen!

… ter Oktober
Lagerfeuer

Hm, wie das duftet, denke ich. *Irgendwer in der Nachbarschaft verbrennt Laub*. Im selben Moment ruft Masumi: »Wie wär's mit einer Tasse Tee im Garten?«

Ich gehe hinüber. Natchan sitzt, in eine Wolldecke gemummelt, in ihrem Rollstuhl und lächelt mich an. Sie röstet Süßkartoffeln. Die Sonne ist warm. Der Tee schmeckt köstlich. In der Ferne zwitschern die Vöglein. Ein traumhafter Nachmittag. Ab und zu fällt eine Walnuss zu Boden.

»Ich hätte nicht gedacht, dass wir noch einmal so gemütlich beisammensitzen, Natsuki und ich«, sagt Masumi. Natsukis Miene ist friedlich.

Bald darauf scheint es ihr draußen zu kühl zu werden. Als sie versucht, von der Veranda ins Haus zu rollen, bleibt sie hängen und kippt um.

»Sie will fernsehen. Das hätte ich fast vergessen«, sagt Masumi.

Ihre Clubkameraden hätten es ins Finale geschafft, und das Finale würde im Fernsehen übertragen. *Ob ich nicht mitgucken wolle?* lädt sie mich unbekümmert ein. Aber ich bin unschlüssig. Muss Natchan sich das antun?

... ter Oktober
Herbstlaub

Ganz Tomuraushi versammelt sich im Schulhof und bewundert das Herbstlaub. Auf Honshu wird es »gejagt*«, hier wird es »bewundert«. Der Ahornbaum auf dem Schulhof – ein an sich schon stattliches Exemplar – reckt seine rotbelaubten Zweige in den Himmel. Es sieht aus, als stünde er in Flammen. Doch der Baum wird kaum eines Blickes gewürdigt. Die Attraktion ist der Grill, an dem gemeinschaftlich gebraten wird. Wir essen, bis wir nicht mehr können.

Natchan ist auch da. Sie unterhält sich fröhlich. Ihren Rollstuhl schiebt wie selbstverständlich mal der eine, mal der andere. Man spürt die Kraft der Gemeinschaft. Aber vielleicht ist gerade diese Gemeinschaft, diese Wärme, diese Herzlichkeit kontraproduktiv. Nein, das kann nicht sein. Wärme und Herzlichkeit können nicht kontraproduktiv sein.

... ter Oktober
Grasfresser

Während das Jersey-Rindfleisch vor sich hin grillt, unterhalten wir uns.

»Zurückhaltende Jungs werden oft als *Grasfresser* bezeichnet«, sagt Rinderzüchter Kunisada. »Da sieht man mal, was für ein falsches Verständnis die Leute von Grasfressern haben.«

Falsches Verständnis? Inwiefern?

»Rinder sind Vegetarier. Das stimmt. Aber haben Sie die schon mal zur Paarungszeit erlebt? Die können richtig gefährlich werden.«

Ach? Und ich dachte immer, die hätten nichts Besseres zu tun, als den lieben langen Tag auf der Weide zu stehen und gemütlich Gras zu malmen.

»Das sind Kühe.«

»Wie? Auf der Weide stehen nur Kühe?«

»Mehr oder weniger. Die Stiere stehen zumeist im Stall.«

Kühe gäben – naturgemäß – Milch, seien also Milchrinder. Stiere gäben Fleisch, würden entsprechend als Fleischrinder bezeichnet.

Ach so! Mir war gar nicht bewusst, dass die Unterscheidung Milch- oder Fleischrind nur eine Frage des Geschlechts ist. Ich hatte gedacht, es handele sich um verschiedene Arten.

»Stiere können richtig randalieren.«

Ich bin verwirrt. Ein Stier frisst kein Fleisch. Es wird als Fleischrind verkauft, frisst aber Gras. Ist also ohne Zweifel ein Grasfresser.

»Sie wären erstaunt, wie wild so ein Vieh werden kann! Wer je einen wildgewordenen Stier erlebt hat, würde einen zurückhaltenden Jungen nie als Grasfresser bezeichnen!«

»Wieder etwas dazugelernt …«

Während ich weiter esse, denke ich über den Umgang mit Sprache nach. Jeder hat ein anderes Verständnis davon. Auch die Umgebung spielt eine Rolle. In Tomuraushi wird einem wieder bewusst, was das überhaupt heißt: *Rind, Berg, Wald, Schnee.*

… ter Oktober
Winterpause

Mitte Oktober wird der Sportplatz feierlich geschlossen. Das ist früh! In Fukui könnte man bis zur Winterpause noch gut zwei Monate spielen, überlege ich. Währenddessen zieht mein Mann am Hiace schon die Winterreifen auf. Also dafür ist es doch wirklich noch zu früh!

Dachte ich. Bis zum nächsten Morgen. Obwohl die Temperatur morgens um sechs drei Grad beträgt – wir haben vor dem Haus ein Thermometer – haben wir um acht, als die Kinder zur Schule gehen, nur noch ein Grad. Dass es am späteren Morgen kälter ist als am früheren, erlebe ich zum ersten Mal. Um neun – das Thermometer zeigt jetzt null Grad – fängt es an zu schneien. Ein Taifun ist aufgezogen. In Tomuraushi, das durch die Berge relativ windgeschützt ist, stürmt es wesentlich weniger als im Tal. In Shintoku scheint die Hölle los zu sein. Dort schneit es komischerweise auch mehr. Binnen kürzester Zeit liegen zwanzig Zentimeter Schnee. Außerdem sollen einige Bäume umgestürzt sein, so dass die Zufahrtsstraße derzeit gesperrt ist.

Um sich auf den Winter vorzubereiten, werfen die Bäume ihr Laub ab. Wenn der Winter kommt, bevor sie ihr Laub abgeworfen haben, und sich in Form von Schnee auf ihre Äste legt, brechen sie zusammen. Offenbar hat es diesmal eine ganze Reihe von Bäumen erwischt.

Am Abend sinkt die Temperatur auf unter null. Im Tal und oben am Onsen soll der Strom ausgefallen sein. *Oh je*, denke ich, wenn hier auch der Strom ausfällt, haben wir ein Problem. Dann kann ich den Ofen nicht anheizen, und auch im Haus wird es bitterkalt.

Die Kinder und ich essen früh zu Abend, legen Taschenlampen und Wärmekissen* parat, holen unser Bettzeug, bauen ein Lager und legen uns hin. »In Obihiro schneit's auch«, schreibt mein Mann, der am frühen Morgen in die Stadt zur Arbeit gefahren ist, am späten Abend über WhatsApp. Der hat vielleicht Nerven, denke ich.

… ter Oktober
Am Tag nach dem Schnee

Als wir morgens aufstehen, sind es draußen minus vier Grad. Bei uns ist der Strom Gott sei Dank nicht ausgefallen. Die Straße ist allerdings immer noch gesperrt. Tomuraushi ist weiterhin von der Außenwelt abgeschnitten. *Verflixt*, denke ich, heute ist doch Ihro Gnaden Coop-Tag. Der Schulkoch kann auch nicht kommen. Das heißt, die Kinder müssen Bentos mit in die Schule nehmen. Schnee liegt allerdings kaum.

Am Nachmittag ist die Straße wieder offen. Nach und nach kommen die Lehrer, die in der Stadt wohnen, und Tomuraushi erwacht wieder zum Leben. Schnell verbreitet sich die Kunde der abenteuerlichen Heimfahrt am Tag zuvor. Mit vereinten Kräften, Seilen und Sägen hätten die Lehrer die bereits gesperrte Straße geräumt. »Schnell! Fahrt! Kümmert euch nicht um mich!« soll James, der Assistant Language Teacher, der den Baum hielt, heldenhaft gebrüllt haben. Das entsprechende Foto verbreitet sich ebenfalls in Windeseile.

… ter Oktober
Vorbereitung auf die Schulaufführung

Im letzten Monat war schon viel zu tun, aber jetzt wird es richtig hektisch. Ende Oktober findet die Schulaufführung statt. *Das* Event des zweiten Schuldrittels. Zwei Wochen vorher wird ein Sonderstundenplan ausgegeben und ab da täglich geprobt.

Manchmal frage ich mich, was die Schüler in der Stadt wohl machen. Was machen die in der Zeit, in der in Tomuraushi geprobt wird. Oder geangelt oder Minigolf gespielt. Das vom Bildungsministerium beschlossene Curriculum gilt doch für alle? Hat man da wirklich genug Zeit, so viel für eine Aufführung zu proben, angeln zu gehen oder Minigolf zu spielen? Die Kinder, die für die Proben im Moment besonders früh zur Schule gehen, scheinen jedenfalls ihren Spaß zu haben.

… ter Oktober
Schulaufführung (Muttiriege, die Erste)

Bei der Schulaufführung treten nicht nur die Kinder auf, nein, auch die Eltern-Lehrer-Vereinigung, kurz ELV (der Rektor, der Konrektor und die Väter), die Jugendabteilung (junge Lehrer und Dorfjugend) und die Muttiriege (Lehrerinnen und Mütter).

Ich sehe mir an, was in den vergangenen Jahren aufgeführt wurde und bin überrascht. Nein, überrascht ist gar kein Ausdruck! Ich bin *geflasht*. Die ELV bringt jedes Jahr ein eigenes Stück auf die Bühne. Auch die Muttiriege lässt sich etwas einfallen. Theater,

Sketche, Gesang oder Tanz. Sogar die Requisiten – ob klein oder groß – sind beeindruckend. Es gibt Fotos von einer zu einer Motte gewordenen Mutter, die ein Ei legt. *Ein Ei!* Eine Bittergurken*-Mutter hat sich sogar grüne Farbe ins Gesicht geschmiert. *Wow!* Das wäre nichts für mich. Weder Motte noch Gurke.

Dieses Jahr soll gesungen, getanzt und gezaubert werden. Wir führen *Aschenputtel* auf. *Okay,* denke ich, die Wahrscheinlichkeit, dass ich eine Motte spielen muss oder eine Bittergurke, ist gering. – Was muss ich spielen? *Ogott, nein.* Das Aschenputtel? Meine Familie kriegt einen Lachanfall, wenn sie das erfährt. Dann doch lieber eine Bittergurke.

… ter Oktober
Kann nicht sein!

Mein ältester Sohn sitzt jeden Tag bis tief in die Nacht da und schreibt. Lernt er etwa? Kann nicht sein. Und tatsächlich, er lernt nicht. Er schreibt am Drehbuch für das Stück der Mittelschüler.

… ter Oktober
Und tatsächlich!

Mein ältester Sohn sitzt jeden Tag bis tief in die Nacht da und schreibt. Lernt er etwa? Kann nicht sein. Und tatsächlich, er lernt nicht. Er schreibt an der Klavierpartitur für den Grundschulchor.

… ter Oktober
Redewettbewerb

In Shintoku wird ein Redewettbewerb veranstaltet. Insgesamt sieben Schüler von drei Mittelschulen treten gegeneinander an. Jeder hat fünf Minuten. Die fünf Schüler aus Tomuraushi sitzen in der großen Halle wie bestellt und nicht abgeholt.

Oh je, denke ich beim Zuhören. *Was für eine Farce! Hat sich in den letzten dreißig Jahren denn nichts geändert?* Diese Art Wettbewerb gab es schon zu meiner Schulzeit. Sie entbehren jeden sittlichen Nährwerts. Gut, dass es nur sieben Teilnehmer sind. Mehr könnte ich nicht ertragen.

Dass man meinen Sohn mit seinem unkonventionellen Stil nicht zum besten Redner küren und zum Großen Redewettbewerb von Tokachi schicken würde, war mir klar. De facto verdient das aber keiner der Teilnehmer. Denn bei keinem wurde deutlich, was er eigentlich sagen will.

»Miyashita-kun war nicht so schlecht. Aber eine Stellungnahme ist etwas anderes«, höre ich jemanden hinter mir sagen, wahrscheinlich einen der begleitenden Lehrer. *Aha!* »*Was* er gesagt hat, war in Ordnung, aber *wie* er es gesagt hat, ließ zu wünschen übrig«, sagt einer der Juroren. *Das darf doch nicht wahr sein!* Das Auftreten meines Sohnes war nicht vorbildlich, aber durchaus im Rahmen. *Was wird bei diesem Wettbewerb eigentlich bewertet?*

Ich meine, über Krankheiten zu sprechen, sollte man verbieten. Über Katastrophen zu sprechen sollte man verbieten. Schauspielern sollte man auch verbieten. *Dann* würde der Wettbewerb vielleicht interessant. Im täglichen Leben etwas zu finden, über das es sich lohnt, eine Rede zu halten, ist nicht so einfach. Sich über ein Unglück oder eine Katastrophe auszulassen, ist wesentlich einfacher. Aber Mittelschülern darf man es nicht zu einfach machen. Sie müssen lernen, dass man sich nicht überall durchschlawinern kann.

… ter Oktober
Freundschaftsspiel

Meine Tochter soll zu einem Freundschaftsspiel im Nachbarort fahren.

»Hoffentlich muss ich nicht gegen jemand Starkes spielen«, sagt sie.

»Besser als gegen jemand Schwaches, oder? Wenn du gegen jemand Starkes spielst, lernst du doch wenigstens was«, erwidere ich, um sie aufzubauen.

»Ich will nichts lernen. Ich will gewinnen. Das macht mehr Spaß«, sagt meine Tochter. Dazu fällt mir nichts mehr ein. Zu gewinnen macht nun einmal mehr Spaß als zu verlieren.

… ter Oktober
Ein Wunder

Es klingelt an der Haustür. Als ich aufmache, steht Masumi da und strahlt mich an.

»Guck!« sagt sie.

Ich trete aus der Tür und sehe Natchan. Ohne Rollstuhl. Ohne Krücken. Sie steht und geht auf ihren eigenen Beinen!

»Natchan!« rufe ich. »Das ist ja unglaublich!« und laufe zu ihr.

»Ich kann wieder gehen.«

»Aber wieso? Ich … Herzlichen Glückwunsch!« Mir kommen vor Freude die Tränen. Masumi und Natchan weinen auch.

»Wir haben überlegt, ob ich die Schule wechseln soll. Und in dem Moment, als ich mich für eine Schule in Shintoku entschied, hatte ich plötzlich wieder Kraft in den Beinen.«

Aber sie habe doch immer gesagt, sie möge die Schule in Obihiro. Sie wolle nicht wechseln. Sie wolle dableiben.

»Ich kann es mir auch nicht erklären. Aber in dem Moment, als ich den Gedanken an einen Schulwechsel zuließ, konnte ich wieder gehen«, sagt Natchan und macht einen kleinen Freudensprung.

»Nicht übermütig werden!« bremse ich sie eilig.

»Ich gehe jetzt zur Schule, Bescheid sagen«, sagt sie und macht sich zusammen mit ihrer Mutter auf den Weg. Die werden vielleicht Augen machen, so wie sich alle um Natchan gesorgt haben. Vielleicht weinen sie sogar. Die Kinder, die Lehrer. Ich sehe sie förmlich vor mir!

Die Seele des Menschen ist unergründlich. Natchan war aufrichtig. Sie konnte sich einfach nicht erklären, was mit ihr los war. Ich weiß es auch nicht. In die Köpfe meiner Kinder kann ich auch nicht hineinsehen. Selbst wenn ich das gerne täte. Wenigstens das ist mir bei dieser Gelegenheit bewusst geworden.

… ter Oktober
Schulaufführung (Muttiriege, die Zweite)

Unser Drehbuch ist fantastisch. Masumi, Leiterin der Muttiriege, hat es geschrieben. Die ganze Truppe näht Kostüme und bastelt Requisiten. Ich bin schwer beeindruckt. Mehr als schwer beeindruckt! Wer hätte gedacht, dass sie so aufwendige Kostüme nähen würden.

Kana am Klavier – unser *Aschenputtel* ist ein Musical – ist ebenfalls famos. Kana liebt Kühe. Mit zwanzig kam sie nach Hokkaido und erfüllte sich ihren sehnlichsten Wunsch, einen Rinderzüchter zu heiraten nämlich, um immer in der Nähe ihrer geliebten Kühe zu sein. Sie heiratete den Erben eines Rinderhofes, Kōta, mit dem sie jetzt vier Kinder hat. Als ich ihr gestand, dass die Tonlage für mich zu hoch sei, setzte sie das ganze Stück kurzerhand einen Ton tiefer. Jeder, der Klavier spielt, weiß, wie schwierig das ist. Ich möchte nicht wissen, wie ihre Notenblätter aussehen!

Kurzum: ein fantastisches Drehbuch, wunderschöne Kostüme, ein harmonischer Chor – nur das Aschenputtel lässt zu wünschen übrig.

… ter Oktober
Spezialitäten aus Fukui

In dem Paket von meinen Eltern sind Habutae-mochi,* eine Spezialität aus Fukui. Die Kinder sind begeistert.

»Allein für die lohnt es sich, in Fukui zu leben«, sagt mein ältester Sohn. Seine Geschwister nicken eifrig. Dass Habutae-mochi bei meinen Kindern so hoch im Kurs stehen, hatte ich nicht gewusst.

»Shingen-mochi* sind auch voll lecker.«

»Stimmt.«

»Und Umegae-mochi.«*

»Ja genau!«

»Nama-yatsuhashi* sind auch nicht schlecht.«

»Ja, ja, lecker!«

Solange es schmeckt, ist meinen Kindern offenbar alles recht.

… ter Oktober
Schulaufführung (Chor)

Der Chor der Grundschüler wird von meinem ältesten Sohn dirigiert, Bogey spielt Klavier. Diesen Part hatte eigentlich Sohn Nr. 1 übernehmen wollen, nachdem er an seiner alten Schule zwei Jahre in Folge den Schulchor bei Wettbewerben auf dem Klavier begleitet hatte, aber Bogey ließ ihn interessanterweise nicht. Keine Ahnung, ob er nur nicht dirigieren oder einfach selbst spielen wollte. Dem Musiklehrer war jedenfalls beides recht. Denn die Harmonie seines Chors würde durch die tiefen Stimmen meiner Söhne nur gestört. Deshalb hat er dem einen den Taktstock und dem anderen das Klavier gegeben. Bogey hatte bis zum Sommer eine engelsgleiche Stimme, jetzt ist er im Stimmbruch. Gewachsen ist er auch. Er ist in der Pubertät. Zu meinem Leidwesen übt er so ausdauernd Klavier, als wollte er mich bestrafen.

… ter Oktober
Schulaufführung (Trio?)

Wenn sie ihr Instrumentalstück für die Schulaufführung übten – mein Ältester am Klavier, Bogey am Akkordion – quietsche dann und wann eine Blockflöte dazwischen. Bogey habe es – trotz der Konzentration auf sein Instrument – auch bemerkt.

»Wovon redet ihr?« mischt sich meine Tochter ein, als die beiden sich darüber unterhalten, wie »zerstörerisch« so ein Quietschen sein kann.

»Sag mal, Böhnchen (Name geändert). Du spielst doch Blockflöte. Hörst du dieses Quietschen beim Refrain auch?«

»Quietschen? Wo?« fragt meine Tochter, setzt glücklich ihre Blockflöte an und beginnt zu spielen. Im Refrain quietscht es.

»Du warst das!« rufen meine Söhne unisono.

… ter Oktober
Schulaufführung (Muttiriege, die Dritte)

Die Muttiriege trifft sich zur Probe. Geplant sind zwei Stunden. Es wird erbarmungslos überzogen.

… ter Oktober
Schulaufführung (Muttiriege, die Vierte)

Die Muttiriege trifft sich zur Probe. Geplant sind zwei Stunden. Es wird erbarmungslos überzogen.

… ter Oktober
Schulaufführung (Muttiriege, die Fünfte)

Die Muttiriege trifft sich zur Probe. Geplant sind zwei Stunden. Es wird erbarmungslos überzogen.

Um es kurz zu machen: Die Muttiriege probt insgesamt elf Mal, näht zu Hause Kostüme und bastelt Requisiten.

… ter Oktober
Hochsaison

Aus unerfindlichen Gründen habe ich gerade ungeheuer viel zu tun. Ich komme der Arbeit, selbst wenn ich weniger schlafe, kaum hinterher. Erst dachte ich, es läge an den Proben für die Schulaufführung, aber das ist es nicht. Beim Nachzählen stelle ich fest, dass ich diesen Monat sage und schreibe zwölf Abgabetermine habe. Bin ich verrückt? Wie in aller Welt konnte ich nur so viele Termine in – glücklicherweise – nur diesen einen Monat packen? Außerdem ist mein neues Buch erschienen. Ausgerechnet jetzt, obwohl für dieses Jahr nur das eine geplant ist. Natürlich signiere ich meine Bücher gerne, aber dieses Mal tue ich es unter Tränen. Außerdem bemühe ich mich, obwohl ich so viel zu tun habe, neben jedes Autogramm etwas anderes zu schreiben – auch das unter Tränen. Dass ich mitten in der Nacht im Wald sitze und weinend Autogramme schreibe, hätten sich die, die jetzt ein signiertes Exemplar in Händen halten, wohl auch nicht träumen lassen. Ich *bin* verrückt. Das neue Buch heißt übrigens *Warum hast du das nicht gleich gesagt?** Werfen Sie doch mal einen Blick hinein.

… ter Oktober
Am Tag der Schulaufführung – morgens

Ogott. Ich habe verschlafen! Das Dorf ist zum gemeinsamen Mittagessen verabredet. Jeder bringt etwas mit. Wie beim Sportfest. Oder nein, war das an Neujahr, wo jeder etwas mitgebracht hat, das dann am Tisch die Runde machte? Egal. Ich habe verschlafen. Jetzt muss ich mich beeilen. Gestern abend hatte ich wenigstens noch eine Schönheitsmaske auflegen wollen – ich bin ja schließlich am Schluss die Prinzessin – aber daraus wurde nichts. Bis zum Morgengrauen habe ich geschrieben.

Hastig bereite ich ein paar unspektakuläre kleine Speisen zu, fülle sie in Tupperdosen und mache mich auf den Weg. Junko sagt, sie sei schon um halb fünf aufgestanden und habe trotzdem zu wenig Zeit gehabt. Sie habe es nicht einmal geschafft, sich zu schminken. *Oh*, denke ich, um halb fünf habe ich noch geschrieben. – Entschuldigung, ihr Lieben!

… ter Oktober
Der Tag der Schulaufführung – Auftritt

Die Grundschüler machen ihre Sache großartig. Sie singen, musizieren, tanzen und schauspielern – wirklich wunderbar!

Ich bin verblüfft, wie viele neue Seiten ich an Kindern kennenlerne, die ich, angefangen bei meiner Tochter, glaubte, gut zu kennen. Talente, liebenswerte Eigenschaften. Alle glänzen.

Das Theaterstück der Mittelschüler ist große Klasse. Ich bin vielleicht voreingenommen, aber abgesehen davon, dass sie von vorne bis hinten alles selbst gemacht haben, ist das Stück wirklich lustig. Unglaublich lustig sogar! Der ganze Saal bricht mehrfach in Gelächter aus. Vor allem die Grundschüler haben ihren Spaß. Wie sie das zu fünft auf die Beine gestellt haben, das Drehbuch, die Inszenierung, das Schauspiel – sie haben sich wirklich ins Zeug gelegt!

Aschenputtel, das möchte ich an dieser Stelle festhalten, hat sich allerdings auch ins Zeug gelegt. Im wahrsten Sinne des Wortes! Das schöne Kostüm, an dem alle so fleißig genäht haben, soll ja nicht umsonst gewesen sein. Aus dem Mädchen mit der überdimensionalen Idiotenbrille und dem Retro-Trainingsanzug (das kam bei den Kindern glücklicherweise super an) wurde eine strahlende Prinzessin mit Satinkleid, gläsernen Schuhen und einer goldenen Tiara. Ich habe mich wirklich ins Zeug gelegt. Bei der Verwandlung – die musste schnell gehen! – und auch beim Singen und Tanzen!

Nach der Aufführung stelle ich fest, dass mein Mann kein einziges Foto vom Aschenputtel gemacht hat. Kein einziges! Ist das zu glauben? Er hätte hundertmal, nein, tausendmal die Gelegenheit dazu gehabt. Nicht zu glauben! Wirklich, nicht zu glauben!

NOVEMBER
KINDER VERBINDEN

Dieses Jahr scheint es vergleichsweise warm zu sein.

Letztes Jahr um diese Zeit soll Tomuraushi eine einzige Schneelandschaft gewesen sein. Davon sind wir dieses Jahr noch weit entfernt. Ab und zu schneit es zwar, aber der Schnee bleibt nicht liegen. Sehnsüchtig starren meine Kinder in den Himmel.

Morgens und abends sind es minus zehn Grad. *Ach, heute ist es ja gar nicht so kalt*, denke ich, als ich vor die Tür trete, und tatsächlich, das Thermometer zeigt nur minus drei. Ich zittere trotzdem. In Fukui war es selbst am kältesten Tag des Winters wärmer. In Tomuraushi wird man im Zeitraffer an alpine Kälte gewöhnt.

… ter November
Zeitung per Post

In dieser Gegend kommt die Zeitung normalerweise mit der Post. Dass sie mit einem Tag Verspätung kommt (Wochenend- oder Feiertagsausgaben kommen gebündelt), kann ich hinnehmen, aber dass eine 80-Yen-Briefmarke darauf klebt, die ich als Abonnent auch noch bezahlen muss, finde ich nicht in Ordnung. Ich zahle die Zeitung – den normalen Preis – plus Porto – x Tage mal 80 Yen. Damit ist meine Zeitung praktisch doppelt so teuer wie sonst.

»Der Rektor hat auch eine Zeitung abonniert«, sagt meine Tochter. »Der Krösus!«

Zugegeben: Vielleicht hätte ich mich nicht zu der Behauptung hinreißen lassen sollen, alle Leute, die hier wohnten und eine Zeitung abonniert hätten, müssten reich sein, aber muss meine Tochter das gleich überall herumposaunen?

… ter November
Rührender Besuch in der Buchhandlung

Ich erfahre, dass die Buchhandlung in der Stadt, die gleichzeitig Schreibwaren- und Getränkehandlung ist, ein Exemplar meines neuen Buches *Warum hast du das nicht gleich gesagt?* bestellt hat. Damit es nicht als Ladenhüter endet, mache ich mich gleich auf den Weg, um es zu kaufen. Aber ich finde es nicht. Ich finde es nicht! Dabei hatte ich mir doch schon ausgemalt, wie schön es wäre, wenn in dieser Buchhandlung ein Buch von mir läge.

Das Buch ist verkauft. Es ist tatsächlich schon verkauft! Ich weiß nicht, wer es bei der Buchhandlung Soma in Shintoku erworben hat, aber ich danke ihm trotzdem: Dankeschön!

… ter November
Podiumsgespräch

Es ist so weit. Heute findet in der Stadtbibliothek von Chitose das Podiumsgespräch zwischen mir und Kimiko Kitaōji statt. Die Zeit vergeht wirklich wie im Flug!

Da der Express seit dem Unglück im Sommer nur zu ungünstigen Zeiten verkehrt, fahren wir mit dem Auto. Unterwegs stelle ich fest, dass ich meine Armbanduhr vergessen habe. *Du kannst den nehmen*, sagt meine Tochter, und gibt mir ihren Kompass. *Ähm … okay …*

Sobald wir die Berge verlassen und auf die Autobahn fahren, verändert sich die Landschaft. In Tomuraushi waren die Straßen vereist. Hier unten leuchtet es noch gelb und rot. *Die Talheimer hängen nach!*

In Chitose knallt die Sonne. Ich fühle mich, als wäre ich zu einem Auswärtsspiel angereist. Mir ist so warm, dass ich meinen Mantel ausziehe, meine Strickjacke ausziehe und mich in die ›die-Miyashita-kommt-kurzärmelig!‹ verwandle. Meine Stimmung ist auf dem Nullpunkt.

»Der Saal ist schon voll«, teilt uns jemand von der Bibliothek kurz nach Einlass mit. *Gott sei Dank*, denke ich.

»Was? Der Saal ist voll?« fragt Kimiko Kitaōji entsetzt und tritt nervös von einem Bein aufs andere. *Wie süß*, denke ich. »Ob das gutgeht?« fragt sie mich fünf Minuten vor Beginn mit einem Gesicht, als ob es auf keinen Fall gutgehen könne. »Oh je«, höre ich sie jammern, als wir uns zwei Minuten vor der Veranstaltung auf den Weg zum Saal machen. »Warum habe ich bloß zugesagt?« Ich muss lachen. Dass jemand vor einem Auftritt so mit dem Schicksal hadert, erlebe ich zum ersten Mal.

Auf dem Podium fühle ich mich erst recht wie bei einem Auswärtsspiel. Alle Augen sind auf Kimiko Kitaōji gerichtet. Nicht, dass mich das wundern würde. Sie erzählt wirklich toll. Ich bin selbst ganz hingerissen. Komisch, dass sie vorher so aufgeregt war. Ihre Nervosität hat getäuscht. Man hätte sie alleine auftreten lassen sollen.

Ich bin trotzdem zufrieden. Ich hatte Kimiko Kitaōji kennenlernen wollen, und jetzt kenne ich sie. Vielen Dank, liebe Chizu, für die Moderation. Ein großes Dankeschön auch an meine Lektorinnen, die ohne mein Wissen eigens aus Tokyo angereist sind. Danke für die köstlichen Kekse und die selbstgestrickten Socken! Vielen, vielen Dank! Meine Stimmung ist gehoben.

… ter November
Der riecht

»Der riecht«, sagt meine Tochter nach einem Bissen vom Pancake und lässt den Rest stehen. »Der riecht … nach … Schaf!«

Nach *Schaf*? Einem blökenden Schaf?

»Nach Schaf*darm.*«

Schaf*darm*? Nach Innereien also? Mir fällt ein, dass die Grundschüler im Erlebnisunterricht zum Wursten auf einen Hof weiter unten am Berg gefahren sind. Meine Tochter hat uns eine selbsthergestellte Wurst aus Hackfleisch, Zwiebeln und Kräutern im Schafdarm mitgebracht. Die war köstlich. Dass sie jetzt weiß, wie

Schafdarm riecht, finde ich gut. Dass meine Pancakes nach Schafdarm riechen, finde ich allerdings nicht so gut.

… ter November
Netz

In Tomuraushi gibt es kein schnelles Netz. Ich surfe mit Hilfe von Tethering, aber die Datenübertragung per Mobilfunk ist langsam. Je nach Zeit oder Wetter habe ich manchmal auch überhaupt keinen Empfang. Das ist nicht sehr praktisch, aber immer noch besser als gar kein Netz, was hier bis vor ein paar Jahren der Standard war.

»Gib Gas!« bricht es aus Bogey heraus. Er sitzt vor dem Laptop. *Seit wann feuert der Junge die Netzverbindung an?* »Ich weiß, dass du mehr kannst! Ich glaube an dich!«

Also wenn das funktioniert, tue ich das demnächst auch! Die ganze Familie wird es tun.

… ter November
Ein Beruf für meinen Mann

Auch heute sitzt mein Mann wieder im Skianzug da und liest. Er hat früher schon *sehr* viel gelesen, aber seit wir in Tomuraushi wohnen, liest er noch mehr. Schade, dass Bücherlesen kein Beruf ist. Mein Mann könnte sich damit eine goldene Nase verdienen.

… ter November
Eltern-Lehrer-Schüler-Gespräch

Das sogenannte Dreiergespräch steht an. *Das ist bestimmt das erste und letzte Mal, dass ich an so einem Gespräch teilnehmen kann*, sagt mein Mann und kommt mit. Aus dem Dreiergespräch (ich, mein ältester Sohn, seine Lehrerin) wird also ein Vierergespräch. Immerhin, offenbar hat mein Mann die Absicht, im nächsten Jahr wieder arbeiten zu gehen.

Die Oberschule, an der sich mein Sohn bewerben möchte, steht fest. Wir haben in der Familie darüber gesprochen und entschieden. Da inhaltlich nichts weiter zu besprechen ist, dürfte das heutige Gespräch in einer Minute erledigt sein. Doch erstens kommt es anders, und zweitens als man denkt. Mein Sohn bittet darum, die Bewerbung bis zur letzten Sekunde hinauszögern zu dürfen.

Warum? Wieso? – Doch ich weiß, was in dem vierzehnjährigen Jungen, der neben mir sitzt, vorgeht, auch ohne zu fragen. Bevor er sich für eine Schule entschied, galt es zu entscheiden, ob wir in Hokkaido bleiben oder zurück nach Fukui gehen würden. Selbstverständlich hatten wir zuerst ihn gefragt und dann beraten und dann entschieden. War er sich denn immer noch nicht sicher?

Ich vertraue meinem Sohn. Er ist unbekümmert, lässt sich durch nichts beirren und ist, auch wenn es komisch klingt, wenn ich als Mutter das sage, ein durch und durch lieber Junge. Hat er sich, weil er weiß, dass ich ihm vertraue, aus Rücksicht auf die Familie etwa zurückgenommen? Der Gedanke treibt mir die Tränen in die Augen. *Verzeih mir, Sohn. Verzeih mir, dass ich nichts gemerkt habe.* Tanaka-sensei reicht mir ein Taschentuch.

Drei Minuten nach dem Gespräch, das somit länger gedauert hat als gedacht, zieht sich mein Sohn in Windeseile um und sprintet im Trainingsanzug zur Schule zum Training. Ich sehe ihm nach. *Wie war das doch gleich?* Sobald man sich für eine Schule entscheidet, steht die Vorbereitung für die Eingangsprüfung an?

… ter November
Am Morgen

Am Morgen ruft mich eine befreundete Mutter an, mit der ich schon lange nicht mehr gesprochen habe. Unsere Söhne gingen in Fukui in dieselbe Klasse. Bei ihnen, erzählt sie, habe der Landesleistungstest stattgefunden, der den Schülern bei der Wahl der Oberschule helfen soll. Nach der Schule gäbe es zudem jetzt täglich Sonderunterricht. *Ach so? Das wusste ich gar nicht.*

Als mein Sohn nach Hause kommt, erzähle ich ihm von dem Test, an dem auch er teilgenommen hätte, wenn wir in Fukui gewesen wären, und vom Sonderunterricht. *Wir führen hier*, sage ich, *ein sehr erfülltes Leben, aber fällt das Schulische dabei nicht ein bisschen zu sehr unter den Tisch?* Als ich fertig bin, hebt mein Sohn den Kopf. »Morgen gehe ich früher zur Schule«, sagt er.

Huch, denke ich, *das ging aber schnell. Wie heißt es so schön: Man muss nur mal drüber reden!*

»Zum Training (Badminton).«

»Was?« Jetzt will er nicht mehr nur *nach* der Schule, sondern auch *vorher* trainieren? Auf die Frage, ob er mir richtig zugehört habe, antwortet er: »Ja, liebe Mutter, ich habe dir richtig zugehört.

Vielen Dank für deine Gedanken«, legt die Hände aneinander und deutet mit dem Kopf eine kleine Verbeugung an. Anfang nächsten Monat nähme er zusammen mit Bogeys Klassenlehrer an einem Volksturnier teil. Da er aber *nach* der Schule schon für die Teilnahme am Mittelschüler-*Freshmen*-Turnier trainiere, das übernächste Woche stattfinde – da spiele er Einzel – bliebe für das Training mit Izumino-sensei nur die Zeit *vor* der Schule.

Ach *soo*? Na, wenn das *soo* ist.

… ter November
Klassenarbeit

Mein ältester Sohn ist während der Klassenarbeit in Naturkunde eingeschlafen. Ich bin zu perplex, um etwas zu sagen. Ihm sei vor lauter Müdigkeit schummrig gewesen, die Buchstaben hätten auf dem Papier getanzt. Auf die »Servicefrage«, »Warum sieht es so aus, als ob Sterne sich bewegen?« habe er geantwortet: »*Weil sie glitzern*«, was er nach dem Aufwachen natürlich wieder korrigiert habe. *Junge, Junge,* im Tatort hätten sie dir den Spitznamen *unzuverlässiger Zeuge* verpasst.

… ter November
Dreizehn

Bogey hat Geburtstag. Er wird dreizehn. Es kommt mir so vor, als hätte er einen richtigen Sprung gemacht. Kaum zu glauben, dass er bis gestern noch zwölf war.

An seinem letzten Geburtstag kam er um Mitternacht aus seinem Zimmer geschlurft und fragte, ob wir ihm nichts zu sagen hätten. Im Glauben, dass er noch halb schlafe, schob ich ihn zurück in den Flur und sagte: »Zur Toilette geht's hier lang, dein Schlafzimmer ist da drüben.« Darauf mein Sohn: »Sagt man nicht: Herzlichen Glückwunsch zum Geburtstag?« *Kinder*, dachte ich, sich dafür extra den Wecker zu stellen, so was machen nur Kinder! Dieses Jahr bin ich vorbereitet, aber nichts passiert. Das Kind ist erwachsen geworden.

Bogeys Geburtstag erinnert mich immer an den Tag, an dem Bogey auf die Welt kam. *Das Baby kommt noch nicht*, tat mein Mann die Wehen lachend ab – wahrscheinlich, weil es noch zwei Wochen bis zum Entbindungstermin waren. *Das ist mir egal*, donnerte ich ihn an, bring mich ins Krankenhaus! Dort kam Bogey sofort auf die Welt.

Eigentlich hatte ich an dem Tag Choux à la crème machen wollen. Der Vanillepudding stand bereits im Kühlschrank. Als ich nach fünf Tagen Krankenhaus und zwei Wochen bei meinen Eltern wieder nach Hause kam, stand er immer noch da und zwar komplett verschimmelt. Daran werde ich sicher jedes Jahr an Bogeys Geburtstag denken. Den schimmeligen Pudding hätte mein Mann wirklich entsorgen können!

Auch in der Schule wurde heute gefeiert. Am Vormittag bereiteten die fünf Mittelschüler zusammen mit den Lehrern Parfait zu, am Nachmittag spielte die ganze Schule in der Turnhalle Volleyball. Danach gab's Parfait, *und zwar mit Eis*, schwärmen die Kinder. Eis ist in Tomuraushi eine Kostbarkeit. Es gibt ja keine Eisdiele. Und das, was man in der Stadt kaufen kann, ist bis nach Tomuraushi geschmolzen. Das heißt, irgendjemand hat eine Eisbox organisiert, ist in die Stadt gefahren und stante pede wieder zurückgekommen. *Nur für Bogey!* Parfait mit Eis klingt vielleicht banal, aber mich macht es so glücklich, dass ich heulen könnte.

… ter November
Nachbarschaft

Vor dem Haus laufe ich Junko über den Weg. »Lange nicht gesehen«, begrüßen wir uns lächelnd. Dass wir uns lange nicht gesehen haben, kann man eigentlich nicht behaupten, wir laufen uns praktisch ständig über den Weg, aber nach der Schulaufführung, für die wir täglich zusammen geprobt haben, kommen einem die zwei, drei Tage, an denen man sich nicht sieht, schon wie eine kleine Ewigkeit vor.

In Tomuraushi gibt es, bedingt durch die Schule, viele Gelegenheiten, an denen das Dorf zusammenkommt. Das kostet Zeit, macht aber auch Spaß. Es tut gut, mit anderen Menschen in Kontakt zu kommen, anstatt immer nur für sich allein oder mit der Familie zusammen zu sein. Mir wenigstens. In Tomuraushi trifft man die verschiedensten Menschen, Alteingesessene und Neue, darunter

Lehrer, Neuzugezogene und Gastfamilien, im verschiedensten Alter und in den verschiedensten familiären Konstellationen. Diese Gemeinschaft kann manchmal gerade richtig sein, manchmal aber auch zu viel. Wenn man so weit ab vom Schuss wohnt, mögen manche behaupten, braucht man Gemeinschaft. Ich glaube, das stimmt. Bedeutet das, dass man in der Stadt darauf verzichten kann? Ich glaube nicht. Gute Nachbarschaft ist auch in der Stadt wichtig. Manch einem mag die Gemeinschaft in den Bergen zu eng oder zu intim sein. Aber ich finde es schön, dass man sich nicht nur vom Sehen, sondern auch beim Namen kennt, dass man sich grüßt und das Jahr über die verschiedenen Feste miteinander feiert.

»Wir freuen uns, dass ihr da seid.« Etwas Besseres kann einer Familie nicht passieren, als so unkompliziert in eine über Jahre und Jahrzehnte gewachsene Gemeinschaft aufgenommen zu werden. Noch dazu, wenn von vornherein feststeht, dass es nur für eine begrenzte Zeit ist.

Die Kinder sind Teil der Gemeinschaft und verbinden uns mit ihr. Durch sie sind auch wir integriert. Irgendwann, auch wenn ich noch nicht weiß, wie, würde ich dieser Gemeinschaft gerne etwas zurückgeben.

… ter November
Grundschule

Die schülerstärkste Stufe der Schule ist die meiner Tochter, die Stufe der Klassen drei und vier, die dieses Jahr, aus Mangel an Drittklässlern, nur aus Viertklässlern besteht, die nächstes Jahr mit den

Schülern aus der Klasse darüber zusammengelegt und dann zu sechst sein werden.

»Mit sechs Schülern ist richtig was los in der Klasse«, freuen sich die Kinder. Das versetzt mir einen Stich.

Zum ersten Mal konnten die Viertklässler dieses Jahr beim Städtischen Leichtathletikturnier an der 4-mal-100-Meter-Staffel teilnehmen. Dafür muss eine Klasse aus wenigstens vier Schülern bestehen. Mit meiner Tochter sind es genau vier geworden. Wenn meine Tochter herausfällt, können die verbleibenden Schüler nur wieder einzeln antreten.

Wie viele Schüler wohl ideal wären, frage ich mich, wohl wissend, dass es gar keinen Sinn hat, sich darüber den Kopf zu zerbrechen. Hier gehen derzeit zehn herzallerliebste Kinder zur Schule. Jedes einzelne von ihnen wächst behütet auf, darf Kind sein und wird in der Schule nicht überfordert. Was, wenn es plötzlich zwanzig wären? Dann sähe die Sache anders aus. Oder hundert? Dann sähe die Sache ganz anders aus. Dass zehn Schüler ideal sind, will ich damit nicht sagen. Aber dass der Schulbetrieb in Tomuraushi hervorragend funktioniert, lässt sich nicht bestreiten.

… ter November
Erst- und Zweitklässler, die Erste

Bei den Erst- und Zweitklässlern scheint das Futter für den Goldfisch merkwürdig schnell zu schwinden. Eines Tages hört man in der Nachbarklasse – der Klasse meiner Tochter – die Klassenlehrerin der Erst- und Zweitklässler rufen: »Wenn du das isst, verwandelst du dich in einen Goldfisch!«

Es stellt sich heraus, dass Shin und Takuya, wenn sie Hunger hatten, Fischfutter aßen.

… ter November
Erst- und Zweitklässler, die Zweite

Midori-sensei: »Schreibt bitte den Tag auf, an dem ihr auf die Welt gekommen seid.«

Takuya: »Ich weiß nicht, an welchem Tag ich auf die Welt gekommen bin.«

Shintarō: »Am 20. Dezember, oder?«

Takuya: »Das ist mein Geburtstag.«

Shintarō: »Ach, und ich dachte, der Geburtstag wäre der Tag, an dem man auf die Welt gekommen ist.«

… ter November
Fünfzehn

Mein ältester Sohn hat Geburtstag. Ich staune, wie er sich entfaltet hat. Ein wenig zu frei vielleicht? Auf die Frage, was er denn einmal werden möchte, antwortet er: Immobilienbesitzer. Wenn man das ohne eigenes Zutun werden könnte, wäre ich das schon längst!

Auch sein Geburtstag sei in der Schule gefeiert worden. Anders als Bogey, auf dessen Wunsch es Parfait gegeben hatte, hätte sich mein ältester Sohn Nabe* gewünscht ... *Nabe?* Zur Feier des Tages hätten sie einen Tischkocher ins Klassenzimmer geschafft und alle zusammen Kimchi-nabe* gegessen. Na gut, weitere Fragen erspare ich ihm. Schließlich hat er heute Geburtstag.

... ter November
Abschlussprüfung

In Tomuraushi gibt es weder eine Zwischen- noch eine Abschlussprüfung. Warum auch? Die siebte Klasse besteht nur aus drei Schülern. Die Klassen acht und neun aus jeweils einem einzigen. Ranglisten machen also keinen Sinn. Und wenn man bei jedem Schüler weiß, ob er den Stoff verstanden hat oder nicht, erübrigt sich auch eine Prüfung.

Trotzdem soll es dieses Jahr eine Abschlussprüfung geben. Testweise sozusagen. *Da werden die Kinder aber ganz schön enttäuscht sein*, denke ich, doch ganz im Gegenteil. Die meisten finden die Idee gut.

»Prüfung? – Warum nicht?«

»Genau!«

»Genau«, antworten Nonchan, Momo und Nana, die drei herzigen Mittelschülerinnen, unbeschwert.

Meine Söhne haben übrigens auch keine Einwände. Aber nur, weil sie nicht nachdenken! Auf eine Prüfung muss man sich nämlich vorbereiten.

… ter November
Cool

»Ich bin froh, dass ich einen Bruder habe«, sagt meine Tochter beiläufig, als wir nachmittags Tee trinken. »Ich habe einen coolen Bruder.«

»Du hast ein gutes Auge«, sagt Bogey und streicht seiner Schwester liebevoll über den Kopf. *Was? Moment! Bogey? Cool?*

Bei der Schulversammlung soll es hoch hergegangen sein, und Bogey sei es gelungen, die Wogen wieder zu glätten. Cool oder nicht, sei dahingestellt, seine Schwester war jedenfalls beeindruckt.

… ter November
Musiktest

Aus dem Zimmer meiner Söhne, die eigentlich für die Abschlussprüfung lernen sollten, schallt Musik. »GO!« höre ich sie zwischendurch leise rufen. *Go?* Was soll das heißen? Die beiden scheinen sich prächtig zu amüsieren. Bereiten sie sich so auf den Musiktest vor? Haben die es gut!!

… ter November
Weihnachten einen Tick früher

Hinter dem Haus überrascht mich ein Hirsch, der aussieht wie ein Rentier. Der Boden, das Gras und die Bäume sind mit Reif überzogen. Die Landschaft sieht aus wie gezuckert. Alles glitzert und funkelt. Weihnachten ist da. Die Sonne geht auf und verwandelt alles in ein Parfait aus Blau und Weiß. Obwohl es mir draußen gar nicht so kalt vorkommt, sind meine Finger im Handumdrehen klamm.

… ter November
Badmintonstunden

Wir fahren mit dem Auto nach Obihiro. Meine Tochter darf nämlich an der Veranstaltung *Badminton Talk & Lesson* mit Kumiko Ogura* teilnehmen. Erinnern Sie sich an das Damendoppel Ogushio, das 2008 bei den Olympischen Spielen Japan vertrat? Die hübsche von beiden ist Ogura. (Die süße Shiota.*) In Natura ist Ogura noch hübscher als auf den Bildern. Dass eine so schöne Frau bei Olympia unser Land vertreten hat, ist wirklich cool!

Wiederholt zeigt sie meiner Tochter, wie man schmettert. Meine Tochter ist vor Ehrfurcht wie erstarrt, das merke ich sogar von der Tribüne aus. Voller Begeisterung kommt sie nach der Veranstaltung herbeigelaufen.

»Ich habe Frau Kodera an der Hand berührt.«

Wie schön. Aber wer, bitte schön, ist Frau Kodera?

DEZEMBER
SCHWEISSTREIBENDE FREUDEN

Endlich liegen fünfzehn Zentimeter Schnee. Der Himmel ist trotzdem blau, strahlend blau sogar. *Kaiserwetter!* Der einzige Wermutstropfen: In den Bergen hat man nach drei Uhr nachmittags keine Sonne mehr. Und sobald die Sonne weg ist, wird es empfindlich kalt. Wenn es nachts sehr kalt ist, schneit es in der Nacht interessanterweise nicht. Wenn morgens frischer Schnee liegt, war es also warm. (*Vergleichsweise* warm! Immer noch kälter als zehn Grad minus.) Die Schneeflocken, die durch den Wald tanzen, sind so schön, dass ich ihnen den ganzen Tag zuschauen könnte.

… ter Dezember
Kakigōri*

Es klingelt an der Tür. Als ich aufmache, steht Masumi da, eine Flasche Melonensirup in der Hand.

»Komm«, sagt sie.

Melonensirup auf frischem Schnee sei besser als jedes Kakigōri vom Eismann. Takuya-kun von schräg gegenüber »schabt« auch schon fleißig. Ich bin unschlüssig. Aber ablehnen ist auch schwierig. Also fahre ich mit meinem Löffel durch möglichst frischen, unberührten Schnee und führe ihn vorsichtig zum Mund. Köstlich. Wirklich köstlich. *Der Schnee von hier ist besonders gut*, wirft Masumi sich in die Brust.

Eine Weile später ist Takuya plötzlich verstummt. Er ist ganz blass und hält sich den Bauch. »Ist dir kalt?« Er schüttelt den Kopf. »Hast du Bauchweh?« Wieder schüttelt er den Kopf. Manche Dinge ändern sich nie. Kinder wollen im Schnee spielen, egal ob ihnen kalt ist oder ob sie Bauchweh haben. Das war immer schon so und wird auch immer so bleiben. »Ich geh nach Hause«, trollt Takuya sich dann doch, während Masumi und ich uns weiter fröhlich Schnee in den Mund schaufeln.

... ter Dezember
Auto

Minus achtzehn Grad. Unsere Autoscheiben sind überfroren, das Muster darauf ist wunderschön. Mit war gar nicht bewusst, dass Eis so schöne Kristalle bildet. Dass die Scheiben von außen überfroren sind, ist verständlich. Aber warum bildet sich innen Eis?

Weil Plastikflaschen platzen können, wenn die Flüssigkeit darin gefriert, habe ich darauf geachtet, keine im Auto zu lassen, aber an die feuchten Taschentücher habe ich nicht gedacht. Als ich eins aus der Packung ziehen will, zerbröselt es.

… ter Dezember
Entscheidung

Wir müssen uns entscheiden. Wir müssen uns jetzt entscheiden.

Trotzdem schieben wir die Entscheidung vor uns her.

Wollen wir hierbleiben oder nicht? Realistisch betrachtet, wäre es wohl das Beste, planmäßig nach Fukui zurückzukehren. *Warum?* In erster Linie, weil es hier keine Oberschule gibt. Genauer gesagt keine, zu der man pendeln könnte. Ist es denkbar, dass mein Sohn auszieht und irgendwo alleine lebt?

Nein. Eher nicht. Trotzdem können wir uns nicht entscheiden. Wir können uns einfach nicht dazu durchringen, Tomuraushi wieder zu verlassen. So ein in die Gemeinschaft integriertes Leben hatten wir noch nie. Wie vermessen von mir zu glauben, dass man das überall haben könnte. Einen Ort, den man liebt, für den man tut, was man kann, eine Schule, die man unterstützt, Kinder, die behütet aufwachsen, gegenseitige Hilfe, Spaß – so ein Leben lässt sich nicht überall von heute auf morgen verwirklichen. Ob ich dieser Gemeinschaft jemals etwas zurückgeben kann?

Aber die Zeit zum Überlegen ist vorbei. Wir müssen uns entscheiden, nicht zuletzt im Interesse der Schüler, die vielleicht im nächsten Schuljahr hierherkommen wollen. Mein Sohn muss sich entscheiden, ob er in Fukui oder in Hokkaido weiter zur Schule gehen will und seine Bewerbung auf den Weg bringen. Wenn er auf eine öffentliche Schule gehen will, darf er sich landesweit an nur einer Schule bewerben. Entscheidet er sich für eine in Fukui, muss er eidesstattlich erklären, dass er sich nicht parallel an einer anderen bewirbt.

Wir beraten. Wieder und wieder.

»Gut, gehen wir zurück«, sagt mein Mann resigniert. Auch die Kinder lassen die Köpfe hängen.

»Sag das nicht, Papa!« verzieht meine Tochter weinerlich das Gesicht. »Sag das nicht. Ich will nicht jeden Tag daran denken, dass wir weggehen. Sag der Schule auch nichts. Die sollen nicht wissen, dass ich wieder weggehe.«

Das geht natürlich nicht! Wenn wir uns entscheiden zu gehen, können wir nicht so tun, als ob wir blieben. Auch wenn ich die Gefühle meiner Tochter schmerzlich gut verstehen kann.

Mein Mann geht zur Schule, um Bescheid zu sagen. Auf die Bitte, den Kleinsten noch nichts davon zu sagen, hat man ihm versprochen, die Entscheidung eine Weile geheimzuhalten. Ob das funktioniert? Ich weiß nicht. Aber der Wunsch meiner Tochter, so lange wie möglich »normal« behandelt zu werden, also wie ein Mädchen von hier und nicht wie ein Mädchen, das kommt und wieder geht, ist angekommen.

… ter Dezember
Mittelschule – Sportunterricht

Die Mittelschüler können im Sportunterricht zwischen Tanz und Kampfsport wählen. Dieses Jahr fiel die Wahl auf Tanz.

Die Musik sei von TRF*, und wenn die fünf Schüler tanzten – Kanno-sensei, die Turnlehrerin, tanze vor – tanzten unversehens auch der Rektor und die Schulkrankenschwester mit. *Lächeln, lächeln,* würde Kanno-sensei immer sagen, aber wenn er sich Mühe gäbe und ein Dauergrinsen aufsetze, hieße es, *keine Faxen, Bogey*, berichtet mein Sohn geknickt.

… ter Dezember
Mittelschule – Musikunterricht

Im Musikunterricht wird gesungen. Zusammen singen die drei Mädchen (Sopran) und die beiden Jungs (Tenor) das Lied *Kokoro no setsuritsu* (»Melodie des Herzens«) aus dem Anime *Tari Tari**, und zwar *a cappella*. Bei einem Besuch in der Stadt leihe ich mir die DVD und sehe sie mir an.

Was für ein schönes Lied! Und: Im Anime singen auch drei Mädchen und zwei Jungs! Ich kann nur sagen: gute Wahl, Kanno-sensei!

Übrigens leitet Kanno-sensei, die den Musikunterricht macht, auch den Sportunterricht. Dabei ist sie eigentlich Naturkundelehrerin. Mit diesen drei Fächern müsste sie jede Menge zu tun haben, aber Kanno-sensei ist immer gut gelaunt. Beim Badminton spielt sie mit einem Schläger, der schlappe 1990 Yen gekostet hat. (Und ist trotzdem stark!) Mit ihrer Jugend – bei ihrer Einstellung im Frühjahr war sie dreiundzwanzig –, ihrer überschäumenden Energie und der Tatsache, dass sie von der Grundschule bis zur Uni die ganze Zeit Basketball gespielt hat, ist sie geradezu prädestiniert für den Job als Sportlehrerin. Den Musikunterricht habe man ihr überantwortet, weil sie beim Karaoke die Beste gewesen sei.

… ter Dezember
Stier-Operation

»Ich war bei einer Stier-Operation dabei!« erzählt meine Tochter aufgeregt, als sie von einem Besuch bei ihrer Schulkameradin Kana nach Hause kommt. »Dem Stier wurde der Pillermann abgenommen.«

Kanas Eltern betreiben einen Viehhof. Nähme man dem Stier den Pillermann nicht ab, würde das Fleisch zäh, behauptet meine Tochter.

»Manche werden dabei scheinbar ohnmächtig.« Ihre Stimme klingt furchtsam. *Das kann ich mir vorstellen. Stiere haben's echt schwer! Und wie sie nach der OP wohl Pipi machen?*

»Mama! Die Stiere werden doch nicht ohnmächtig! Sondern die Leute, die zusehen.«

Wie sich danach herausstellt, ist es auch nicht der »Pillermann«, der abgenommen wird, sondern die Hoden. Da bin ich ja beruhigt. Ich hatte mich nämlich schon gewundert.

»Wie gut, dass ich ein Mädchen bin«, sagt meine Tochter.

Wie gut, dass ich kein Rind bin, wäre wohl treffender gewesen.

… ter Dezember
Hundeschlitten

Meine Tochter hat ihre Klassenkameradin besucht. Bei Miichan seien sie Hundeschlitten gefahren. Sie hätten Yuki, den Golden Retriever der Familie, vor einen blauen Plastikbob gespannt. Ein für die Jagd ausgebildeter Hund wie Yuki zöge ein zehnjähriges Mädchen mit links.

»Das geht ab wie auf der Achterbahn.«

»Toll, da wäre ich auch gern mitgefahren!«

Das fröhliche Gesicht meiner Tochter ist allerdings von Schrammen übersät. Offenbar ist sie mehrmals vom Schlitten gefallen, und einmal sei der Hund auf der Jagd nach dem Stöckchen, das Miichans Vater geworfen habe, samt Schlitten ins Unterholz gerast. Davon habe sie die Schrammen und sogar einen Stachel in der Stirn davongetragen. *Hahaha*. Doch gut, dass ich *nicht* mitgefahren bin.

… ter Dezember
Der Wanderprüfling

Der Landesleistungstest steht an. Den ersten schreibt mein ältester Sohn allein in Tomuraushi, den zweiten zusammen mit den Kuttari Juniors. Damit wollen ihn seine Lehrer wohl auf die richtige Prüfung vorbereiten, denn Eingangsprüfungen schreibt man nicht allein, sondern immer zusammen mit allen Bewerbern. Für den dritten Test muss mein Sohn an eine Schule in Shintoku, also noch weiter weg. Hier kennt er nicht einmal mehr die Schüler, mit denen er im Klassenzimmer sitzt. Vor dem Test muss sich der »Wanderprüfling« erst einmal vorstellen. Einen aufgeregten Schüler würde das wahrscheinlich aus dem Konzept bringen, nicht so meinen Sohn. Den kümmert weniger die Prüfung denn das Mittagessen. Er fragt sich, ob er unter so vielen neuen Schülern in Ruhe wird essen können, und ob es wohl Nachschlag gibt.

… ter Dezember
Drucker

Unser Drucker, gleichzeitig Telefon- und Faxgerät, leidet ständig an Papierstau. Insgesamt bleiben beim Drucken mehr Seiten hängen als durchlaufen. Ich würde ihn ja gerne in Reparatur geben, aber was machen wir in der Zeit ohne Telefon? In der Stadt ist das kein Problem, aber hier in den Bergen, wo man sich nicht aufs Mobilfunknetz verlassen kann, kann ein Telefon lebenswichtig sein. Drucken will ich aber auch. Was also tun?

Der Zeitungsverlag in Fukui, für dessen Abonnentenmagazin *fu* ich Essays schreibe, braucht dringend Nachschub.

»Ich glaube, mein Drucker ist kaputt. Er fordert mich dauernd auf, den Papierstau zu beseitigen, dabei hängt überhaupt kein Papier fest. Das muss psychosomatisch sein. Meinen Sie, dem kann man helfen?« frage ich.

»Tja, bei psychosomatischen Problemen hilft wahrscheinlich nur der Onkel Doktor. Haben Sie schon mal über den Kauf eines neuen Druckers nachgedacht?« lautet die Antwort.

Das ist die Idee! Ich beschließe, sofort in die Stadt zu fahren und einen neuen Drucker zu kaufen.

Während ich fröhlich summend anschließend meine Neujahrskarten ausdrucke, fällt mir siedendheiß ein, dass ich dem Zeitungsverlag in Fukui immer noch keinen Nachschub geschickt habe.

… ter Dezember
Badmintonturnier der Mittelschulen

Nach der feierlichen Eröffnung des Turniers bilden die Mannschaften der verschiedenen Schulen Kreise und machen sich heiß. Nur Bogey steht verloren in der Halle herum. Nachdem sein Bruder zurückgetreten ist, muss er die Saison alleine bestreiten. Da Mädchen und Jungen in verschiedenen Hallen spielen, ist nur Co-Betreuer Kanno-sensei dabei. Aus Mitleid feuere ich Bogey während des Spiels besonders laut an, wofür er mich anschließend heftig rügt. Ich hatte ganz vergessen, wie peinlich es Kindern in dem Alter ist, lautstark von den Eltern angefeuert zu werden.

… ter Dezember
Unterrichtsbesuch

Den Schulunterricht zu besuchen macht Spaß, und zwar nicht nur, weil man alle kennt, was natürlich auch eine Rolle spielt, sondern weil der Unterricht einfach lustig ist. Klassen mit so wenigen Schülern zu unterrichten, ist nicht leicht. Die Schüler zu langweilen kann man sich nicht leisten. Die sind dadurch, dass sie den Unterricht mitgestalten können, umgekehrt aber auch sehr motiviert.

Außer den Eltern sind heute auch Leute aus dem Dorf da, um sich den Unterricht anzusehen. Manche bleiben den ganzen Tag bei einem Fach, wenn es eins gibt, das ihnen besonders gefällt. Zu sehen, wie die Lehrer den Stoff anpassen – die Kinder werden ja in Stufen unterrichtet – ist auch interessant.

Nach dem Unterricht machen die Besucher im Esszimmer Pause. Plötzlich stürmen die fünf Mittelschüler herein, bauen sich in ihren Tomuraushi-T-Shirts vor uns auf und singen die *Melodie des Herzens*, das Lied aus dem Anime, das sie einstudiert haben. Kanno-sensei ist auch mit von der Partie. Ihre Stimmen, und zwar jede einzelne von ihnen, geht mir so zu Herzen, dass ich weinen muss. Wie kann es sein, dass mich ein Chor von Mittelschülern so rührt? Ist es, weil ihr Auftritt so ungekünstelt ist, weil sie mit Leib und Seele singen? Mich hat's jedenfalls kalt erwischt.

Nach uns machen die Schüler klassenweise Pause, anschließend ist Teeparty. Lehrer und Eltern treffen sich im Esszimmer zum zwanglosen Gespräch. Der Rektor bewirtet uns mit selbstgemachten Soba.*

… ter Dezember
Grummeln

An Stoff dürfte bei Ihnen ja kein Mangel mehr herrschen, sagt jemand aus Tokyo zu mir.

»Was für Stoff?« frage ich zurück.

»Stoff für einen Roman oder Essay, natürlich. Den haben Sie doch jetzt in Hülle und Fülle, oder?«

Ich habe das Gefühl, hier liegt ein Missverständnis vor. Ich *lebe* nicht für einen Roman oder einen Essay, abgesehen davon, dass mir nicht ganz klar ist, was »Stoff« heißen soll.

Die Leute auf dem Land seien doch so schön schlicht, heißt es weiter. *Schlicht?* Nun, manche ja, manche nicht. Je nach Person eben.

Sind alle Leute in der Stadt etwa kalt? Sind alle hektisch, gestresst und immer müde? Viele vielleicht schon, aber alle natürlich nicht. Zu behaupten, dass die Leute auf dem Land »doch so schön schlicht« seien, *das* ist schlicht!

»Machen Sie sich doch selbst ein Bild«, schlage ich freundlich vor. Aber solche Leute kommen nie. Komisch, ich kann gar nicht verstehen, was man gegen Kälte und Schnee haben kann.

Unglaublich, dass man bis zum nächsten Supermarkt über eine halbe Stunde braucht, heißt es weiter. *Über eine halbe Stunde* brauchen viele Leute in der Stadt, um zur Arbeit zu fahren. Und die müssen jeden Tag zur Arbeit, anders als ich zum Einkaufen. Wer also über dreißig Minuten zum Supermarkt unpraktisch findet, sollte sein Gehirn mal durchlüften.

… ter Dezember
Sehtest

Vor den Winterferien wird im Rahmen der schulärztlichen Untersuchung, bei der die Kinder gewogen und gemessen werden, auch ein Sehtest durchgeführt.

»Ich will keinen Sehtest machen«, beichtet mir meine Tochter. »Wenn ich mich zwischen Sehtest und Auberginen entscheiden müsste, würde ich die Auberginen nehmen.«

Aha. Der Test scheint ihr also ziemlich gegen den Strich zu gehen.

»Wenn ich mich zwischen Sehtest und Auberginen mit Pilzen und Garnelen entscheiden müsste, würde ich die Auberginen mit Pilzen und Garnelen nehmen«, setzt sie noch eins drauf.

Eine Weile später schleicht sie herbei und gesteht: »Ich nehme doch den Sehtest. Auberginen mit Pilzen und Garnelen kann ich nicht essen.«

… ter Dezember
Eisbahn

Die Winter in Tokachi sind zwar relativ kalt, viel Schnee fällt trotzdem nicht. Deshalb gehen die Kinder in den Grund- und Mittelschulen auch nicht skifahren, sondern eislaufen. Da Tomuraushi aber zu einem Gebiet mit hohem Schneeaufkommen gehört und obendrein in den Bergen liegt, fährt man hier naturgemäß Ski. Die Kinder bekommen Unterricht, und dann geht's auf die Piste.

Weil aber der im Frühjahr neu an die Schule gekommene Takuya-sensei ein berühmter Eishockeyspieler war, beschließt man, im Schulhof eine Eisbahn anzulegen.

Lehrer, Kinder und ein paar Freiwillige kommen zusammen und trampeln den Schnee auf dem Schulhof fest. Dann schließen sie einen Schlauch an und spritzen Wasser. Das Wasser ist am nächsten Tag gefroren. Es schneit wieder. Der Schnee wird festgetrampelt. Man spritzt Wasser. Das Wasser gefriert. Und so weiter und so fort, bis man eine wunderbare Eisbahn hat. Eine selbstangelegte Eisbahn für die Kinder. Darauf zu fahren muss ein ganz besonderes Vergnügen sein!

Die Kinder formulieren ihre Ziele für die Winterferien. Mein ältester Sohn verkündet, er wolle zur Vorbereitung auf die Prüfung eis- und skilaufen, »was das Zeug hält«. Anscheinend ist er der Ansicht, dass er nur genug eislaufen muss, um optimal vorbereitet zu sein. Hoffentlich vertut er sich nicht.

… ter Dezember
Kälteschutz

Um nachzuvollziehen, wie sich der Ohrenlose Hōichi* gefühlt hat, muss man in Tomuraushi nur spazierengehen. Die Stellen, die man vergessen hat zu schützen, fallen sofort der Kälte zum Opfer. Heute ist es mein Gesicht, das nur unzureichend geschützt ist. Ich nehme meinen Schal und wickele ihn mir um den Kopf, was die Kälte um einiges erträglicher macht, aber die Luftzufuhr erheblich beschränkt. Jetzt schauen nur noch meine Augen heraus. Plötzlich wird mein Sichtfeld weiß. *Panikattacke*, denke ich alarmiert, aber darauf deutet eigentlich gar nichts hin. Ich fühle mich gut. *Was dann?* Denke ich und blinzele. Dabei merke ich es: Meine Kontaktlinsen sind gefroren. Wahrscheinlich hatte ich die Augen zu lange auf. Vorsichtig berühre ich meine Wimpern. Sie sind auch steif. *Keine Panik*, denke ich, *schön ruhig bleiben*. Abgebrochene Wimpern wären äußerst unschön. Eifrig blinzelnd gehe ich beklommen nach Hause zurück, wo ich meine Wimpern bei Zimmertemperatur wieder auftauen lasse.

… ter Dezember
Weihnachtsfeier

Die Weihnachtsfeier haben die Kinder schon Tage vorher bis ins Kleinste vorbereitet. Sie haben sich ein Konzept überlegt, eine Abfolge bestimmt, sich ein Quiz ausgedacht, ein Spiel erfunden, Mannschaften gebildet, ein Kamishibai* gebastelt und Einladungen geschrieben. Sie haben sich richtig etwas einfallen lassen!

Aber nach der Feier habe die Lehrerband gespielt, nur einen einzigen Song, nämlich *Chiisana koi no uta** (»Lied von einer kleinen Liebe«), und das habe die Kinder in einen Sturm der Begeisterung versetzt.

»Dabei haben wir uns solche Mühe gegeben«, sagt Bogey, der Vorsitzende des Festkomitees, bedrückt. »Wenn Erwachsene ernst machen, hat man keine Chance.« Ich bin wirklich froh, dass den Kindern so coole Erwachsene zur Seite stehen.

… ter Dezember
Weihnachtsessen

Der Schulkoch verschwindet früher als sonst in der Küche, um das vorweihnachtliche Weihnachtsessen zu zaubern. Gehört hatte ich schon davon. Meine Tochter habe in der Frühstückspause durch die Tür gelinst und gesehen, dass er Sahne schlägt. Das habe ihr das Herz gleich höher schlagen lassen.

»Ich konnte ich mich gar nicht mehr auf den Unterricht konzentrieren. Ich habe nur noch ans Essen gedacht«, sagt sie.

In der Mittagspause ruft die festliche Tafel laute »Ahs« und »Ohs« hervor. Der Koch hat frühmorgens schon einen Kuchen gebacken! Die Kinder haben wirklich Glück!

… ter Dezember
Winterferien

In Tokachi liegen die Ferien der Grundschüler komischerweise etwas anders als die der Mittelschüler. Das letzte Trimester beginnt am 20. Januar, wenn man nach Neujahr und den Feierlichkeiten zum »Tag der Volljährigkeit«* zu Hause schon gar nichts mehr mit sich anzufangen weiß. Die Mittelschüler müssen schon am 15. Januar wieder zur Schule, dafür haben sie aber auch ein paar Tage eher frei. Ihr Unterricht ist am 20. Dezember zu Ende. Sowohl die Grund- als auch die Mittelschüler haben fünfundzwanzig Tage frei, was für eine Familie mit Grund- und Mittelschülern nichts weniger als die Hölle ist. Die Mittelschüler bekommen am 20. Dezember Ferien. Die Grundschüler gehen erst ab dem 20. Januar wieder zur Schule. Dazwischen ein ganzer Monat, in dem sowohl die Grund- als auch die Mittelschüler zu Hause sind! Die Eltern in Tokachi sind wirklich hart im Nehmen!

Die Schule in Tomuraushi ist Grund- und Mittelschule in einem. Sie besteht aus *einem* Gebäude mit drei niedlichen Klassenräumen für die Grundschüler, zwei niedlichen Klassenräumen für die Mittelschüler und einem niedlichen Raum für die Lehrer. Die Winterferien sind für alle gleich: der 20. Dezember ist der letzte Tag vor den Ferien, am 15. Januar geht die Schule wieder los.

Jetzt sind also endlich Winterferien! Unglaublich, wie schnell die Zeit vergeht. Wir sind doch gerade erst angekommen. Letztes Jahr um diese Zeit war von Tomuraushi noch gar keine Rede, geschweige denn davon, hierherzuziehen. Was man in einem Jahr so alles machen kann!

Wenn ich daran denke, dass dieses Jahr bald zu Ende geht, wird mir angst und bange. Ich wünschte, die Uhren würden langsamer ticken, aber das tun sie nicht.

… ter Dezember
Gewöhnungsbedürftig

Mein Mann ist manchmal wunderlich. Ich kenne ihn jetzt seit über einem Vierteljahrhundert, trotzdem versetzt er mich immer wieder in Erstaunen.

Nach unserem Umzug nach Tomuraushi las er eine ganze Weile Bücher über die Nachkriegszeit. Seit dem Herbst liest er ausschließlich Bücher über den Krieg und die Vorkriegszeit. Dann schreibt er einen zusammenfassenden Bericht. Damit kann ich leben. Manchmal hält er mittags aber auch während des Essens plötzlich inne und fragt mich so etwas wie: »Warum, glaubst du, haben sich die Japaner mit den Deutschen zusammengetan?«

Ich denke dann erst, es geht um Fußball oder so, aber nein, es ist der Zweite Weltkrieg, von dem mein Mann spricht. Kein Wunder, dass ich verwundert bin, oder?

… ter Dezember
Einkaufen

Ich fahre in die Stadt. Der Schneesturm hat sich gelegt, die Sterne funkeln, der Mond strahlt. Ich zähle drei Autos, die von der verschneiten Straße abgekommen sind oder sich überschlagen haben.

… ter Dezember
Weihnachtsgeschenke

Mein ältester Sohn hat Dostojewskis *Die Brüder Karamasow* zu Weihnachten bekommen. Den ersten Band hat er angefangen zu lesen. Nach vier Stunden Badminton-Training am Vormittag kommt er nach Hause, duscht, isst zu Mittag, setzt sich hin und liest. Darf ich fragen, liebes Christkind, was du dir dabei gedacht hast? Einem Jungen, der die Eingangsprüfung für die Oberschule vor der Brust hat, *Die Brüder Karamasow* (3 Bände) zu schenken?

… ter Dezember
Feierlicher Abschluss des Jahres

Zum feierlichen Abschluss des Jahres lädt uns Familie Kunisada zu sich nach Hause ein. Kunisadas bewirtschaften einen der vier Höfe von Tomuraushi. Im Gegensatz zu den drei anderen Betrieben, die in erster Linie Rindfleisch produzieren, steht bei ihnen die Zucht im Vordergrund. Ihr Bestand beläuft sich auf gut vierzig Mutterkühe der Rasse *Japanese Black**.

Die Viehzüchter von Tomuraushi sind das Rückgrat des Dorfes. Sie arbeiten, kümmern sich um die Kinder und veranstalten Grillfeste. Deshalb hatte ich angenommen, dass auch andere Gäste kommen würden.

Als man uns öffnet, stellt sich jedoch heraus, dass wir die einzigen sind. Am Tisch, auf dem ein wahres Festessen steht, sitzen lediglich das Ehepaar Kunisada und ihre beiden Kinder, der siebzehnjährige Gin und seine fünfzehnjährige Schwester Himawari. Sie strahlen uns an.

»Ihr könntet euch hier in den Bergen zum Ende des Jahres hin vielleicht ein bisschen einsam fühlen, haben wir uns gedacht«, sagt Kyōko fröhlich.

Seit wir hier sind, sind wir zu allen möglichen Gelegenheiten eingeladen worden. Wir waren schon mehrmals auf den Höfen, und auch bei den Gastfamilien herrscht ein fröhliches Hin und Her. Die Kinder besuchen ihre Klassenkameraden, die Mittelschüler dürfen bei den Lehrern spielen. Dass die ganze Familie so kurz vor Neujahr noch eingeladen würde, hätte ich trotzdem nicht gedacht.

Kunisadas haben Rinder, Katzen und Hunde. Überall in ihrem einfachen Haus hängen Familienbilder. Im Hintergrund spielt Musik, das Zimmer ist warm. Das Essen schmeckt köstlich. Ich lasse mir alle Rezepte geben. Da die Kunisadas den Hof zu zweit bewirtschaften, arbeiten sie an 365 Tagen im Jahr. Für ihre reiselustigen Kinder hätten sie in den Ferien schon im Garten gezeltet. Dort steht ein selbstgebauter Ofen, in dem geräuchert oder Brot gebacken wird. Gin und Himawari helfen auch. Wenn sie zu Hause sind –

Gin geht in Kushiro, Himawari in Obihiro zu Schule – erledigen sie zu zweit den Haushalt. Obwohl die Familie sich lange nicht gesehen hat, scheinen wir nicht im Geringsten zu stören. Die Kinder unterhalten sich fröhlich über JoJo*, Duel Masters* oder Badminton.

Glück kann viele Formen haben. Es kann groß sein oder rund oder glänzend. Vielleicht auch asymmetrisch oder komisch bunt. Man muss es nur zu würdigen wissen.

Eine Kuh habe Tierärztin Kyōko mal einen Strich durch die Rechnung gemacht, indem sie, just als Kyōko habe wegfahren wollen, Wehen bekam. Das Wasser aus dem Brunnen hätte man nach dem Hausbau eine Zeitlang filtern müssen, bevor man es trinken konnte. Das, denke ich, während ich ihren Geschichten zuhöre, ist auch eine Form von Glück. So offen und gastfreundlich will ich in Zukunft auch sein, beschließe ich an diesem frostigen Abend in meinem Herzen. Es war ein wunderschöner Abend!

… ter Dezember
Fest zum Jahreswechsel

An Silvester würde am Schrein – dem in den Bergen gelegenen örtlichen Miniaturschrein – der Jahreswechsel gefeiert. Man treffe sich vor Ort um halb zwölf in der Nacht. Das wird kalt! Meine armen Wangen, mein armes Gesicht.

»Warum gibt es am Schrein an Neujahr Reiswein und Surume?«* Die Frage meiner Tochter macht mir bewusst, dass ich noch nie darüber nachgedacht habe, warum man bei dieser Gelegenheit ausgerechnet stinkenden Trockentintenfisch verteilt.

»Tintenfische symbolisieren langes Leben«, erwidert mein Mann.

Meine Tochter furcht die Brauen. »Warum? Weil sie lange leben?«

Mich wundert, dass man die überhaupt als Lebewesen betrachtet.

»Weil man lange kauen muss, damit man was schmeckt«, schiebt mein Mann hinterher. Meine Tochter sieht ihn skeptisch an.

… ter Dezember
Silvester

Um kurz nach sieben versammelt sich die Familie erwartungsvoll vor dem Fernseher. Es ist Zeit für *Kōhaku** – das obligatorische Silvester-Musikprogramm. Wir zappen durch die Kanäle, aber ohne Erfolg. *Kann das sein?* Wir schauen noch einmal im Programm nach. Aus unerfindlichen Gründen wird die Sendung nur über Antenne ausgestrahlt. Die Sendung ist also nicht ausgefallen, wir können sie nur nicht empfangen. Was für uns – letztendlich – dasselbe ist.

Dann eben nicht, denken wir und schauen uns gemeinsam *Tari Tari* an. Draußen rieselt leise der Schnee. Ein ereignisreiches Jahr geht zu Ende.

JANUAR
EIN JAHR LANG DER EINZIGE

Dieses Jahr gibt es wenig Schnee. Da es aber schon relativ früh geschneit hat, sind viele Bäume umgestürzt.

In Fukui fängt es an zu schneien, wenn es – gefühlt – kalt ist. In Tokachi schneit es, wenn es – gefühlt – warm ist. Bei Temperaturen unter minus zwanzig Grad ist der Himmel meistens blau. Es schneit nicht.

Dieses Jahr ist es also kalt. Es schneit wenig, der Himmel ist die meiste Zeit blau. Die Nächte sind so herrlich klar, dass es einem die Sprache verschlägt. Man sieht Sterne, so weit das Auge reicht. Mehr als über ihre Schönheit staunt man zunächst über die schiere Zahl. Selbst zwischen den Sternbildern ist alles voller Sternchen.

… ter Januar
Hatsumōde*

Ein Frohes Neues Jahr!

Wir besuchen den Schrein von Tomuraushi. Es herrscht Schneegestöber. Auch einige Bäume sind umgestürzt. Der Zugangsweg zum Schrein ist verschneit. Eingepackt in unsere Skianzüge, die Wollmützen tief ins Gesicht gezogen, kämpfen wir uns vor. Am Schrein versuche ich, Fotos zu machen, doch durch den Schnee wird alles weiß. Hoffentlich geht unterwegs niemand verloren. Nicht auszudenken, wenn wir zu Hause ankommen und sich ein Bär oder Hirsch unter die Familie gemogelt hätte.

… ter Januar
Die Skifreizeit fällt ins Wasser

Da das Skigebiet wegen Schneemangel geschlossen bleibt, fällt unsere Skifreizeit (2 Übernachtungen, 3 Tage, mit Onsen) ins Wasser. Da wir für die Ferien nichts weiter geplant haben, müssen wir wohl oder übel zu Hause herumlümmeln.

… ter Januar
Schade!

Obwohl wir insgesamt wenig Schnee haben, liegen an Neujahr doch etwa siebzig Zentimeter.

Bei einer Stippvisite an der Schule ist die Eisbahn, die erst im Dezember angelegt wurde, spurlos verschwunden.

… ter Januar
Mandschurenkraniche*

Wir gehen Mandschurenkraniche anschauen. *Warum?* Weil meine Tochter sich im Rahmen ihrer Hausaufgaben zu einem frei wählbaren Thema mit Mandschurenkranichen beschäftigen möchte. Beziehungsweise, weil ihr Vater das Thema lanciert hat. *Der* interessiert sich nämlich für Mandschurenkraniche. *Du hättest sehen sollen*, sagt mein Mann, *wie der Held* – ein Fotograf aus einer vor ewigen Zeiten populären Soap-Opera – *den Mandschurenkranich fotografierte!* Eine Weile habe er sogar mit dem Gedanken gespielt, selbst Fotograf zu werden. *Wer's glaubt, wird selig!* Nach der Lektüre von *Black Jack** behauptete er, er habe Arzt werden wollen.

Nachdem mein Mann auch unsere Söhne – »Mandschurenkraniche? Kein Interesse« – überredet hat, fahren wir also zum *Akan International Crane Center.** Als wir dort ankommen, bin ich positiv überrascht. Die Kraniche werden nicht, wie befürchtet, in Käfigen gehalten, sondern fliegen herbei, wenn nachmittags Futter gestreut wird, und fliegen wieder weg, wenn sie genug gefressen haben.

Wie sich der Schwarm vor strahlend blauem Himmel zu den weißen Wolken erhebt, ist beinahe unvorstellbar schön.

Die Männchen trompeten »kurah«, die Weibchen antworten

»kurakurakuoh«. Das gefällt meiner Tochter so sehr, dass sie fortan nur noch Kranichisch spricht, was in etwa so klingt:

»Kurakuoh! (Super!)«

»Kurakuoh! (Ich hab Hunger!)«

»Kurakuoh? (Und wie schreibe ich jetzt am besten meine Hausarbeit?)«

… ter Januar
Anzeige gesprengt!

Die Kinder haben immer noch Ferien. Ich entlasse meine Söhne am Morgen zum Training und werfe einen Blick aufs Thermometer. *Was?* entfährt mir ein kleiner Schrei des Entsetzens. Die Nadel unseres Thermometers, das Temperaturen bis maximal zwanzig Grad minus anzeigt, hat sich überschlagen. Ich kann also gar nicht genau sagen, wie kalt es ist. Vielleicht minus fünfundzwanzig?

Mittlerweile verlasse ich das Haus nur noch im Skianzug. Alles andere scheint mir zu gefährlich. Bei zu strengem Frost schlägt mein Herz Kapriolen und mein Kopf beginnt zu schrillen. In Skianzug und Goretex-Handschuhen müsste es gehen, denke ich, doch weit gefehlt. Mein Gesicht vereist und tut weh. Ich beschließe, meine Maske anzulegen. Sie geht vom Hals bis unter die Augen. Die Wollmütze stülpe ich oben drüber. Jetzt bin ich praktisch nicht mehr zu erkennen.

… ter Januar
Lähmungserscheinungen

Heute ist es ja gar nicht so kalt, denke ich, und tatsächlich, es sind nur minus dreizehn Grad, was mich dazu verleitet, ohne mich richtig anzuziehen, mit Junko vor dem Haus ein Schwätzchen zu halten. Nach fünf Minuten zittern meine Knie. Junko klappert mit den Zähnen.

»Der Körper macht, was er will.«

»Dabei ist es gar nicht so kalt.«

So warm war es anscheinend aber auch nicht.

… ter Januar
Schulbeginn

Am 15. Januar sind die Ferien zu Ende, und die Kinder gehen munter zur Schule. *Nanu,* denke ich, einer ist ja noch da! Fürs erste bleibt mein Mann anscheinend bei seiner stabilen »5-Tage-Woche«.

Ich werfe einen Blick auf den Kalender und bekomme einen Schreck. In genau zwei Monaten ist die Schule zu Ende. Nur noch zwei Monate, bis mein ältester Sohn die Mittelschule abschließt.

O weh! Vor einem Jahr um diese Zeit hätte ich nicht im Traum gedacht, dass mein Sohn der einzige Schüler sein könnte, der die Mittelschule abschließt. Er war immer einer von vielen. Was nicht unbedingt schlecht ist. Im Leben ist man immer einer von vielen. Aber das eine Jahr, in dem er immer allein und obendrein ältester

Schüler war, hat meinen Sohn definitiv verändert. Er ist rücksichtsvoller geworden und aktiver.

Aber wenn ich an die Abschlussfeier denke, wird mir mulmig zumute. Ich würde gerne gefasst sein. Keine Tränen vergießen. – Hoffentlich singt mein Sohn das *Aogeba tōtoshi** nicht allein.

… ter Januar
Neujahrsparty

Die Neujahrsparty des Dorfes findet erst Mitte Januar statt. Im Begegnungszentrum Tomura. Dort gibt es für alle Mann – Erwachsene, Kinder und Lehrer – Shabushabu* vom Jersey-Rind.

Zwischendurch fangen die Kinder an, Karten zu spielen. *Hyakunin isshu,** aber anders als sonst. Sie spielen *Shimo no ku karuta,** eine Variante, die ich aus dem Manga *Chihayafuru** kenne. Beim »normalen« *Hykunin isshu* liest jemand die ersten drei Zeilen eines Gedichts vor, und die Mitspieler suchen die Karte mit dem dazugehörigen Bild. Beim *Shimo no ku karuta,* das in Hokkaido sehr verbreitet ist, liest jemand die letzten beiden Zeilen eines Gedichts vor, und die Mitspieler suchen die Karte, auf der diese Zeilen in *Hentaigana** stehen. Bildkarten gibt es nicht.

»Ist das das ominöse *Shimo no ku karuta*?« Ich bin natürlich die Einzige, die aufgeregt Fotos schießt. Die Kinder verscheuchen mich genervt.

Zur allgemeinen Unterhaltung werden die *Best of Miyashita* (mein ältester Sohn, meine Tochter und ich) zusammen mit Familie Gotō (Masumi, Natchan und Momo) den Song *Isshōkenmei**

(»Aus ganzem Herzen«) zum Besten geben. Dafür haben wir seit Ende letzten Jahres fleißig geprobt. Nun ist es so weit! *Auf in den Kampf!* sage ich und sehe, dass Masumi Anstalten macht, sich mit einem Filzstift einen Bart zu malen. *Halt! Stopp!* Wir wollen das Publikum nichts ins Bockshorn jagen! Wir wollen singen.

… ter Januar
Studienkreis Chinesisch

Interessierte aus der Gegend haben sich zu einem Studienkreis Chinesisch zusammengeschlossen. »Hier können Sie Ihr Können auf die Probe stellen«, steht in der schriftlichen Einladung. *Was soll das heißen?* Schreibt doch einfach »Mahjongg*«, wenn es um »Mahjongg« geht.

… ter Januar
Führerschein

Nachdem ich gehört habe, dass man bei der Polizei in Shintoku seinen Führerschein erneuern kann, fahre ich gutgelaunt in die Stadt. Das Revier von Shintoku ist nämlich das Revier, in das der Polizeichef aus dem Film *Das gelbe Taschentuch,** gespielt von Kiyoshi Atsumi,* den Strafentlassenen, Ken Takakura,* aufnimmt. Da wollte ich immer schon mal hin!

»Das ist nur ein Film. Ken Takakura ist doch längst weg, oder?« sagt meine Tochter skeptisch.

Das stimmt.

Mit Ken Takakura ist nicht zu rechnen. Mit Kiyoshi Atsumi noch weniger.

Nervös trete ich ein. Von außen sah das Revier gar nicht so klein aus, aber innen ist es sehr beengt. Im Flur stehen gerade einmal zwei Bänke. Die Wand ist mit Fahndungsplakaten gepflastert, auf dem Monitor laufen gruselige Verkehrsunfälle in Endlosschleife. Auf dem Tisch liegt eine Liste mit VERMISSTEN PERSONEN – ich weiß gar nicht, wo ich hinschauen soll.

Die Formalitäten für die Erneuerung meines Führerscheins sind im Handumdrehen erledigt. »Das Foto machen wir im Flur. Stellen Sie sich einmal hier hin«, sagt der Beamte und postiert mich neben den Fahndungsplakaten.

»Die Schulungen finden einmal im Monat statt.«

Ich verstehe nicht. Für die Erneuerung eines Führerscheins, wird mir erklärt, müsse ich an einer der einmal im Monat im Bürgerhaus stattfindenden Schulungen teilnehmen. *Und was ist, wenn mir der Termin nicht passt?*

»Sie können in die nächste Stadt fahren.« Dort gäbe es auch einmal pro Monat eine Schulung.

Gesagt, getan. Anschließend wird der neue Führerschein ausgestellt.

»Am 11. März können Sie ihn abholen.«

»Wie bitte?«

Am 11. März? Ich muss mich verhört haben. Es ist Mitte Januar! Die haben ja die Ruhe weg! Aber was soll's, der 11. März ist kein Problem. Das einzige Problem ist das Verbrecherfoto, das meinen neuen Führerschein zieren und mich die nächsten fünf Jahre begleiten wird. Ich denke jetzt schon mit Schrecken daran, mich irgendwo ausweisen* zu müssen.

… ter Januar
Strahlender Morgen

Der Himmel ist strahlend blau. Die Kinder gehen schneekickend zur Schule. Es sind minus sechzehn Grad. Was für ein wundervoller Morgen!

… ter Januar
Rotfuchs auf der Straße

Die Rotfüchse haben sich rar gemacht. Bei Kälte verkriechen sie sich wohl in ihre Baue. Denn Kälte vertragen sie nicht besonders gut, und dass, obwohl sie ausschließlich in Hokkaido leben. Da sie keine Winterschläfer sind, sollen viele sogar erfrieren.

Auf dem Weg zum Onsen läuft uns mal wieder ein Exemplar über den Weg. Ein so kuscheliges und prächtiges Tier, dass man sofort an Pelzjacke oder -stola denkt. Das Tier muss es eilig haben. Es rennt über die Straße, von links nach rechts, von rechts wieder nach links, und während wir noch überlegen, was in aller Welt es da treibt, läuft es wieder nach rechts, wo es im verschneiten Gebüsch verschwindet.

… ter Januar
Runden

Die Kinder der vierten Klasse haben im Mathematikunterricht offenbar gelernt, wie man auf- und abrundet.

»Im Runden bin ich super!« erklärt meine Tochter stolz. Wie man im »Runden« »super« sein kann, ist mir schleierhaft.

»Die Viertklässler dieses Jahr sind ganz begeistert vom Runden«, sagt Shiho-sensei, die Klassenlehrerin meiner Tochter, und lacht. Zehnjährigen Kindern sei das Konzept scheinbar so neu, dass sie alles auf- oder abrunden würden. Sie seien dabei richtig aufgekratzt. Ich wünschte, *ich* könnte mich an so kleinen Dingen erfreuen.

… ter Januar
Kontaktlinsen

Obwohl mein ältester Sohn sehr schlechte Augen hat, hat er bislang keine Sehhilfe gehabt. Brille könne er nicht tragen. Sobald er sie aufsetze, sagt er, würde ihm schwindlig, und Kopfschmerzen bekäme er auch. Dabei waren wir extra beim Augenarzt und haben alles messen lassen. Da er keine der Brillen, die wir machen ließen, tragen konnte, gaben wir irgendwann auf. Von dem, was in seiner alten Schule an der Tafel stand, konnte mein Sohn überhaupt nichts lesen. Hier in Tomuraushi ist das Klassenzimmer so klein – als einziger Schüler sitzt er zudem immer in der Mitte der ersten Reihe –, dass wenigstens das kein Problem zu sein scheint.

Nun hat mein Sohn es sich anders überlegt. *Warum?* Weil Tomuraushi-Absolvent Gin ihn beim Badmintonspielen in den Winterferien gefragt hat, ob er den Federball eigentlich richtig sähe. Es gäbe Spieler, die sich mit Sehhilfe dramatisch verbessert hätten. Das hat meinen Sohn anscheinend überzeugt.

Wir lassen Kontaktlinsen machen.

»Endlich sehe ich mein Gesicht mal wieder richtig«, erstattet mein Sohn aufgeregt Bericht. Im Spiegel hat er es offenbar gar nicht mehr erkennen können. »Es sieht viel freundlicher aus, als ich es in Erinnerung hatte.« Er lacht. Die gute Sicht scheint ihn zu freuen. In der Schule sähe er auch zum ersten Mal klar.

»Ich wusste gar nicht, dass Tanaka-sensei so hübsch ist!«

Ich bin geschockt. Tanaka-sensei ist schön! Kaum zu glauben, dass ihm das erst jetzt auffällt!

… Januar
Etwas ganz Besonderes

Ich gehe ins Tomuraushi-Onsen. Seit wir nach Hokkaido gezogen sind, habe ich verschiedene Thermalbäder besucht, aber das Onsen von Tomuraushi ist etwas ganz Besonderes.

Vorne Berge. Hinten Berge. Weiter unten rauscht der Fluss. Schneeflocken tanzen durch die Luft. Neben dem Natursteinbecken, in dem ich sitze, türmt sich der fluffige Schnee zu frischgebackenen Baisers oder schneeweißen Champignons.

Ich forme einen Schneeball und werfe ihn in den Fluss. Er dreht sich ein paar Mal, dann verschmilzt er mit der Strömung.

Nach drei Schneebällen tun meine Hände so weh, dass ich sie wieder ins heiße Wasser tauche. Mein nasses Haar ist im Handumdrehen gefroren. Schon komisch, so eine dampfende Quelle mitten im Schnee.

Als es ringsum grünte, war es auch schön. Im Sommer unter den Sternen auch. Und erst der Herbst! Dennoch ist das Onsen im Winter etwas ganz Besonderes.

»Jetzt bin ich zwei Jahre jünger«, sage ich. Das ist bescheiden. De facto fühle ich mich mindestens drei Jahre jünger.

»Das kommt dir nur so vor.«

»Alles Einbildung.« Wenden meine Söhne leise ein. Das überhöre ich natürlich geflissentlich.

… ter Januar
Abgabetermin

Um mich in Tomuraushi eine Weile nur aufs Leben konzentrieren zu können, habe ich insgesamt wenige Aufträge angenommen. Ich dachte, ich schreibe monatlich ein bisschen Essay und ein bisschen Roman. Drei Romane, um genau zu sein. Einen in monatlichen Folgen für eine Zeitschrift, einen in zweimonatlichen Folgen und einen in vierteljährlichen Folgen. Was ich dabei nicht bedacht habe, ist, dass es so etwas wie das kleinste gemeinsame Vielfache gibt. Einmal im Monat, einmal alle zwei Monate plus einmal alle Vierteljahr ergibt einmal alle sechs Monate *drei*mal.

Diesen Monat ist es wieder so weit, stelle ich bei einem Blick auf den Kalender fest. Ich bin allerdings weder mit den Essays noch mit den Romanfolgen fertig, dabei haben wir schon Mitte Januar! (Wir mussten doch Neujahr feiern!) *Nein,* Ausreden gelten nicht!

… ter Januar
Stintangeln

Wir gehen mit dem *Green Club* stintangeln. Davon habe ich immer geträumt. Ein Loch ins Eis zu bohren, eine Angel ins Wasser zu halten und gemütlich zu warten. Das wollte ich schon immer mal machen!

Der Sahoro-See.* Wir gehen über das Eis. Wenn ich mir vorstelle, dass da letzten Monat noch Wasser war, wird mir mulmig zumute.

»Wie dick ist denn das Eis?« frage ich.

»Dreißig Zentimeter, schätze ich. Normalerweise sind es um die fünfzig, aber dieses Jahr hat es ja nur wenig geschneit.«

Offenbar ist es so, dass das Eis unter der Last des Schnees absinkt, der Schnee friert und das Eis dadurch immer dicker wird. Dreißig oder fünfzig Zentimeter ist ein ziemlicher Unterschied, finde ich, aber darüber will ich jetzt nicht weiter nachdenken.

Mit einem wie eine überdimensionale Schraube aussehenden Gerät wird ein Loch ins Eis gebohrt. Dort hängt man seine Angel hinein.

Im Glauben, dass man irgendwann frieren würde, wenn man ungeschützt auf dem Eis angelt, habe ich mich extra warm angezogen, aber das wäre gar nicht nötig gewesen. Auf dem Eis stehen Zelte, sogar mit Öfchen. Ein Zelt, vier Personen, vier Löcher. Das nenne ich ein Rundum-sorglos-Programm! Die Kinder verschwinden mit ihren Freunden, mein Mann und ich teilen uns ein Zelt mit dem Rektor und Shiho-sensei, der Klassenlehrerin meiner Tochter. Ich verdränge die Gedanken an die Arbeit und vertiefe mich ins Angeln.

Kein Fisch beißt an. Abgesehen von einem kleinen Stint, den der Rektor fängt, passiert nichts. Die Zeit vergeht. Ich hatte mir vorgestellt, dass wir binnen kürzester Zeit fette Fische am Haken hätten, aber wenn ich jetzt so darüber nachdenke, habe ich beim Angeln nie viel gefangen. Stintangeln kostet für Erwachsene 1500 Yen pro Person. Wenn es in unserem 4-Mann-Zelt bei diesem einen Fisch bleibt, kostet er 6000 Yen. 6000 Yen für einen schlanken, durchsichtigen – wenn auch schönen – Stint?! Kurz darauf habe auch ich einen Fisch an der Angel. Damit sind wir bei 3000 Yen pro Stint. Das klingt schon besser. Da noch einer anbeißt, sind wir am Schluss bei 2000.

… ter Januar
Ski

Das Skigebiet im Nachbarort Shikaoi* lässt keine Wünsche offen. Sanfte Abhänge, und alles ist umsonst. Es gibt Lifte und sogar geheizte Warteräume. Perfekt, um den Kindern zuzusehen. Da mir der Sinn derzeit nicht nach Geschwindigkeit steht, fahre ich selber nicht. Als ich sehe, wie die Kinder sich unschlüssig um den Schlepplift herumdrücken, muss ich lachen.

Die Leute auf der Piste sehen aus wie aufgeschlossene Menschen.

Was finden die bloß an diesem archaischen Sport, frage ich mich. Erst fährt man hoch, dann wieder runter. Hoch – runter, hoch – runter. Ich muss lachen. Sind die doof?

… ter Januar
Winterferien

»Wie in den Winterferien«, seufzt meine Tochter. Wir sitzen im Onsen, es schneit, und tags zuvor waren wir Stintangeln und Skifahren. Sie hat recht. Darf das Leben so viel Spaß machen? Es fühlt sich an wie Urlaub.

… ter Januar
Töpferwerkstatt

Die Mittelschüler besuchen eine Töpferwerkstatt in der Stadt. Im »Keramik-Zentrum« werden sie den ganzen Vormittag von einem Töpfer unterrichtet, dem Ehemann von Tanaka-sensei de facto. Was für ein Glück! Und das nicht nur einmal. Verteilt auf drei Wochen, findet der Unterricht insgesamt dreimal statt. So ein Luxus! Töpfern würde ich auch gerne lernen.

Diese Woche hatten die Kinder wirklich ein volles Programm: Stintangeln, Töpferwerkstatt und einen ganzen Tag Skiunterricht auf der Piste (auch das nur eine von insgesamt drei Unterrichtseinheiten). Noch dazu in Kleinstgruppen, so dass wirklich jeder Schüler etwas davon hat.

Anfang nächster Woche hat mein Sohn seine erste Aufnahmeprüfung. Bei so einem abwechslungsreichen Programm bekommt selbst ein eigentlich unangenehmer Termin plötzlich Highlight-Charakter.

… ter Januar
Bald ist es soweit

Der Januar neigt sich dem Ende. Mit der Zeit stimmt etwas nicht. Ich kann kaum glauben, dass wir erst Anfang des Monats Neujahr gefeiert haben.

In gut einem Monat wird mein ältester Sohn als einziger die Mittelschule abschließen, die kleine Kogomi von Familie Gotō kommt vom Kindergarten in die Schule. Alles wird so sein wie jedes Jahr im Frühling. Einige Kinder verlassen die Schule, andere werden eingeschult. *Wie schnell so ein Jahr doch vergeht*, denke ich und einen Moment später, *wie lang so ein Jahr doch ist.* Kogomi ist mittlerweile ein junges Mädchen, mein schlaksiger Sohn gewachsen und muskulöser. Bei diesem Tempo müssen Eltern sich ganz schön ranhalten, sonst sind sie irgendwann abgehängt.

Aber wie macht man das am besten, sich ranhalten? Der bloße Gedanke macht mich nervös. Reicht es nicht, sein Leben in vollen Zügen zu genießen? Reicht es nicht, sein Leben so zu genießen, dass man sich irgendwann ruhigen Gewissens abhängen lassen kann? Ab morgen halte ich mich wieder ran!

FEBRUAR
NICHT SO EINFACH

Kaiserwetter. Strahlend blauer Himmel, funkelnder Schnee. Die Bäume wiegen sich im Wind, es rauscht wie am Meer. Hier zu stehen, empfinde ich jeden Morgen als Glück. Das werde ich vermissen.

… ter Februar
Eichelhäher

Ein majestätischer Eichelhäher spaziert vor dem Haus herum. Soll ich ihm meine Aufwartung machen? Die Temperatur beträgt minus zweiundzwanzig Grad.

… ter Februar
Landei

Ein Tourist hält an und fotografiert einen Rotfuchs, der zufällig am Wegesrand aufgetaucht ist. Unter dem Schnee überall sind die Rotfüchse richtiggehend abgetaucht.

»Einen Rotfuchs!« schnaubt Bogey verächtlich. »So'n Landei!«

Wer hier wohl das Landei ist?

… ter Februar
Rätselhafte Banane

Eine Sache kommt mir spanisch vor. Immer, wenn ich in einer Mail oder am Telefon erwähne, dass es kälter als minus zwanzig Grad ist, heißt es aus unerfindlichen Gründen begeistert: »Dann kannst du ja Nägel mit einer Banane einschlagen.« Das habe ich nicht nur von ein oder zwei Leuten gehört, sondern von mindestens zehn. *Welche Nägel? Wieso Banane?*

… ter Februar
Teuflischer Besuch

Dass an Setsubun* Teufel zu Besuch kämen, hatte ich gehört.

»Sie kommen ins Haus.«

»Und es werden immer mehr.«

»Wenn du keine Schilder an die Türen hängst – Zutritt verboten! – gehen sie in alle Zimmer«, hatte man mich vorgewarnt, aber leider waren mein ältester Sohn und ich außer Haus.

Dem Rest der Familie zufolge kamen etwa zehn Teufel. Einige sollen Masken getragen, andere sich weiße Fratzen geschminkt haben. Es sei zum Fürchten gewesen. Die Teufel seien zur Tür hereingestürmt, hätten gefordert, sie mit Erdnüssen zu bewerfen (in Hokkaido wirft man Erdnüsse anstelle von Bohnen), hätten gefragt, wo Hiroto (Name geändert) sei, hätten auf die Auskunft »Aufnahmeprüfung« »schönen Gruß« ausrichten lassen, bevor sie wieder verschwunden seien. Es ist die Dorfjugend, die nach der Arbeit durchs Dorf zieht. Letztes Jahr habe man erst so spät Feierabend machen können, dass die Kinder schon überall geschlafen und nur Mütter im Nachthemd Nüsse geworfen hätten. Danke für euren Einsatz! Eine Dorfjugend, die so viel auf die Beine stellt, macht wirklich Mut.

… ter Februar
Aufnahmeprüfung

Entspannt fahren wir zur Prüfung. Die Schule, an der mein Sohn sich beworben hat, der Notnagel sozusagen, für den Fall, dass es mit der Schule seiner Wahl nicht klappt, nimmt praktisch jeden. Die Aufregung ist gleich null.

Auf dem Rückweg machen wir einen Abstecher zum Schneefest in Sapporo. Besser hätte der Prüfungstermin nicht liegen können! Man könnte fast meinen, die Schule hätte das extra gemacht.

Wer zum Schneefest geht, besteht die Prüfung nicht, fällt mir ein Spruch aus dem Volksmund ein, als wir ein paar Blöcke gelaufen sind. Muss mir das ausgerechnet jetzt einfallen? *Naja*, denke ich, gut möglich, dass jemand, der sich zu dieser Zeit und bei dieser Kälte auf dem Schneefest herumtreibt, durchfällt. Aber durchfallen kann man auch ohne Schneefest. Und wenn man schon durchfällt, dann doch besser mit Schneefest als ohne.

... ter Februar
Ofen, die Erste

Unser Ofen* hat eine Macke. Wenn man nicht mit Engelszungen redet – »ja, mein Guter, bist ein guter Ofen« – springt er nicht an. Aber mit Engelszungen auf einen Ofen einzureden, ist nicht so einfach.

... ter Februar
Ofen, die Zweite

Heute morgen hat der Ofen – und dass, obwohl es über zwanzig Grad minus sind – den Geist aufgegeben und das ganze Haus verpestet. Mein Mann dachte, ich sei tot (dabei war ich nur eingeschlafen). Wir verbringen den Samstag damit, in Skianzüge gemummelt auf den Heizungsmann zu warten.

… ter Februar
Niemand soll sterben

Als ich im Onsen vom Außenbecken wieder nach innen gehen will, ist die Tür eingefroren. Ich rüttele und ziehe, aber sie lässt sich nicht öffnen. *Ogott!* Binnen kürzester Zeit sind meine Haare gefroren. Als ich noch einmal mit Gewalt daran ziehe, geht die Tür Gott sei Dank auf. *Puh.* Das war knapp. Ich erinnere mich an eine Frau, die während der Kältewelle in New York vor ihrer eigenen Haustür erfror, weil das Türschloss eingefroren war. Ist das nicht schrecklich? Aber die hatte wenigstens etwas an!

… ter Februar
Lupin III* in Verkleidung

»Mama«, sagt meine Tochter, als ich aus dem Onsen komme. »Du siehst aus wie Lupin III in Verkleidung.« Ihrem Lächeln nach zu urteilen meint sie es nicht böse, der Vergleich klingt trotzdem alles andere als schmeichelhaft. *Als was hat er sich denn verkleidet*, würde ich am liebsten fragen, aber manchmal ist es besser, nicht alles zu wissen. Deshalb verkneife ich mir die Frage.

… ter Februar
Skiunterricht

Beim Skiunterricht werden die Kinder nach Können gruppiert. Die drei Miyashita-Kinder bilden *naturgemäß*, wenn man so will, eine eigene Gruppe. Die anderen Kinder können ja schon fahren. Wenn ich mir vorstelle, wie meine Kinder unter Anleitung den Hang hinabgleiten, muss ich schmunzeln. Das heißt, eigentlich tut es mir eher leid – für die beiden Lehrer und die zwei Kursleiter, die sie begleiten.

»Ich fahre jetzt wie ein Profi«, wirft sich meine Tochter in die Brust, als die Kinder wieder zu Hause sind. *Wie ein Profi?* Na, das ging ja schnell.

… ter Februar
Alternativprogramm

Dieses Jahr gibt es so wenig Schnee, dass der Skiunterricht einmal ausfallen muss. *Da werden die Kinder aber enttäuscht sein*, denke ich, doch stattdessen bekommen sie sechsmal Sportunterricht. Floorball, Tennis und Kendo, erzählen die Kinder, würde auch Spaß machen. Anders als im Sportunterricht an einer großen Schule, wo nur sportliche Kinder auf ihre Kosten kommen, werden sie hier in Kleinstgruppen an verschiedene Sportarten herangeführt. Das scheint ihnen zu gefallen.

… ter Februar
Schulschließung

Am Fuße des Berges gibt es eine kleine Grundschule. Neben dem Gebäude steht ein prächtiger Kirschbaum, der jedes Jahr im Frühling scharenweise Besucher anlockt. Die Schule wurde 1910 gegründet und 1976 geschlossen. Sie steht da, wie man sie seinerzeit verlassen hat. Wenn man durchs Fenster schaut, sieht man noch die Lappen, die nach dem letzten Unterricht gewaschen und wohl zum Trocknen im Klassenzimmer aufgehängt worden sind, was ich weniger charmant denn unheimlich finde. So, wie die Schule da liegt – verlassen wie nach einem normalen Schultag, wahrscheinlich gab es nicht einmal eine Feierstunde – könnte man fast den Eindruck bekommen, dass die Lehrer und Schüler von damals noch da wären.

Wenn man etwas weiter in die Stadt fährt, kommt man an eine Grundschule, die ebenfalls geschlossen wurde. Unglaublich, dass man auch diese, viel neuere Schule mit ihrer großen Turnhalle aufgelassen hat. In dem Buch, das meine Tochter in der Stadtbücherei entleiht, steckt noch die Karte einer wieder anderen Grundschule, die vor sechs Jahren geschlossen wurde. Das Mädchen, das die Karte ausfüllte, hat nur ihren Vornamen vermerkt: Sayomi. Die Schrift ist ungelenk. Eine Welt, in der man nur seinen Vornamen braucht. *Daran habe ich mich auch gewöhnt*, denke ich. In Tomuraushi rufen sich die Schüler auch nur beim Vornamen, wobei älteren Mädchen gegenüber ein »-chan« und älteren Jungen gegenüber ein »-kun« angehängt wird. Eine kleine, intime, eingeschworene Welt. Von mir aus könnte das ewig so bleiben, *ewig*! Obwohl das umgekehrt auch ein bisschen beängstigend klingt.

… ter Februar
Schulschließung (Oberschule)

In Hokkaido werden auch immer mehr Oberschulen geschlossen. Wenn Grundschulen »umstrukturiert« werden, gibt es Alternativen (auch wenn dafür ein längerer Schulweg in Kauf genommen werden muss). Wenn eine *Ober*schule verschwindet, dann war's das.

Vor ungefähr zwei Jahren lief im Fernsehen eine Sendung mit dem Titel: »*Ihr seid nicht allein* – die Oberschule in Shintoku, Hokkaido«. Nicht, dass ich viel fernsehen würde, aber diese Sendung habe ich aus irgendwelchen Gründen tatsächlich gesehen. Zu der Zeit wurde die Schule von insgesamt zehn Schülern besucht. Sowohl der Rugby- als auch der Baseballclub zählte jeweils genau *ein* Mitglied. Die trainierten zwar zusammen und halfen einander, konnten aber keine Mannschaft bilden und somit keine Turniere bestreiten. Zu sehen, wie sie trotzdem jeden Tag trainierten, sich gegenseitig anfeuerten und versuchten, sich zu verbessern, dieser Mut der Verzweiflung ging mir zu Herzen.

Zwei Jahre später – wer hätte das gedacht! – finden wir uns in Shintoku wieder. Die Oberschule aus der Sendung ist *unsere* Oberschule. Das ehemals einzige Mitglied des Rugbyclubs arbeitet mittlerweile im Rathaus, um der Stadt, wie er sagt, »etwas zurückzugeben«, obwohl er ursprünglich gar nicht aus der Gegend stammt.

Da sich im letzten Jahr weniger als zwanzig Schüler beworben haben, steht die Schule auf der Kippe. Die Schulordnung, eine sehr strenge Ordnung, sieht vor, dass bei weniger als zwanzig Bewerbern in zwei aufeinanderfolgenden Jahren geschlossen wird. Im Herbst kamen der Rektor und Konrektor nach Tomuraushi, um Schüler zu werben. Genauer sagt, den einzigen Schüler zu werben, der in Frage kommt: meinen Sohn. Zu dem Zeitpunkt lagen der Schule sieben Bewerbungen vor.

Ich kann die Eltern nur zu gut verstehen. Von den Erziehungsberechtigten der Kuttari Juniors, den elf Schülern, die mein ältester Sohn auf ihrer Klassenfahrt begleiten durfte, habe ich einiges gehört. Wenn man eine kleine Grund- und Mittelschule besucht und anschließend seinen Abschluss an einer ebenso kleinen Oberschule macht, weiß man einfach zu wenig von der Welt, um einen guten Job zu finden. Dass es keine richtigen Schulclubs gibt, ist schon schlimm genug. Da sollen die Kinder wenigstens auf der Oberschule erleben können, wie es ist, mit vielen Schülern zusammen zu sein. Eine kleine Oberschule kann außerdem jederzeit geschlossen werden. Man hat keine Gewähr, dass die Kinder wirklich drei Jahre lang dort zur Schule gehen können. – Auf der anderen Seite müssen die Kinder, wenn es keine Oberschule mehr gibt, nach der Mittelschule wegziehen. Das macht die Stadt um einiges weniger lebendig, was man natürlich auch nicht möchte. Denn eine lebendige Stadt ist ja gerade das, was man sich auch für seine Kinder wünscht.

Meine Gefühle sind gemischt. Seine Kinder in einem sehr entlegenen Gebiet großzuziehen, ist nicht so einfach.

… ter Februar
Red Wing

An Bogeys Badmintonschläger sind Saiten gerissen. Um den Schläger neu bespannen zu lassen, müssen wir mehrere Dutzend Kilometer fahren.

In einem Sportgeschäft in Obihiro entdeckt Bogey einen Schläger, dessen Beschreibung uns den Atem stocken lässt. »*Red Wing* – Verwandelt deinen Schlag in eine Flamme, die in Sekundenbruchteilen alles verschlingt. Technik und Power, mit der du dich in eine neue Dimension katapultierst.«

»Hammer«, grunzt Bogey. Das ist wirklich »Hammer«. Mit diesem Schläger muss man ja gewinnen! Die Werbesprüche, die die anderen Modelle desselben Herstellers zieren, klingen nicht minder großartig. Überzeugen Sie sich selbst! Es lohnt sich.

… ter Februar
Badmintonturnier

Das letzte Turnier der Saison steht an. Vermutlich geht es allen Familien mit Kindern so, aber solche Tage sind auch für die Eltern anstrengend. Insbesondere, wenn man in den Bergen wohnt und eine lange Anfahrt hat. Wer Bentos vorbereiten *und* rechtzeitig zur Eröffnung da sein will, muss morgens *sehr* früh aufstehen. Ashoro, Rikubetsu, Urahoro.* Tokachi ist groß. Alle Kinder, die am Turnier teilnehmen wollen, müssen schon im Morgengrauen aus dem Haus.

Das hat allerdings auch etwas Gutes. Frühmorgens sieht die Landschaft ganz anders aus. Die aufgehende Sonne spiegelt sich in den vereisten Zweigen. *Mein Gott, ist das schön!* Die Straße ist glatt. Ein Auto ist im Schnee steckengeblieben, ein anderes von einem Landwirtschaftsweg abgekommen.

Auch in der Sporthalle ist Bogey allein. Wenn ein Club nur aus einem Mitglied besteht, ist das eben so. Bei öffentlichen Trainingseinheiten fragt er schon mal, ob er bei Mannschaften, die er von Freundschaftsspielen kennt, mitspielen darf. In *der* Beziehung hat mein ursprünglich schüchterner Sohn einiges dazugelernt.

Kurz vor Spielbeginn geht Bogey zur gegnerischen Seite. Sagt etwas und verbeugt sich. Sein Gegner hält Rücksprache mit seinem, ich nehme an, Betreuer. Bogey wird sich dafür entschuldigt haben, dass er weder Linien- noch Punktrichter stellen kann. Einige Mannschaften nehmen das klaglos hin – *kein Problem, wir haben ein paar freie Spieler, die können das übernehmen* –, andere reagieren unwirsch. Von der Tribüne aus sehe ich, dass Bogey sich noch einmal verbeugt. Manchmal frage ich mich, ob ihn das nicht schon vor dem Spiel unter Druck setzt. Aber auch das wäre eine gute Erfahrung.

Es folgt der langersehnte, erste Sieg. Die Freude ist riesig, aber offenbar hat Bogey sich für dieses Turnier nicht mehr als einen Sieg vorgenommen. Schon im zweiten Spiel geht er sang und klanglos unter.

… ter Februar
Schmutzige Tricks

Da mein ältester Sohn nie einen Punkt in Mathe liegenließ, bestand bislang kein Grund zur Sorge. In letzter Zeit sieht das etwas anders aus. Auf meine Frage, warum er in Mathe schwächele, erwidert er: »Tja. Mir gehen vielleicht die Geistesblitze aus.«

Seit wann braucht man für Schulmathe denn Geistesblitze?

»Ohne macht es keinen Spaß.«

»Das stimmt«, pflichtet Bogey ihm bei.

»Aber mach dir keine Sorgen. Wenn's hart auf hart kommt, mache ich mir die Hände schmutzig.«

Mache ich mir die Hände schmutzig? Was soll das heißen?

»Wenn du eine Aufgabe liest, siehst du doch sofort, wie du sie lösen sollst. Ich will aber nicht sehen, wie ich sie lösen soll. Ich will sie lesen, verstehen und meine eigene Lösung finden, eine saubere Lösung. Am besten ohne Formeln. Aber keine Sorge, bei der Aufnahmeprüfung mache ich mir die Hände schmutzig wie die anderen, da geht's ja nur um Punkte«, sagt mein Sohn und lacht. Mir schwirrt der Kopf. Wenn das schmutzig ist, machen wir uns im Leben dann nicht ständig die Hände schmutzig?

... ter Februar
Gedankenaustausch

Nach dem Unterricht wird eine Versammlung einberufen. Lehrer und Eltern und zahlreiche Leute aus der Gegend treffen sich in der Schule zu einem zwanglosen Gespräch. Es geht um den erzieherischen Kurs der Schule.

Die Frage: Soll das Spielen auf dem Schneehügel im Schulhof beschränkt werden, ja oder nein?

Die Sachlage: Auf dem Schneehügel würde gleichzeitig Schlitten gefahren, skigefahren und einfach so gespielt. Das sei ausgesprochen gefährlich. Der Hügel befände sich zwar auf dem Schulgelände, aber die Lehrer könnten nicht auch noch *nach* der Schule Aufsicht führen. Deshalb habe man sich, insbesondere für die Mittelschüler, ein paar einfache Regeln überlegt.

Moment mal, mischt sich jemand ein. »Muss man jetzt auch noch das Spielen reglementieren?«

»Wenn die Kinder sich und andere gefährden, dann schon.«

»Wir sind in Tomuraushi«, sagt Kōta, Vorsitzender der Eltern-Lehrer-Vereinigung. »Auf dem Berg oder im Wald gibt es auch keine Regeln. Da muss sich jeder selbst schützen. Das müssen die Kinder lernen, meine ich. Auf alles andere kann man verzichten.«

Gut gebrüllt, Löwe!

Eine andere Mutter stimmt ihm zu: »Die Kinder lernen doch beim Spielen. Und sollte doch einmal was passieren, macht niemand die Schule dafür verantwortlich.«

Izumino-sensei, Klassenlehrer der Siebt- und Achtklässler, hebt die Hand. »Die drei Kinder aus der siebten und achten Klasse, die ich unter meinen Fittichen habe, sind so knuddelknuddelig, dass ich es morgens kaum erwarten kann, zur Schule zu gehen und sie zu sehen.«

Worauf will er hinaus?

Izumino-sensei fährt fort: »Wissen Sie, wie gefährlich das ist, was die Kinder zum Teil auf dem Schneehügel treiben? Allein die Vorstellung, dass etwas passiert und eines meiner Kinder dabei ums Leben kommt, schnürt mir die Kehle zu. Ich könnte nicht mehr weiterleben. Ich bin überzeugt, den Müttern geht es keinen Deut anders.«

Totenstille. Izumino-sensei hat Tränen in den Augen. Der Anblick schnürt mir die Brust zu. Einer dieser drei »knuddelknuddeligen« Schüler ist mein Sohn.

»Ich hab noch nie gehört, dass ein Kind auf einem Schneehügel zu Schaden oder sogar zu Tode gekommen ist«, regt sich Widerstand. Zwei Stunden lang geht es hin und her. Ich bin beeindruckt, dass so eine offene Diskussion möglich ist. Selbst die Leute, die aktuell keine Kinder auf der Schule haben, nehmen leidenschaftlich Anteil. Jedem liegt die Schule am Herzen.

Kein Wunder. Dort werden schließlich alle Kinder der Gegend groß. Die Schule von Tomuraushi ist praktisch eine Gemeindeschule.

Sowohl abweichende als auch radikale Ansichten werden vertreten. Die jungen Lehrer reden sich um Kopf und Kragen. Hier und da würde man die jungen Wilden zu ihrem eigenen Wohl gern bremsen, ab und zu bleibt einem schlicht die Spucke weg.

Sieben von den insgesamt elf Lehrern sind in den Zwanzigern. Die Eltern sind im Schnitt zwischen vierzig und fünfzig. Die Leute aus der Gegend noch etwas älter. Alle sagen ihre Meinung. Ich auch. Mein Mann schweigt. *Jetzt sag du doch auch mal was,* stoße ich ihm unter dem Tisch in die Seite, was natürlich nicht unbemerkt bleibt.

»Ist das, was die Kinder beim Spielen in der Natur lernen, nicht wichtiger als das, was sie in der Schule lernen?« meldet sich jemand aus der Gegend zu Wort. Beifälliges Nicken. »Dafür sind wir schließlich hergekommen«, heißt es von einer Gastfamilie. »Schulische Bildung ist zweitrangig.«

Da ist was dran. Eltern, für die die Schule das Wichtigste ist, ziehen definitiv nicht nach Tomuraushi. Eltern, die viel Wert auf Geld legen, übrigens auch nicht. Da liegen hier alle auf einer Linie. Bis zu einem gewissen Grad wenigstens. Ich persönlich glaube nicht, dass die Schule das Wichtigste oder Zweitwichtigste ist, aber wichtig ist sie schon. Meiner Meinung nach lassen sich überall Samen finden, die bei richtiger Pflege verschiedenste Blüten hervorbringen. Aber auch das will gelernt sein.

… ter Februar
Episode aus den Klassen 1 und 2

Folgendes trug sich im Rechenunterricht der Erst- und Zweitklässler beim Thema »Länge« zu.

Midori-sensei: »Was macht man, wenn man die Hand ballt?«

Takuya: »Stein!«

Shintarō: »Boxen!«

Midori-sensei: »Man macht eine *Faust.* Die Breite einer geballten Faust hat man früher ›Faustbreit‹ genannt. Also, ich mache eine Faust und wie …«

Takuya: »Stein!«

Midori-sensei: »Ja, bei *Schere, Stein, Papier* macht man auch eine Faust. Aber wie nennt man die …?«

Shintarō: »Faustdick.«

… ter Februar
Väter!

In unserem Haus gibt es eine Person, die nach Sotschi-Zeit lebt. Sie sieht in der Nacht bis zum Morgengrauen fern. Morgens steht sie nicht auf. Und wenn sie sich doch irgendwann aus dem Bett quält, setzt sie sich gleich wieder vor den Fernseher und schaut sich das Olympia-Telegramm an. Soll sie doch, wenn's ihr Spaß macht. Aber: Wir haben einen Neuntklässler im Haus, der in zwei Wochen seine Aufnahmeprüfung hat. *Wenn die Olympischen Spiele vorbei sind, hast du immer noch genug Zeit zum Lernen*, sagt mein Mann zu seinem Sohn. Wie man so sorglos sein kann, ist mir ein Rätsel.

… ter Februar
Badmintonturnier der Grundschüler

Beim Tokachi-Turnier spielte meine Tochter zusammen mit ihrer Freundin Miichan Doppel. Das ganze Jahr über waren die zwei immer ungefähr gleich groß und gleich schwer. Sie ähneln sich sogar im Gesicht, bilde ich mir ein. Die beiden nebeneinander auf dem Feld – allein *das* war sehenswert. Tatsächlich war *allein* das sehenswert. (Mit anderen Worten: Sie haben verloren.)

Auf dem Rückweg machen wir einen Abstecher ins Onsen. Auch heute ist es wieder leer. Nachdem die Mädchen sich im Schnelldurchgang gewaschen haben, stürzen sie freudestrahlend nach draußen. Dort hört man sie fröhlich kreischen. Sie schwimmen durch das menschenleere Becken. Klettern auf die Steine am Rand und bewerfen sich mit Schnee. Hüpfen wieder ins Wasser. Ohne Brille kann ich sie im Gleißen des Schnees gar nicht mehr auseinanderhalten.

Auf einmal kommen mir fast die Tränen. So unschuldig sind sie nur noch hier und jetzt. Mit zehn. Mit elf werden sie sicher nicht mehr so nackt herumtollen.

… ter Februar
Wunschzettel

Da mein ältester Sohn im nächsten Monat die Schule abschließt, darf er sich ein Essen wünschen. Den »Wunschzettel« hat er mitgebracht. An seiner alten Schule gab es so ein »Festessen« auch. Ein etwas aufwendigeres Gericht, das die Kinder besonders gerne mögen, plus Dessert. Wenn ich mich nicht täusche, durfte man aus zwei Menüvorschlägen wählen. In Tomuraushi setzt man dem Festessen die Krone auf: Der Schüler darf sich wünschen, was er will!

»Ihre Küche lässt eigentlich keine Wünsche offen, aber ich

würde mich freuen, wenn Sie Ihre Spezialität kochen würden«, schreibt mein Sohn.

Ich bin beeindruckt, wie versiert er mittlerweile ist.

»Das ehrt mich«, kommt es vom Koch zurück, aber mein Sohn möge doch bitte ein konkretes Menü bestellen.

… ter Februar
Der letzte Skiunterricht

Zum Skiunterricht, so die Schulregel von Tomuraushi, müssen die Kinder Bentos mitbringen, die sie selbst zubereitet haben. Meine Kinder teilen sich die Arbeit.

»Mama«, sagen sie, als sie feststellen, dass die Zeit knapp wird. »Mach mal noch ein Baby.«

»Und schick es mit der Zeitmaschine.«

Leichter gesagt als getan.

… ter Februar
Rekord

Von meinem Bruder aus Tokyo bekomme ich die Nachricht, dass meine Nichte die Prüfung an ihrer Wunschmittelschule bestanden hat. Herzlichen Glückwunsch!

»Und wenn sie nicht bestanden hätte? Müsste sie dann trotzdem auf die Mittelschule?« fragt meine Tochter mit glänzenden Augen. Sie denkt anscheinend, man könne ewig zur Grundschule gehen.

Soll ich ihr erklären, dass es an der Grundschule ihrer Cousine wahrscheinlich nur halb so lustig zugeht wie an ihrer, und dass ihre Cousine wahrscheinlich schon seit der ersten Klasse für diese Prüfung gelernt hat? Ich weiß es nicht. Also sage ich nichts.

Im selben Moment kommt mein ältester Sohn nach Hause. Er ist ganz außer Atem.

»Ich habe meinen Rekord gebrochen!«

»Was?«

»Heute habe ich 150 geschafft!«

Einhundert … fünfzig? Soll heißen?

»Ich bin hundertfünfzig Mal gelaufen!«

Im Shuttle Run Test, den mein Sohn, der immer noch fleißig Badminton spielt, als Ausdauertraining macht, lag sein Rekord irgendwo zwischen 140 und 150. Den hat er heute offenbar geknackt.

»Dabei hab ich's mir noch ein bisschen schwerer gemacht. Ich bin nicht nur hin und her gelaufen, sondern habe am Ende immer noch einmal den Schläger geschwungen.«

Mein Sohn ist mir auch ein Rätsel. Die Aufnahmeprüfung steht vor der Tür.

MÄRZ

DAS FUNKELNDE LEBEN

Wir haben März. Unser Jahr in Tomuraushi neigt sich dem Ende. Wir haben lange, sehr lange überlegt, ob wir verlängern sollen oder nicht, uns aber letztendlich entschlossen, wie geplant nach Fukui zurückzukehren. Viele verlängern. Es gibt Familien, die schon drei, fünf oder sechs Jahre hier sind. Das Leben in Tomuraushi ist in gewisser Weise paradiesisch. Auch ich wünschte manchmal, ich könnte bleiben. Es gibt so viele Dinge, die einem gar nicht bewusst werden, wenn man in der Stadt lebt. Es gibt so viel zu lernen. Und dann erst die Landschaft! In einer so grandiosen Landschaft zu leben ist schlicht überwältigend.

Aber beschlossen ist beschlossen. Wir werden zurückkehren und fortsetzen, was wir in Fukui begonnen haben.

… ter März
Beschwörungsformel

Je näher der Tag unserer Abreise rückt, desto schlechter wird die Laune meines Mannes. Und dass, obwohl die Entscheidung nach reiflicher Überlegung gefallen und er nicht der Einzige ist, der gerne bleiben würde.

Er ist so schlecht gelaunt, dass es mich wütend macht. Muss er ein so schönes Jahr unbedingt kaputtmachen? Gegen Unmut hilft nur Unmut, denke ich. Und siehe da. Kurz bevor mir der Geduldsfaden reißt, reißt mein Mann sich zusammen.

»Fürs erste« oder »vorläufig« lauten die Beschwörungsformeln. Das scheint zu funktionieren. »Wir gehen *fürs erste* zurück«, beschwört er sich. »Wir gehen *vorläufig* zurück.«

… ter März
Aufnahmeprüfung

Mein ältester Sohn hat sich für die Aufnahmeprüfung an einer Präfekturoberschule in Fukui entschieden. Da wir ihn nicht alleine reisen lassen können, fahre ich mit.

Im Flugzeug wäre ich allerdings fast gestorben. Ich bekam nämlich eine Attacke. Eine Panikattacke. Obwohl ich genau weiß, dass ich nicht sterben werde, denke ich jedes Mal, wenn ich im Flieger sitze, dass ich ganz bestimmt sterben werde.

Zur Vorsicht hatte ich meinen Sohn gebeten, im Falle des Falles schön ruhig zu bleiben und mir gut zuzureden. Ich dachte, gut zureden – *alles gut, keine Panik, die Welt dreht sich noch* – würde helfen, aber weit gefehlt! Genau das Gegenteil trat ein. Die sicher wohlüberlegten Gedanken zu einem völlig belanglosen Thema, die mein Sohn in einer Art vortrug, als spräche er mit einem kranken Haustier, machten mich bald wahnsinnig.

»In den Spielzeugautomaten am Flughafen in Chitose gibt es sechs verschiedene Figürchen.« – Pause – »Ist die Wahrscheinlichkeit, dass Hatsune Miku* herauskommt, wenn du Geld einwirfst, tatsächlich eins zu sechs?« – Pause – »Wenn drei Geschwister jeweils zwei Mal Geld einwerfen« – Pause – »und nicht eine einzige Hatsune Miku herauskommt, fängt man an zu zweifeln.« – Pause – »Und weißt du warum?« – Pause – »Weil man fälschlicherweise annimmt, dass die Wahrscheinlichkeit gleichbleibt« – Pause – »wenn jeder der drei ein zweites Mal Geld einwirft« – Pause – »aber das tut sie nicht.«

Oh – mein – Gott! Nichts könnte mir gerade weniger egal sein!

Dass Bus und Taxi heikel sind (i. e. die *Wahrscheinlichkeit* einer Panikattacke hoch), war mir bewusst, aber Flugzeug geht scheinbar auch nicht. Aus einem Bus oder einem Taxi kann man wenigstens aussteigen! Ich will stark hoffen – Pause – dass die Tortur sich wenigstens lohnt – Pause – und der liebe Gott meinen Sohn seine Prüfung bestehen lässt.

… ter März
Willkommen zurück!

Als wir aus Fukui zurückkommen, fällt mir meine Tochter um den Hals.

»Ich würde am liebsten einen Freudentrab machen!«

Oh, denke ich, wie originell. Einen Freudentrab, keinen Freudensprung. (Wahrscheinlich hat sie sich nur versprochen.)

… ter März
Steuererklärung

Dieses Jahr werden wir in Shintoku veranlagt. Dass wir hier auf diese Weise einen, wenn auch kleinen Beitrag leisten können, freut mich. Ganz und gar nicht freut mich dagegen der Papierkram, den man dafür zu erledigen hat. Ehe ich mich versehe, hat mein Sohn auf dem FRAGEBOGEN ZUR PERSON, der am Ende des Schuljahres ausgegeben wird, unter der Rubrik Lieblingswörter »Steuersündige Schriftstellerin« notiert. Ich bestehe darauf, dass er das ändert. Ob ihm das Wort gefällt oder nicht – *steuersündige Schriftstellerin* klingt einfach nicht gut.

… ter März
Schnee

Selbst im März fällt noch Schnee.

»Wie schön!« höre ich Masumi von nebenan rufen. »Es hat geschneit!« Auch mir lässt der Anblick der weißen Pracht das Herz höher schlagen.

»Egal wie viele Jahre ich hier schon wohne. Schnee finde ich jeden Tag aufs Neue schön«, sagt Masumi.

Mir geht es genauso. Trotz der Kälte und des leidigen Schippens löst Schnee eine urtümliche Freude in mir aus. Wenn ich mit meinen Gummistiefeln durch die weiße Landschaft stapfe, hüpft mir das Herz. Der glasklare, azurblaue Himmel überrollt mich wie eine Lawine. Ein Morgen mit Schnee ist einfach schön.

… ter März
Iglu

Meine Tochter geht jeden Tag nach der Schule spielen. Auch wenn es kalt ist, ist sie gerne draußen.

Da sie heute, obwohl es schneit, gar nicht mehr nach Hause zu kommen scheint, gehe ich nachsehen, wo sie bleibt. Ich finde sie zusammen mit der kleinen Maria aus dem übernächsten Haus. Die beiden Mädchen sind eifrig damit beschäftigt, ein Iglu zu bauen.

Draußen ist es mittlerweile stockfinster. Allein die Straßenlaterne spendet orangefarbenes Licht.

»Nur noch ein bisschen! Wir sind fast fertig«, betteln die beiden, die Gesichter gerötet, während sie im Schnee herumfuhrwerken.

»Nur noch ein bisschen.«

»Das ist das letzte.«

»Das letzte« verschlägt mir einen Moment die Sprache. Wahrscheinlich meinen sie nur, dass das Iglu fast fertig sei und nurmehr letzte Hand angelegt werden müsse, aber wie oft würden sie noch die Gelegenheit haben, zusammen ein Iglu zu bauen? Dies war vielleicht ihr letztes. Der Gedanke schnürt mir die Kehle zu. Schnell gehe ich nach Hause.

… ter März
Durch die Lappen gegangen

Die Steuererklärung ist erledigt, die Einkommensteuer bezahlt, wie kann es also sein, dass ich eine Quittung finde, noch dazu über einen so hohen Betrag? *Verflixt!* Das kommt davon, wenn man Quittungen über hohe Summen zur Seite legt, damit sie einem nicht durch die Lappen gehen!

… ter März
Bestanden

Mein Sohn hat die Aufnahmeprüfung bestanden.

»Gott sei Dank«, sagt er.

»Tanaka-sensei wird auch froh sein. Bei nur einem Schüler ist ihre Erfolgsquote nämlich 100 oder 0.«

»Gut, dass ich nicht durchgefallen bin. Die Lehrer haben mich bis zuletzt Badminton spielen lassen. Für die hätte es mir echt leid getan. Ohne Badminton und trotz Büffeln durchzufallen, ist das eine, da kann man nichts machen, aber mit Badminton durchzufallen, das wäre was anderes.«

Warum er sich dann nicht wenigstens ein bisschen auf die Prüfung vorbereitet hat, ist mir allerdings schleierhaft.

Bevor er das Lehrerzimmer betritt, um Tanaka-sensei die gute Nachricht zu überbringen, setzt mein Sohn ein absichtlich betrübtes Gesicht auf. *Nichts als Flausen im Kopf, der Junge*, denke ich.

An der Tür zum Büro des Rektors – dorthin gehen wir als nächstes – steht: *Zutritt verboten*. Durch das Glas im oberen Drittel ist aber zu sehen, dass der Rektor damit beschäftigt ist, einen selbstgebastelten Kusudama* an der Decke zu befestigen. Die Grundschullehrer haben ihn mit Rosen aus Papiertaschentüchern verziert. Der Papierball lässt sich offensichtlich so schlecht festmachen, dass der Rektor schließlich eine Trittleiter holt und ihn an die Decke nagelt. Mein Sohn ist mittlerweile von Lehrern umringt, die ihm freudestrahlend zur bestandenen Prüfung gratulieren. So macht warten Spaß! Als die Tür endlich aufgeht, fragt der Rektor meinen Sohn mit gespieltem Ernst: »Und? Wie lautet das Ergebnis?«

»Ich habe bestanden«, erwidert mein Sohn mit ebenfalls gespieltem Ernst.

Das Gesicht des Rektors geht auf wie die Sonne. Er lächelt so glücklich, dass ich mich frage, ob ich jemals jemanden so glücklich habe lächeln sehen. Der Rektor zieht an der Schnur des Kusudama. Es regnet Konfetti. *Hiroto-kun (Name geändert). Herzlichen Glückwunsch zur bestandenen Prüfung.*

… ter März
Äußerlichkeiten

Der FRAGEBOGEN ZUR PERSON wird verteilt. Sie wissen schon, diese ollen Dinger, die am Ende des Schuljahres ausgegeben werden, und auf denen Name, Geburtsdatum, Hobbys, besondere Fähigkeiten, Lieblingsessen und so weiter und so fort abgefragt werden.

Obwohl meine Tochter ein großer Fan von GeGeGe no Kitarō ist, schreibt sie unter der Rubrik »Lieblingsfigur« Doraemon.* Wen sie damit wohl beeindrucken will?

… ter März
White Day*

Wir fahren den Berg hinunter in die Stadt. Nachdem wir in einem Café mit köstlichem Kuchen Tee getrunken haben, kaufen wir Kekse. Die Jungs haben zum Valentinstag nämlich selbstgebackene Süßigkeiten bekommen. Da Bogey keine Schokolade mag, haben die Mädchen aus der Schule Plätzchen gebacken. Ist das nicht reizend? Sohn Nr. 1 sagt, er wolle sich mit etwas Selbstgemachtem revanchieren, also kaufen wir nur für Bogey.

»Möchtest du die zum White Day verschenken?« fragt die hübsche Bedienung hinter der Theke. Wahrscheinlich will sie nur wissen, ob sie die Kekse einzeln als Geschenk verpacken soll, aber es bringt Bogey völlig aus dem Konzept.

»Die hat sich bestimmt gefragt, warum ich so viele Kekse brauche«, quält er sich anschließend im Auto. *Unsinn*, bin ich versucht zu sagen, *der ist völlig egal, wozu du so viele Kekse brauchst*. Gleichzeitig finde ich es irgendwie süß, wie empfindlich Jungs in dem Alter doch sind. Also sage ich nichts.

… ter März
Abschiedsessen

Nicht nur Sohn Nr. 1, der die Schule abschließt, auch Bogey und meine Tochter, die die Schule wechseln, dürfen sich zum Abschied ein Essen wünschen. Ihre Bestellungen sind auf dem Speiseplan farbig markiert. Bogeys blau, die meiner Tochter rot. *Hamburger* ist blau – das sieht meinem Sohn ähnlich. *Cordon Bleu* – auch das ist blau. Typisch Bogey. Und was ist rot markiert? Ich stutze. *Reis?*

»Ich habe mir weißen Reis gewünscht«, sagt meine Tochter, was mich als Mutter etwas ratlos macht. Warum bestellt sie Reis, wenn sie sich ihr Lieblingsessen wünschen darf? (Nur damit keine Missverständnisse aufkommen: weißen Reis bekommt sie auch zu Hause!)

… ter März
Angst

Einen Bären haben wir immer noch nicht gesehen. Wenn wir das eine Mal im Herbst ein paar Minuten früher auf dem Parkplatz vor dem Onsen gewesen wären, hätten wir einen gen Hang verschwinden sehen können, aber wir waren zu spät. Wir sahen nur bewegtes Gebüsch.

Einem Bären über den Weg laufen möchte man selbstverständlich nicht, aber einen den Felsen hinaufklettern zu sehen, wäre schon schön, oder? Diese Meinung vertreten allerdings nur zwei Mitglieder der Familie, meine Tochter und ich. Der Rest behauptet, er habe Angst. Nun, einem Bären über den Weg laufen möchte man selbstverständlich nicht … (den Rest kennen Sie).

»Bären machen mir nicht so viel Angst«, behauptet meine Tochter. »Vor denen fürchte ich mich nur am zweitmeisten.«

Am zweitmeisten? Sie hat also doch eine Menge Angst.

»Und wovor fürchtest du dich am meisten?« frage ich.

»Vor Haien.«

Vor *Haien*? … Ich überlege. Dann fällt es mir wieder ein. Vor Jahren hat sich meine Tochter einmal morgens bei mir bedankt, dass ich im Traum einen Haifisch besiegt habe. Wie genau ich das angestellt haben soll, will ich mir allerdings lieber nicht ausmalen.

… ter März
Übung macht den Meister

Für die Verabschiedung an der Schule übt meine Tochter eine kleine Rede ein. Eigentlich spricht oder referiert sie nicht gerne vor Publikum, und auch ihre Stimme ist nicht besonders kräftig, aber seit wir in Tomuraushi sind, muss sie, was bei so wenigen Schülern nur natürlich ist, so oft kleinere Reden halten, dass sie es mittlerweile gewöhnt ist.

»Ich bin wirklich froh, daf ich hier Gaftschülerin bin, weil alle fo nett find, und weil ef fo viel Spaf macht.«

Warum lispelt sie denn auf einmal, denke ich, tue aber so, als hätte ich nichts bemerkt.

Meine Tochter fängt wieder von vorne an: »Ich bin wirklich froh, daf ich hier Gaftschülerin bin …«

Sie lispelt.

»Versuch doch mal, ein kleines bisschen langsamer zu sprechen«, rate ich ihr. Sie nickt.

»Ich – bin – wirklich – froh – daf – ich – hier – Gaft – schülerin – bin …«

Ich habe mich nicht verhört! Erstens lispelt sie, und zweitens sagt sie »bin« statt »war« oder »sein durfte«. Sie ist mit ganzem Herzen da.

… ter März
Die verbleibenden Tage

Die verbleibenden Tage wollen wir dazu nutzen, Freunde zu treffen, Lieblingsplätze zu besuchen und ein letztes Mal in unsere Lieblingsrestaurants zu gehen. Viel Zeit haben wir nicht mehr. Aber unabhängig davon, ob man viel oder wenig Zeit hat, für Freunde oder Lieblingsplätze muss man sich einfach Zeit nehmen. Das will ich auch in Zukunft tun.

… ter März
Gerade dann!

Gerade dann, wenn jeder Tag wie im Flug vergeht, weil man so viel zu tun hat oder weil man noch so viel vorhat, tut man gut daran, einen Spaziergang zu machen, habe ich festgestellt.

Jedes Mal, wenn ich auf einem der menschenleeren Wanderwege unterwegs bin, denke ich, wie gut, dass wir nach Tomuraushi gekommen sind. Ich bin zwar allein, aber gleichzeitig auch nicht. Ein komisches Gefühl. Auch das Wort »allein« bekommt in den Bergen eine ganz neue Bedeutung.

… ter März
Abschlussfeier

Dieses Jahr gibt es zwei Absolventen. Ayame-chan schließt die Grundschule ab, mein ältester Sohn die Mittelschule.

Ich habe mir vorgenommen, nicht zu weinen. Bei dieser denkwürdigen Abschlussfeier will ich standhaft lächeln. Doch das wird schwer. Tanaka-sensei hat jetzt schon eine rote Nase. Ich beschließe, sie während der Feier nicht anzusehen. Sonst steckt sie mich noch an.

Das Wetter an diesem Morgen ist herrlich: Die Sonne scheint, der Himmel ist blau. An der Feier nehmen nicht nur die Eltern der Absolventen teil, auch die anderen Eltern und mindestens genauso viele Leute aus dem Dorf sind da. Die kleineren Kinder, die sonst, wenn wir zur Schule kommen, auf meinen Söhnen herumturnen, tragen heute Sonntagskleidung und stehen stramm. Zu sehen, wie die Zwerge sich bemühen, meinem Sohn einen perfekten Abschied zu bereiten, rührt mich beinah mehr als das Bild meines Sohnes.

Es wird eine liebevoll von Lehrern und Schülern zusammengestellte, herzliche Abschlussfeier. Die Grußworte der Schüler und auch die Lieder, die sie zum Abschied singen, sind wunderschön. Ayames Vater, der neben mir steht, presst sich ein Taschentuch auf die Augen und weint. Dabei kommt seine Tochter doch nur in die siebte Klasse!

Der glockenhelle Gesang des Schulchors – Absolventen, Schüler und Lehrer – erfüllt die kleine Turnhalle. Als mein Sohn sich in seiner Rede dafür bedankt, dass »seine Eltern ihm diese Erfahrung ermöglicht haben«, muss mein Mann mit den Tränen kämpfen. Als mein Sohn schnurstracks auf mich zukommt – ich dachte zuerst, er wolle die Halle verlassen – und mir einen Blumenstrauß überreicht, kämpfe ich mit den Tränen.

»Ich bin stolz darauf, dass mein Name mit dieser Schule verbunden bleibt«, sagt er, und ich finde, das kann er auch sein. Die Abschlussfeier war wunderbar.

… ter März
Schulclub

Letztendlich bleibt mein Sohn bis zur allerletzten Minute im Club. Selbst nach der Abschlussfeier geht er abends noch Badminton spielen. Auch Bogey, der im Gegensatz zu seinem Bruder ein scheuer Nesthocker ist, hat sich gemausert.

»Ich hatte zu Anfang Bedenken«, sagt Kanno-sensei – er war jeden Tag der Erste beim Training, hat zu Hause trainiert und bei den Sitzungen mit leiser Stimme gesprochen – »aber Bogey ist definitiv selbstsicherer geworden.«

Ein Ausbund an Selbstsicherheit ist er sicher nicht – Bogey ist ein sehr zartes Pflänzchen – aber wenn er wirklich auch nur etwas selbstsicherer geworden sein sollte, wäre schon viel gewonnen.

Alle fünf Mitglieder des Clubs sprechen ein Grußwort. Jeder macht es auf seine Weise, und alle sind großartig.

»Wenn ich früher vor Leuten sprechen musste, war ich immer so nervös, dass ich gepatzt habe«, erzählt Momo-chan. »Seit Hiroto-kun (Name geändert) da ist und ich weiß, dass ich ruhig etwas vergessen kann, weil er es dann ergänzt, habe ich keine Probleme mehr, eine Ansprache zu halten.«

Das freut mich. Das freut mich wirklich sehr. Ich danke euch von ganzem Herzen, dass ihr meine Söhne so herzlich aufgenommen habt.

… ter März
Abschiedsparty

Ich glaube es nicht. Ich kann es einfach nicht glauben.

»Dass die Miyashitas ab morgen nicht mehr da sein sollen, ist unvorstellbar«, lacht der Rektor. Sein Blick ist ernst. »Wahrscheinlich werde ich mir noch tagelang einbilden, der blaue Hiace stünde vor dem Haus und fünf Miyashitas stiegen aus.«

Bitte, lassen Sie's gut sein. Sonst fange ich gleich an zu weinen, sagt mein Mann.

… ter März
Disneyland

Auf der Abschiedsparty unterhalte ich mich mit verschiedenen Leuten.

»Wir kommen euch besuchen«, sagt einer zu mir, »wir sind große Fans von Disneyland.«

Disneyland? Welches Disneyland? Das in Chiba?

Fukui wird oft mit Fukuoka verwechselt, es wäre nicht komisch, wenn auch hier ein solcher Irrtum vorläge, aber weder Fukui noch Fukuoka liegt in der Nähe von Disneyland, ganz im Gegenteil! Aber vielleicht ist es auch kein Irrtum. Die Bewohner von Hokkaido verlassen ihre Insel nur selten. Wenn sie innerhalb Japans verreisen, dann zumeist für eine Hochzeit, eine Beerdigung oder eben Disneyland (vermute ich). Chiba liegt näher an Fukui als Shiretoko* an Hakodate (vermute ich).

Ich würde mich sehr freuen, wenn ihr uns im Anschluss an Disneyland besuchen würdet. Fukui wartet auf euch!

… ter März
Verabschiedung

Die Umzugskisten sind gepackt, jetzt muss nur noch das Haus, in dem wir ein Jahr gewohnt haben, geputzt werden. Eigentlich wollten wir zum Abschluss mit den Kindern noch einen Spaziergang machen oder einen guten Kaffee trinken, aber dafür ist keine Zeit. Wenn Masumi und Junko nicht so fleißig mitgeräumt und mitgeputzt hätten, wären wir immer noch nicht fertig. Wie immer haben wir anderthalbmal so lang gebraucht wie geplant.

Die Verabschiedung ist um 14.00 Uhr. Als wir etwas verspätet am Treffpunkt ankommen, sind fast alle schon da. Ich dachte, wir würden vielleicht von ein paar Leuten verabschiedet, aber weit gefehlt! Nicht nur die anderen Gastfamilien sind da, sondern sämtliche Schüler nebst Familien, alle Lehrer und zahlreiche Leute aus der Gegend.

Mein Mann verabschiedet sich mit geröteten Augen. *Kein Grund zu weinen, es ist kein Abschied für immer*, denke ich, während ich die Gesichter der vielen Menschen betrachte, die mir im vergangenen Jahr ans Herz gewachsen sind. Bis gestern war ich noch eine von ihnen. Jetzt stehe ich auf der anderen Seite. Auch mir fällt der Abschied schwer.

… ter März
Der Spielplatz der Götter

Da die Kinder dem Hiace hinterherlaufen, nehmen wir nur langsam Fahrt auf. *Danke! Tschü-üss! Bis bald!* Dann gibt sich mein Mann einen Ruck und drückt aufs Gaspedal. Erst als wir den See am Fuße der Berge erreichen, sehen wir zurück. Durch die Wolken fällt genau ein Strahl Sonne. Ich bin sicher, er fällt auf den Spielplatz der Götter. Diesen hellen, starken, göttlichen Ort. Wo wir Menschen leben, geschehen gute und weniger gute Dinge, aber da, wo die Sonne strahlt, funkelt das Leben.

Während wir den See entlangfahren, wird mir schon so wehmütig zumute, dass ich heulen könnte. *Wollen wir nicht doch umkehren und einfach ins nächste Schuljahr starten?* Bin ich versucht zu sagen, aber ich sage nichts.

Eine Weile herrscht Schweigen im Wagen. Nachdem wir uns im Einwohnermeldeamt abgemeldet haben, wollen wir uns auf den Weg nach Tomakomai machen (von dort gibt es eine Fähre nach Tsuruga*). Doch vor dem Amt haben sich die Kuttari Juniors versammelt. Freudestrahlend geht mein Sohn zu ihnen. Sie sind extra gekommen, um sich von ihm zu verabschieden. Was für eine Herzenswärme! Danke! Vielen, vielen Dank!

APRIL
WIR SEHEN UNS WIEDER

Wir sind zurück in Fukui. Wir sind wirklich zurück in Fukui.

Wieder hier zu sein, fühlt sich ganz merkwürdig an. Obwohl das letzte Jahr so intensiv und ausgefüllt war, kommt es mir so vor, als sei es nur ein Traum gewesen. Haben wir uns Tomuraushi nur eingebildet? Oder ist umgekehrt Fukui die Parallelwelt, und wir leben immer noch in den Bergen, wo ich heute wieder im Schnee spazierengehe und den ersten Huflattich pflücke?

… ter April
Willkommen zurück

Ich bin erstaunt, wie herzlich man uns zu Hause willkommen heißt.

»Wie schön, dass ihr wieder da seid«, hört man nicht nur im Freundeskreis, sondern auch in der Schule und in den Geschäften.

»Danke, wir freuen uns auch!«

Dieser belanglose Austausch macht mich froh.

»Ihr seid tatsächlich wieder zurückgekommen«, wundern sich

viele auch. *Dabei hattet ihr doch so viel Spaß in Hokkaido.* Das stimmt. Wir hatten so viel Spaß, dass wir selbst nicht sicher waren, ob wir zurückkommen würden oder nicht.

Aber wir sind zurückgekommen. Was umgekehrt heißt: Wir haben ein Jahr in Hokkaido gelebt. Wie schön wäre es, wenn man uns dort irgendwann auch wieder so herzlich willkommen heißen würde.

… ter April
Die Entdeckung des Regens

Es regnet. Irgendwie erfrischend. *Aber warum?* Ich denke nach. Dann fällt es mir ein. In den Bergen hat es ab Mitte Oktober – wie es sich gehört – nur noch geschneit. Mein letzter Regen ist ein halbes Jahr her. Privileg des Hokkaido-Heimkehrers. Regen ist auch schön, denke ich.

… ter April
Schulclub

Ich melde meinen Sohn an der hiesigen Mittelschule an. Von sich aus fragt Bogey den Lehrer, der den Badmintonclub betreut, ob er vielleicht schon in den Ferien am Training teilnehmen dürfe. Nicht, weil er selbstsicher ist, sondern weil er gerade nicht selbstsicher ist, vermute ich. So zurückhaltend, wie er ist, will Bogey sich durch das Training wahrscheinlich nur so schnell wie möglich an die neue

Schule gewöhnen. Sich für das neue Schuljahr wappnen. Das finde ich rührend. Der Betreuer hat freundlicherweise nichts dagegen, dass Bogey sofort am Training teilnimmt. Ich drücke meinem Sohn die Daumen!

… ter April
Es geht los

Die Kinder haben ihren ersten Schultag. Sohn Nr. 1 an der Oberschule, Bogey an der Mittel- und meine Tochter an der Grundschule. Mein Mann hat seinen ersten Arbeitstag. Der Himmel ist blau, und die Kirschblüte steht in voller Pracht. Es ist Frühling.

In den Bergen dürfte der See noch gefroren sein und die Kirschbäume nackt. Vielleicht liegt sogar Schnee. Auf meine Mail, in der ich gleichzeitig von der Einschulung berichte, kommt postwendend die Antwort: »Hier herrscht Schneesturm!«

… ter April
Temperatur

Als Hokkaido-Heimkehrer sollte ich das vielleicht nicht so laut sagen, aber mir ist kalt. In Fukui ist es auch nicht gerade warm.

Auf der Straße begegne ich einer Bekannten. »Na hör mal«, ruft sie mir über die Gleise hinweg zu. »Für einen Wintermantel ist es doch nun wirklich zu warm!«

Aber wenn mir doch kalt ist!

… ter April
Coop

Der junge Mann, der die Waren ausliefert, ist derselbe wie vor einem Jahr.

»O mein Gott«, ruft er genauso aufgedreht wie früher. »Dein Bruder geht schon zur Oberschule! Kaum zu glauben, wie schnell die Zeit vergeht. Du warst doch gestern erst so (sagt er, und hält eine Hand in Hüfthöhe) und bist da draußen rumgeflitzt.«

Nein, nein, Bogey war schon letztes Jahr kein Grundschüler mehr.

… ter April
Umstellung

Auch in Tomuraushi beginnt ein neues Schuljahr. Der Rektor, Miyoshi-sensei und Izumino-sensei sind versetzt worden. Die drei Miyashita-Kinder sind fort, Kogomi-chan vom Viehhof ist aus dem Kindergarten in die erste Klasse gekommen, und eine neue Gastfamilie gibt es auch. Die Kinder, ein Zwillingspaar, gehen in die fünfte Klasse. Mit anderen Worten: drei Kinder ab, drei Kinder dazu. Plus minus null. Wunderbar!

Auch Yūki, der allseits beliebte Verwaltungsangestellte, kann Gott sei Dank bleiben. Für einen Verwaltungsangestellten braucht die Schule fünfzehn Kinder. Eins weniger, und die Stelle fällt weg.

Auch die Klasse meiner Tochter, von der ich befürchtet hatte, sie würde auf drei Kinder schrumpfen, hat nun fünf Schüler und kann auch dieses Jahr wieder beim Städtischen Leichtathletikturnier an der 4-mal-100-Meter-Staffel teilnehmen. Gott sei Dank!

… ter April
Stufeneinteilung an der Mittelschule

In Tomuraushi gibt es dieses Jahr vier Mittelschüler: Ayame-chan, der Neuzugang von der Grundschule, in der siebten, zwei Schüler in der achten und einer in der neunten, allesamt Mädchen.

Wie da wohl unterrichtet wird? Fasst man die Siebt- und Achtklässlerinnen zusammen, bleibt die Neuntklässlerin allein, fasst man die Acht- und Neuntklässlerinnen zusammen, ist die Siebtklässlerin allein. Weder das eine noch das andere eine schöne Aussicht … Aber Tomuraushi wäre nicht Tomuraushi, wenn man nicht auch dafür eine Lösung finden würde! Dieses Jahr werden die Klassen sieben und neun zusammengelegt. Ayame-chan kommt in eine Klasse mit Nonchan. Was für eine geniale Idee! Das wird ganz sicher hervorragend funktionieren. Momo-chan und Nana-chan bilden zusammen die andere Stufe. Toll, welche Freiheiten man in Tomuraushi genießt.

… ter April
Wanzen

Vom Konrektor bekomme ich die Nachricht, dass man dieses Jahr unter einer Wanzenplage leide. *Wanzen, hahaha, wie unschön,* amüsieren wir uns. Wir haben während unserer Zeit in Tomuraushi, wenn ich jetzt so darüber nachdenke, wenig Last mit Insekten gehabt. Gut, Gnitzen einmal ausgenommen. Die hat man jedes Jahr. Ach ja, einmal gab's Geschrei wegen einer Horde Motten im Haus. Stimmt. Und dann waren da noch die Heuschrecken, die einem im Herbst beim Spazierengehen ins Gesicht gesprungen sind. Die haben genervt!

Aber eine »Plage« ist etwas anderes. Vorletztes Jahr soll es so viele Heuschrecken gegeben haben, dass man sich draußen Augen, Nase und Mund habe zuhalten müssen. Vorvorletztes Jahr habe es eine Mottenplage gegeben. Bäume, Strommaste und Hauswände seien von Schwammspinnern nur so übersät gewesen. Was für eine Vorstellung! Nur letztes Jahr war nichts. Wir hatten Glück. Wahrscheinlich sogar Riesenglück.

… ter April
Anziehungskraft

Obwohl wir schon Mitte April haben, habe ich mich immer noch nicht an die Umgebung gewöhnt. An manchen Tagen wache ich morgens auf und weiß nicht, wo ich bin. Im Daisetsuzan-Nationalpark oder in Fukui. Bin ich verrückt? Nein, ich glaube, die Anziehungskraft der Berge ist einfach zu stark. Die Bergluft war wirklich köstlich. Wieder hier zu sein, fühlt sich manchmal komisch an.

… ter April
Morgens

In Tomuraushi sind die Kinder zusammen zur Schule gegangen. Hier gehen sie jeder für sich. Grundschule, Mittelschule, Oberschule. Die Kinder verlassen das Haus zu verschiedenen Zeiten. Jedes ist jetzt auf sich allein gestellt. Das ist natürlich völlig normal, aber auch ein bisschen schade.

… ter April
Wildgemüse

Mein Vater, der sehnsüchtig auf unsere Rückkehr gewartet hat, ist ganz wild darauf, sich von den Kindern erzählen zu lassen, wie das Jahr in Tomuraushi war. *Ob denn nichts komisch gewesen sei*, fragt er.

»Was mich am Anfang voll geschockt hat«, sagt Sohn Nr. 1, der die Steilvorlage gerne annimmt, »war, dass man das Gras vom Wegrand isst.«

»Was?«

Doch kein Gras! Wildgemüse. Das wird gepflückt, gewaschen, frittiert und gegessen. Was ist denn daran schockierend?

»Ich dachte, haben die hier keine Angst vor Echinokokken, oder was?«

Aber man riecht doch, ob ein Tier auf das Gemüse gepinkelt hat! Also, bei Bogey könnte ich solche Sorgen ja verstehen, aber dass Sohn Nr. 1 sich diese Gedanken gemacht hat, wundert mich. Ich ärgere mich, dass ich mit den Kindern vor unserem Jahr in Tomuraushi nie Wildkräuter sammeln war, obwohl es von Fukui nicht weit in die Berge ist. Auf Echinokokken werde ich uns trotzdem untersuchen lassen.

… ter April
Auftritt Graf Schnuffi

Wie sich herausstellt, existiert Graf Schnuffi, der imaginäre Hund meiner Kinder, tatsächlich. Meine Tochter, die in ihrer Freizeit mit Vorliebe durch Tierhandlungen streift, hat ihn entdeckt. *Ich habe Graf Schnuffi gesehen*, sagt sie, und da sie so insistiert, gehe ich schließlich mit und entdecke – zu meiner Überraschung – tatsächlich Graf Schnuffi. Ein weißer Shiba,* gerade einmal zwei Monate alt. Graf Schnuffi von Miyashita, wie er leibt und lebt.

In den Bergen hat man immer das Gefühl, von Tieren umgeben zu sein. Man spürt sie hinter den Bäumen und hier und da auf und unter der Erde.

In der Stadt vermisse ich dieses Gefühl. Das Tierische von Graf Schnuffi kommt da gerade recht. Unsere Begegnung ist geradezu schicksalhaft. Den Hund auf dem Arm gehen wir nach Hause.

»Wischpieh, Graf Schnuffi.«

O nein, bitte dem Hund nicht diese Kommandos beibringen! Und überhaupt: Heißt »wischpieh« nicht »bring die Sojasauce«?

… ter April
Leichte Verwirrung

In der vierten Klasse beschäftigen sich die Schüler in ganz Japan offenbar mit der Region, in der sie leben. Meine Tochter hat sich im letzten Jahr mit Tokachi auseinandergesetzt. Sie hat etwas über die Städte, die Berge, die Flüsse, die wichtigsten Industriezweige, die Bevölkerung und anderes mehr gelernt. Aber jetzt sind wir in Fukui. Hier gibt es kein Daisetsu-Hochland oder einen Fluss namens Tokachi. Deshalb sei sie mit den Aufgaben in Gesellschaftskunde einfach nicht klargekommen, sagt sie.

»Alle wissen über Fukui Bescheid. Nur ich nicht. Selbst mit ›Eurasien‹ konnte ich nichts anfangen.«

Okay, Eurasien hat mit Tokachi nur wenig zu tun, aber mit Fukui auch nicht viel mehr, würde ich meinen. *Kein Grund zur Sorge, Töchterchen!*

… ter April
Rechnen

Das Kinn in die Hände gestützt, brütet meine Tochter über ihrer Rechenaufgabe.

»Findest du, 71 ist eine gute Zahl?«

»Ich verstehe nicht.«

»1012 ist eine gute Zahl, finde ich, aber 71?«

Was in aller Welt meint sie damit?

… ter April
Besprechung

In Fukui ist es wieder einfacher, Aufträge hiesiger Firmen anzunehmen. Ich soll den Text für das »Tonbilderbuch« schreiben, ein Konzert für das Koshino-Ruby*-Musikfestival. Die musikalische Leitung obliegt Yasuhiro Katsumatsu*, einem Komponisten, den ich immer schon mochte. Mich ehrt allein die Besprechung mit ihm! Zu meinem Text sollen verschiedene Stücke geschrieben werden. Ist das nicht großartig? Ich freue mich, dass ich zur Abwechslung mal nicht alleine, sondern in einem Team arbeite.

… ter April
Ein Sonntag, an dem ein jeder seiner eigenen Wege geht

Es ist Sonntag. Mein Mann ist zu einem Barbecue mit Arbeitskollegen unterwegs. Gäste seien auch willkommen.

Meine Söhne sind Badminton spielen, meine Tochter hat Besuch von einer Schulkameradin.

Es ist lange her, dass die Familie einen Sonntag getrennt verbringt. In Tomuraushi waren wir immer zusammen. Uns blieb nichts anderes übrig, unabhängig davon, ob das nun gut oder schlecht ist. Es war ein sehr intensives Jahr, finde ich. Ach ja, falls Sie, lieber Leser, überlegen sollten, ein Jahr in den Bergen zu verbringen, denken Sie daran: Wenn Sie sich untereinander in der Familie gut verstehen, werden Sie großen Spaß haben. Falls Sie sich allerdings nicht so gut verstehen sollten, könnte es hart werden! Ich weiß, wovon ich spreche, ich bin ein alter Hase!

»Es war schön. Das nächste Mal fahren wir alle zusammen«, sagt mein Mann, als er am Abend von seinem Barbecue nach Hause kommt. Ich traue meinen Ohren nicht. Mein Mann hat sich in den Bergen wahrscheinlich am meisten verändert. Früher war er so ungesellig, dass er Fremden gegenüber die Zähne nicht auseinanderkriegte. Ich bin beeindruckt. Ein Mensch kann sich auch im Alter noch ändern.

… ter April
Und wieder Hokkaido

Mein Mann hat gerade wieder angefangen zu arbeiten und sich, das hoffe ich wenigstens, ein bisschen eingelebt, als er schon wieder nach Hokkaido fährt. Nur kurz allerdings. Für einen gut zwei Wochen dauernden Job. Es ist auch nicht sein Wunschort. Sondern diesmal muss er scheinbar ganz weit in den Norden. Ich kann kaum fassen, wie Hokkaido-verrückt er ist. Auf die Frage, was seine hiesige Arbeitsstelle dazu sage, erwidert er: »Sie halten mir den Posten frei. Ich soll ruhig fahren.«

Na, die sind ja verständnisvoll!

»Ihr kommt doch in der Goldenen Woche, oder?« sagt mein Mann wie selbstverständlich, aber die Goldene Woche der Kinder ist so löchrig wie ein Schweizer Käse. Außerdem haben sie Badminton. Schmerzlich wird mir bewusst, wie kostbar dieses Jahr in Tomuraushi war. So schnell wird die Familie keine gemeinsamen

Abenteuer mehr erleben. Im selben Moment fällt mir glücklicherweise wieder ein, dass der Gott der Gelegenheit ein Struwwelpeter ist. Die Gelegenheit wird schon noch kommen. Ganz bestimmt.

Diesmal klappt es leider nicht. Mein Mann besteigt unseren Bulli allein. Wir stehen da und sehen ihm nach. Hiroto (Name geändert), Bogey, Böhnchen (Name geändert), Graf Schnuffi und ich. *Irgendwann,* denke ich, irgendwann werden wir wieder alle zusammen in den Hiace steigen und nach Norden aufbrechen. Nicht vielleicht, nicht hoffentlich, sondern ganz bestimmt. Wir sehen uns wieder. Ganz bestimmt!

ANMERKUNGEN

Ainu – Ureinwohner von Hokkaido und Nordjapan

Akan International Crane Center – in Kushiro; Museum; zugleich Brut- und Schutzzone für Mandschurenkraniche

Akasaka-Palast – *Akasaka rikyū*; die Kaiserliche Residenz von Akasaka (Tokyo); 1909 neobarock umgebautes Palastgebäude von 1872, das nach WK II zeitweise die Parlamentsbibliothek beherbergte und seit 1967 als staatliches Gästehaus dient

Akita – im Norden von Honshu gelegene Groß- und Hafenstadt sowie Verwaltungssitz der gleichnamigen Präfektur

Allermannsharnisch – *gyōja ninniku*, in Hokkaido auch: *ainu·negi* (»Ainu-Lauch«); *Allium victorialis* subsp. *platyphyllum*

Aogeba tōtoshi – »Ehre den Lehrern«; bei Abschlussfeiern gesungenes Schullied, mit dem sich die Absolventen bei ihren Lehrern bedanken. Text und Melodie sollen auf den »Song for the Close of School« aus dem 1871 in Amerika erschienenen Musikbuch *The Song Echo* zurückgehen

Aralie – *tara no me*; die essbaren, jungen Blattknospen der Japanischen Aralie (*Aralia elata*)

Arschloch – *daihinmin*; in Deutschland auch als »Bimbo«, »Bettler« oder »Neger« bekanntes Kartenspiel, bei dem es darum geht, als erster seine Karten abzulegen, um »Präsident« oder »König« zu werden; der Verlierer wird »Arschloch«

Ashoro – s. Urahoro

Atami – für ihre Thermalbäder bekannte Stadt in der Präfektur Shizuoka; etwa 100 km mit dem Auto von Tokyo entfernt

Ausweis – da Japaner keine Personalausweise haben, weisen sie sich in der Regel mit dem Führerschein aus

Bento – Lunchpaket

Bittergurke – *gōyā*; ryukyuanisch dialektale Bezeichnung für *tsuru-reishi*; *Momordica charantia*; warzige Gemüsegurke mit sehr bitterem Geschmack

Black Jack – Manga des jap. Zeichners Osamu Tezuka aus den Jahren 1973 bis 1983; zählt zu den einflussreichsten japanischen Comics der 1970er-Jahre

Blauer Eisenhut – *torikabuto*; eigentlich: der Japanische Eisenhut (*Aconitum japonicum*)

Blue Hearts – Mitte der 80er Jahre gegründete jap. Punkband (1995 aufgelöst)

Braunbär – *higuma*; *Ursus arctos*

Chihayafuru – Manga der jap. Zeichnerin Yūki Suetsugu um die Oberschülerin Chihaya Ayase, die professionelle *hyakunin-isshu*-Kartenspielerin werden möchte; s. *Hyakunin isshu*

Chihiro – Hauptfigur des Anime *Chihiros Reise ins Zauberland* (Regie: Hayao Miyazaki)

Chiisana koi no uta – »Lied von einer kleinen Liebe«; 2001 von der Rockband MONGOL800 produzierter Song

Club – Schulclubs oder -arbeitsgemeinschaften der verschiedensten Art – Sport, Musik, Kochen, Astronomie usw. –, an denen die Schüler nach der Schule teilnehmen. Praktisch jeder Schüler gehört mindestens einem Club an. Vor allem die Sportclubs nehmen aufgrund der zahlreichen interschulischen Wettbewerbe sehr viel Zeit in Anspruch. Vergleichbar mit deutschen Vereinen

Conan – *Detektiv Conan* (OT: *meitantei konan*); Manga des jap. Zeichners Gōshō Aoyama

Daisetsuzan-Nationalpark – 1934 eingerichteter und mit knapp 2268 km² größter japanischer Nationalpark

Das gelbe Taschentuch – Film von Yōji Yamada mit Ken Takakura und Kiyoshi Atsumi; OT: *Shiawase no kiroi hankachi* (1978)

Dolly-Varden-Forelle – *oshorokoma*; *Salvelinus malma*

Doraemon – Hauptfigur des gleichnamigen Manga des Zeichnerduos Fujiko Fujio

Dragonball – Manga des jap. Zeichners Akira Toriyama

DREAMS COME TRUE – 1988 gegründete jap. Band

Duel Masters – Manga des jap. Zeichners Shigenobu Matsumoto

Eichelhäher – *kakesu*; *Garrulus glandarius*

Einer fehlt – *dareka ga tarinai*; 2011 bei Futabasha erschienen

Exile – 1999 als J Soul Brothers gegründete und 2001 in EXILE umbenannte 19-köpfige japanische Pop- und Tanzgruppe

Faust aufs Auge – die Landesmeisterschaft der Oberschulen findet traditionell in den Sommerferien statt, aber das Schlagen der Nachtigallen wird nicht mit Sommer, sondern mit Frühling assoziiert

Fiedelköpfe – *kogomi*; andere Bezeichnung für *kusa-sotetsu* = der

Europäische Straußfarn (*Matteuccia struthiopteris*); wegen der eingerollten Gestalt der jungen Triebe »Fiedelköpfe« genannt

Flügelknöterich – *itadori*; der Japanische Flügelknöterich (*Polygonum cuspidatum*)

Fumio Yamamoto – Schriftstellerin, geb. 1962

GeGeGe no Kitarō – Manga des jap. Zeichners Shigeru Mizuki um eine Reihe von Geistern, insb. den einäugigen Kitarō

Gejagt – *momijigari;* wörtlich: die Jagd (*kari*) nach buntem Herbstlaub (*momiji*), i. e. der Ausflug zum Betrachten der bunten Blätter im Herbst

Ghibli – Studio Ghibli; jap. Zeichentrickfilmstudio, das u. a. die bekannten Anime *Mein Nachbar Totoro, Prinzessin Mononoke, Chihiros Reise ins Zauberland* und *Das wandelnde Schloss* produzierte

Ginza – exklusive Einkaufsstraße in Tokyo

Gnitze – *nukaka*; Gesamtbezeichnung der zur Familie Gnitzen bzw. Bartmücken (*Ceratopogonidae*) gehörigen Mücken

Goldene Woche – *gōruden wīku*; zusammenhängende Reihe von Feiertagen Ende April / Anfang Mai, die von vielen Japanern für einen Urlaub genutzt wird

Goldfische schöpfen – *kingyō-sukui*; das Goldfischschöpfen (zur Unterhaltung auf Jahrmärkten etc.)

Greingreislein – *konaki-jijī*; »weinender alter Mann«, jap. Geist in Gestalt eines Babys (mit dem Kopf eines Greises), das sich in einen Stein verwandelt, sobald man es auf den Arm nimmt, und den Träger erdrückt

Grund- und Mittelschule – Das japanische Schulsystem besteht im wesentlichen aus Grundschule (6 Jahre), Mittel- und Oberschule (jeweils 3 Jahre). Das Schuljahr beginnt im April und gliedert sich traditionell in Trimester. In der Regel haben die Kinder montags bis freitags von 8.30 Uhr bis 15.00 Uhr Schule, danach besuchen sie einen Schulclub. Sitzenbleiben, i.e. das Wiederholen einer Klasse, ist nicht vorgesehen. Die Zulassung wird i.d.R. durch Eingangsprüfungen geregelt

Habutae-mochi – seidige, rechteckige Scheiben aus Reismehlteig und Zucker; Spezialität aus Fukui (*habutae* = die Habotai-Seide)

Hakone – für ihre Thermalbäder und die Ausblicke auf den Fuji bekannte Stadt in den Bergen westlich von Tokyo

Hatsumōde – der erste Schrein- bzw. Tempelbesuch des Jahres (an oder nach Neujahr)

Hatsune Miku – im Auftrag des Medienunternehmens Crypton Future Media von dem Mangazeichner und Illustrator KEI entworfene virtuelle Figur (Vocaloid-Figur)

Hausaufgaben – über die Sommerferien bekommen Schüler in Japan meist umfangreiche Hausaufgaben

Heli – Missverständnis wegen der lautlichen Ähnlichkeit von *herī* (Helikopter) und *ferī* (Fähre; engl. *ferry*); »f« ist im Japanischen ein Hauchlaut

Hentaigana – unübliche Hiraganavarianten

Hiace – Toyota Hiace; von Toyota produzierter Kleinbus

Hiragana – Silbenalphabet; vgl. *kanji*

Hokkaidō Shinbun – regionale Tageszeitung

Huflattich – *fuki*; die Japanische Pestwurz, der Falsche Huflattich, der Große Huflattich (*Petasites japonicus*); verzehrt wird die Blütenknospe (*fuki no tō*)

Hyakunin isshu – »hundert Personen, (je) ein Gedicht«; Bezeichnung für eine Anthologie mit 100 Gedichten von 100 Dichtern. Bezieht sich heute in der Regel auf die auch *ogura hyakunin isshu* genannte, von Fujiwara no Sadaie (1162–1241) zusammengestellte Anthologie mit 100 Gedichten; auch Bezeichnung für ein später entstandenes Kartenspiel, bei dem die Spieler zu dem vom Spielleiter vorgelesenen Oberstollen eines der Gedichte möglichst schnell die Karte mit dem dazugehörigen Unterstollen finden müssen

Isshōkenmei – Titelsong der Sendung *Hamonepu* (kurz für *hamonepu-riigu*); moderiert vom Komikertrio Neptune (Jun Nagura, Taizō Harada und Ken Horiuchi)

Jakkul – Reittier aus dem Anime *Prinzessin Mononoke*; als Vorlage diente ein Steinbock

Japanese Black – *kuroge wagyū*; jap. Schwarzrindrasse

JoJo – *jojo no kimyō na bōken*; *JoJo's Bizarre Adventure*, Manga des jap. Zeichners Hirohiko Araki

Kakigōri – fein geraspeltes bzw. geschabtes Wassereis mit Sirup

Kamishibai – Schiebebildtheater (wörtlich: Papiertheater), bei dem der Vorführer anhand einer Folge von Bildern, die in einem bühnenähnlichen Rahmen präsentiert werden, eine Geschichte erzählt

Kanazawa – die Entfernung zwischen Fukui und Kanazawa beträgt mit dem Auto etwa 100 km

Kanji – sinojap. Schriftzeichen; die jap. Schrift ist eine Mischschrift aus sinojap. Schriftzeichen und Silbenschriftzeichen (Hiragana und Katakana)

Katakana – insb. für Fremdwörter, (Tier- und Pflanzen-)Namen und onomatopoetische Ausdrücke verwendete Silbenschrift; vgl. *kanji*

Katsudon – mit einer süß-sauren Sauce serviertes Schweineschnitzel auf Reis

Ken Takakura – Schauspieler (1931–2014); spielte u. a. in *Yakuza* (1974,) *Black Rain* (1989) und *Mr. Baseball* (1992); gilt als »Japans Clint Eastwood«

Kiki – Hauptfigur des Anime *Kikis kleiner Lieferservice* (Regie: Hayao Miyazaki)

Kimchi-nabe – bei Tisch in einem Keramiktopf gekochter Eintopf aus Fleisch, Gemüse, Tofu und Kimchi (milchsauer vergorenes Gemüse, insb. Chinakohl; Spezialität der koreanischen Küche)

Kimiko Kitaōji – Schriftstellerin und Essayistin, geb. 1963

Kiyoshi Atsumi – Schauspieler (1928–1996); bekannt durch seine Rolle als Tora-san in der Serie *Otoko wa tsurai yo* (»Männer haben's schwer«) des jap. Regisseurs Yōji Yamada

Kōhaku – *kōhaku uta gassen*; der Kōhaku-Gesangswettstreit (seit 1953 Bestandteil des NHK-Silvesterprogramms in Radio und TV)

Kolumne – die im *Spielplatz der Götter* versammelten Einträge erschienen von Mai 2013 bis Juni 2014 zuerst als Kolumne in der Zeitschrift *Shōsetsu Hōseki*

Koro-pok-guru – mythisches Volk kleinwüchsiger Menschen (im Volksglauben der Ainu)

Koshino-Ruby – Tomatensorte; Spezialität aus Fukui

Kōya-san – der Berg Kōya (Präfektur Wakayama) bzw. der dortige Tempel (Kongōbuji)

Kumiko Ogura – Badmintonspielerin, geb. 1983; bildete zusammen mit Reiko Shiota (geb. 1983) das Doppel »Ogushio«

Kusudama – bunt verzierte, als Festdekoration aufgehängte Papierbälle, oft mit Konfetti o. ä. gefüllt

Kuttari – etwa 17 km mit dem Auto von Tomuraushi entfernte Ortschaft

Lupin III – Manga des jap. Zeichners Monkey Punch um den genialen Dieb und Meister der Verkleidung Lupin

Mahjongg – in Japan populäres, ursprünglich chinesisches Vierpersonenspiel mit Spielsteinen

Mandschurenkranich – *tanchō*; *Grus japonensis*

Matsumoto – Stadt in der Präfektur Nagano

Michiko Yazuki – Schriftstellerin, geb. 1970

Mitsuba – *Cryptotaenia japonica*; Küchenkraut aus der Familie Doldenblütler

Miwa Yoshida – Musikerin und Leadsängerin der Band DREAMS COME TRUE, geb. 1965 in Hokkaido

Miyuki Nakashima – Songwriter, Sängerin und Radio-Moderatorin, geb. 1952 in Hokkaido

Nabe – bei Tisch in einem Keramiktopf gekochter Eintopf aus Fleisch oder Fisch, Gemüse, Tofu usw.

Nama-yatsuhashi – mit rotem Bohnenmus gefüllte Teigtaschen aus Reismehl, Zucker und Zimt; Spezialität aus Kyoto

Nausicaä – Hauptfigur des Manga (später auch Anime) *Nausicaä aus dem Tal der Winde* von Hayao Miyazaki

Nayoro – im Norden Hokkaidos gelegen; Entfernung von Tomuraushi etwa 250 km mit dem Auto

Niigata – auf Höhe von Fukushima an der Japansee gelegene

Großstadt und Verwaltungssitz der gleichnamigen Präfektur

O-Bon – das nach dem Mondkalender meist um den 15. Tag des 7. Monats begangene (buddhistische) Totenfest

Ofen – Petroleumofen

Ohngesicht – Figur aus dem Anime *Chihiros Reise ins Zauberland*

Ohrenloser Hōichi – *hōichi miminashi*; blinder buddhistischer Lautenspieler, dem eines Nachts eine Stimme befiehlt, mitzukommen und einer erlauchten Samurai-Gesellschaft etwas vorzuspielen. Wie sich später herausstellt, wird der Blinde aber nicht in einen Palast, sondern auf den Friedhof geführt, wo er vor schwebenden Flammenzungen spielt. Seine Tempelbrüder, die ihm gefolgt sind, versehen seinen Körper zum Schutz vor den Geistern mit heiligen Symbolen, vergessen aber seine Ohren. Diese reißt ihm der Geisterbote, der ihn auch in der folgenden Nacht abholen will, ab

Okinawa – für ihr tropisches Klima, breite Strände und Korallenriffe bekannte südlichste Präfektur Japans

Onsen – die heiße Quelle, die Thermalquelle

Pferderennen – hier: das Ban'ei-Pferderennen in Obihiro

Pflaumen – *sumomo*; die Chinesische Pflaume, die Japanische Pflaume (*Prunus salicina*)

Prinzessin Mononoke – Hauptfigur des Anime *Prinzessin Mononoke* (Regie: Hayao Miyazaki)

Rikubetsu – mit dem Auto knapp 150 km entfernte, östlich von Tomuraushi gelegene Stadt

Rotfuchs – *kita-kitsune*; der Rotfuchs *Vulpes vulpes schrencki*

Sahoro-See – mit dem Auto ca. 35 km von Tomuraushi entfernt

Scharlachwein – *yamabudō*; die Rostrote Rebe (*Vitis cognetiae*)

Schneefest – jährlich Anfang Februar in Sapporo stattfindendes, Millionen von Besuchern anlockendes Eisskulpturen-Fest

Scholé No. 4 – *Sukōre No. 4*; 2007 im Verlag Kōbunsha erschienen

Schulindex – *hensachi*; der Abweichwert (als Potential- u. Leistungsindikator); bezieht sich auf das statistische Mittel der Normalverteilung (50). Bei einem Wert von 65 ist man besser als 95 % der geprüften Schüler

Seicomart – lokale Minimarkt-Kette in Hokkaido

Setsubun – der Tag vor Frühlingsanfang (nach dem Sonnenkalender um den 3. Februar), an dem abends durch Werfen oder Ausstreuen von Bohnen die bösen Geister aus dem Haus vertrieben werden und das Glück eingeladen wird, hereinzukommen

Shabushabu – Brühfondue mit hauchdünn geschnittenem Fleisch, traditionell vom Rind, und Gemüse, das nach dem Garen in eine Sauce getaucht und mit Reis gegessen wird

Sheeta – Hauptfigur des Anime *Das Schloss im Himmel* (Regie: Hayao Miyazaki)

Shiba – *shiba-inu*; der Shiba (jap. Hunderasse)

Shikaoi – circa 40 km mit dem Auto von Tomuraushi entfernt

Shimo no ku karuta – wörtlich: »Kartenspiel mit dem Unterstollen«

Shingen-mochi – Reisküchlein (*mochi*) serviert mit dunklem Zuckersirup (*kuromitsu*) und geröstetem Sojabohnenmehl (*kinako*)

Shiota – Reiko Shiota, Badmintonspielerin, geb. 1983; s. Kumiko Ogura

Shiretoko – circa 680 km von Hakodate entfernt, im Osten Hokkaidos gelegen

Shōsetsu Hōseki – seit 1968 monatlich vom Verlag Kōbunsha herausgegebene Literaturzeitschrift, die in erster Linie Erzählungen und Romane druckt

Sikahirsch – *ezo-shika*; *Cervus nippon hortulorum*

Silver Spoon – *gin no saji* (»Der silberne Löffel«); Manga von Hiromu Arakawa; auch als Anime

Singzikade – *ezo-haruzemi* (»Hokkaido-Frühjahrszikade«); die Singzikade *Terpnosia nigricosta*

Soba – jap. Buchweizennudeln

Stint(angeln) – *wakasagi;* der Stint *Hypomesus transpacificus nipponensis*

Surume – getrockneter und in Streifen geschnittener Tintenfisch; wird als Snack verzehrt

Tag der Volljährigkeit – *seijin no hi*; gesetzlicher Feiertag am zweiten Montag im Januar zur Feier der »neuen« Volljährigen (i. e. der 20 Jahre alt gewordenen jungen Leute)

Takinoue – Teshikaga (knapp 200 km mit dem Auto von Tomuraushi entfernt, im Osten Hokkaidos gelegen), Abashiri (knapp 200 km mit dem Auto, nordöstlich von Tomuraushi), Monbetsu (circa 240 km mit dem Auto, nördlich von Tomuraushi), Maruseppu (circa 190 km mit dem Auto, nördlich von Tomuraushi) und Takinoue (circa 210 km mit dem Auto, nördlich von Tomuraushi)

Takoyaki – kleine, mit einem Stück Oktopus gefüllte, in speziellen

(Waffel-)Eisen ausgebackene Teigbällchen; in der Regel mit Sauce, Mayonnaise, Bonito-Flocken und getrocknetem *aonori* (Grüntang) serviert

Tanabata – das Tanabata-Fest, das Sternenfest; am Abend des 7. Tages des 7. Monats begangenes Fest, an dem das himmlische Webermädchen (*Orihime*; der Stern Wega) der Legende nach ihren Geliebten, den Kuhhirten (*Hikoboshi*; der Stern Altair), von dem sie das ganze Jahr über getrennt ist, treffen darf; im Glauben, dass die eigenen Wünsche sich ebenso erfüllen wie der von Orihime und Hikoboshi, schreibt man sie am Vorabend des 7. Juli auf bunte Papierstreifen und befestigt diese an Bambuszweigen

Tari Tari – vom jap. Animationsstudio P. A. Works unter der Regie von Masakazu Hashimoto produziertes Anime um fünf Oberschüler, die durch Musik zusammenfinden

Tatami – jap. Reisstrohmatten

Tempura – in einem Teigmantel aus Mehl, Ei und (Eis-)Wasser frittiertes Gemüse bzw. Fisch und Meeresfrüchte, insb. Garnelen

Teshikaga – s. Takinoue

Tokachi-dake – aktiver Vulkan im Daisetsuzan-Nationalpark

Totoro – Hauptfigur aus dem Anime *Mein Nachbar Totoro* (Regie: Hayao Miyazaki)

Treibeismuseum – das *Okhotsk Sea Ice Museum Hokkaido* in Monbetsu

TRF – 1992 gegründete jap. Popband

Tsuruga – Hafenstadt der Präfektur Fukui

Tsutaya – Videoverleih; landesweite Kette

Umeboshi – (in Salz und Shisoblätter eingelegte) Salzpflaumen

Umegae-mochi – relativ flacher, dünnwandiger, mit Bohnenmus gefüllter Reiskuchen, der in einem speziellen (Waffel-)Eisen gebacken wird; Spezialität aus Fukuoka

Urahoro – Ashoro (mit dem Auto ca. 90 km von Tomuraushi entfernt), Rikubetsu (mit dem Auto gut 120 km von Tomuraushi entfernt), Urahoro (mit dem Auto gut 120 km von Tomuraushi entfernt)

Viva – im jap. Original eigentlich *fībā* (der Rausch, das Fieber, die fieberhafte Erregung); wegen der lautlichen Ähnlichkeit zu *bībā* (Biber); »f« ist im Japanischen ein Hauchlaut

Wärmekissen – *kairo*; der Taschenwärmer, der Handwärmer

Warum hast du das nicht gleich gesagt? – *Hajime kara sono hanashi o sureba yokatta*; 2013 im Verlag Jitsugyō no nihonsha erschienen

White Day – 14. März; Pendant zum Valentinstag, an dem (junge) Männer insbesondere die (jungen) Frauen, von denen sie zum Valentinstag bedacht worden sind, mit Süßigkeiten u. a. beschenken

Wollläuse – *yukimushi*; andere Bezeichnung für *watamushi* = Gesamtbezeichnung der zu den Blattläusen (*Aphidoidea*) gehörigen, mit weißer Wachswolle bedeckten Blutläuse bzw. Wollläuse; sehen im Flug wie Schneeflocken aus, daher die Bezeichnung *yukimushi* = Schnee-Insekt

Yasuhiro Katsumatsu – Komponist, geb. 1960 in Fukui

Yoshio Kojima – Komiker, geb. 1980 in Okinawa